华南师范大学文学院中国语言文学学科建设丛书

段吉方 蒋 寅 主编

上古礼制遗存
与文论形态研究

余 琳 著

中国社会科学出版社

图书在版编目(CIP)数据

上古礼制遗存与文论形态研究/余琳著. —北京：中国社会科学出版社，2023.5

（华南师范大学文学院中国语言文学学科建设丛书）

ISBN 978-7-5227-1820-0

Ⅰ.①上… Ⅱ.①余… Ⅲ.①中国文学—古代文论—研究 Ⅳ.①I206.2

中国国家版本馆 CIP 数据核字（2023）第 069575 号

出 版 人	赵剑英
责任编辑	郭晓鸿
特约编辑	杜若佳
责任校对	师敏革
责任印制	戴 宽

出　　版	中国社会科学出版社
社　　址	北京鼓楼西大街甲 158 号
邮　　编	100720
网　　址	http://www.csspw.cn
发 行 部	010-84083685
门 市 部	010-84029450
经　　销	新华书店及其他书店
印　　刷	北京明恒达印务有限公司
装　　订	廊坊市广阳区广增装订厂
版　　次	2023 年 5 月第 1 版
印　　次	2023 年 5 月第 1 次印刷
开　　本	710×1000　1/16
印　　张	15.5
插　　页	2
字　　数	203 千字
定　　价	79.00 元

凡购买中国社会科学出版社图书，如有质量问题请与本社营销中心联系调换
电话：010-84083683
版权所有　侵权必究

华南师范大学文学院中国语言文学学科建设丛书编委会

主　编：段吉方　蒋　寅

编委会成员：（以姓氏笔画为序）

马茂军　申洁玲　孙雪霞　李金涛

吴　敏　闵定庆　张玉金　张　巍

邵慧君　秦晓华　滕　威

总　序

近年来,在"双一流"建设背景下,中国语言文学学科发展迅速,学科研究范围不断扩大,学科内涵得到了深化,学科建设路径也日益多元;同时,随着经济的发展和社会的进步,高等教育的发展格局也对中国语言文学学科提出了更多的挑战。如何进一步夯实学科基础,积淀学科底蕴,彰显学科特色,是目前中国语言文学学科发展与建设工作的重要任务之一。

华南师范大学文学院中国语言文学学科历史悠久,早在1933年,著名教育家林砺儒创办勷勤大学师范学院,设立文史学系,就有了中国语言文学学科。88年前的勷勤大学师范学院曾有过辉煌业绩,她与当时的北平师范大学南北呼应,共同守护和延续了南中国高等师范教育的历史血脉,中国语言文学学科发挥了重要的作用。

80多年来,华南师范大学文学院中国语言文学学科一路栉风沐雨,砥砺前行。老一辈知名学者李镜池、康白情、吴剑青、吴三立、廖苾光、廖子东等奠定了学科基础,后辈学人积极传承学科文脉,经过几代学者的薪火相传,得到健康发展,已形成了基础扎实、积累深厚、体系完备、特色鲜明的学科发展格局。

新时期以来,华南师范大学文学院中国语言文学学科取得了跨越式发展。1981年，获批全国第一批硕士点；2000年，中国古代文学专业获批博士学位授权点；2006年，获批一级学科硕士学位授权点，同年，中国现当代文学、汉语言文字学获批博士学位授权点，并设立中国语言文学博士后流动站；2007年，中国古代文学、中国现当代文学被评为广东省重点学科；2011年，获批中国语言文学一级学科博士学位授权点；2012年，入选第九轮广东省优势重点学科，并以"优秀"等级通过国家"211工程"三期建设验收；2015年，进入广东省高水平大学建设学科行列。现有学科方向有中国古典诗学与中国古代文学研究、中国现当代文学研究范式与批评、出土文献语言与方言研究、现当代西方文艺思潮与比较诗学研究、中国古代典籍与文献研究等。学科拥有国家语言文字推广基地、华南师范大学岭南文化研究中心、华南师范大学审美文化与批判理论研究中心等高端学科平台6个；以中国语言文学学科为基础的汉语言文学（师范）专业是国家首批"一流本科专业"。

  一个学科的发展需要几代人的守护与努力，同时也离不开同时代人的奉献与投入。华南师范大学文学院编辑出版这套"中国语言文学学科建设丛书"，即是我们在有限的能力范围内推动学科建设的一种努力。这套丛书的作者基本上以华南师范大学文学院的中青年学者为主，他们是学院学科发展与建设的希望所在，其相关研究成果有的是国家社科基金、教育部社科基金的结项成果，有的是博士学位论文、博士后出站报告的修订成果，均展现了他们多年来在学术研究中的努力与收获。我们希望，他们的研究能够受到学界的关注，同时恳请学界同道批评指正。

华南师范大学文学院

中国语言文学学科建设丛书编委会

2021年6月

目 录

绪论 ··· 1

第一章 三代礼制遗存与审美形态 ································ 8
 第一节 夏墟遗址中礼器特征与夏之"质" ···················· 8
 第二节 商文化遗址中器物演变特征与商代审美形态 ······· 26
 第三节 继承与流变
     ——周式器物特征与周代文化形态 ···················· 42

第二章 上古礼仪的符号形式与意义表达 ····················· 57
 第一节 试论二里头夏文化遗址中礼器符号类型与表意途径 ··· 57
 第二节 商代青铜方尊的造型演进及表意原则 ················ 74
 第三节 写实与象征:符号视野下晚商兽尊的存在形态与
     意义生成 ··· 93
 第四节 西周祭祖礼仪中的符号生成与文本结构 ············ 112

第三章 从上古礼制到文论思想:话语溯源与跨界 ········· 128
 第一节 "质"的起源形态及审美传统形成 ··················· 128

第二节 西周礼"文"建构与"中和"审美形态发生 …………… 143
第三节 从苞苴之礼看上古礼义之生成方式 ………………… 159

第四章 上古礼制语境与文体生成 …………………………… 173
  第一节 赞体起源考 …………………………………………… 173
  第二节 从口头言说到书面转写:西周祭祀祝辞、《周颂》与金文
         嘏辞的生成及形态转变研究 ………………………… 186
  第三节 汉赋空间书写与西汉郊祀礼仪的空间营造 ………… 210

参考文献 ………………………………………………………… 234

绪 论

一 研究综述

先秦两汉时期，是中国古代文论思想的酝酿期与发生期，也是文学书写的早期成型阶段。本时期虽尚未进入魏晋时期的"文学自觉"（即文学形式与文学观念的自觉），但却已孕育着后世文论话语中的基本母题，致思方式及表达形态。上古文学思想，与同期政治、哲学、宗教、历史等思想范畴一起萌生在早期的文化环境当中，因此要系统地研究早期文论的特质，必然不能脱离与之相关的外部生态环境。对上古文论而言，最重要的存在背景或为上古礼制。礼与文，在概念的发生阶段，具有内涵与外延上的一致性。先秦时期，文的概念，并不仅指文字之文，而是显现在时空之内的可观、可感、可识的世界状态与人类行为的总和。《文心雕龙·原道》篇："文之为德也大矣，与天地并生者何哉？夫玄黄色杂，方圆体分，日月迭璧，以垂丽天之象；山川焕绮，以铺理地之形；此盖道之文也。仰观吐曜，俯察含章，高卑定位，故两仪既生矣。惟人参之，性灵所钟，是谓三才。为五行之秀，实天地之心，心生而言立，言立而文明，自然之道也。傍及万品，动植皆文：龙凤以藻绘呈瑞，虎豹以炳蔚凝姿；云霞雕色，有逾画工之妙；草木贲华，无待锦匠之奇。夫岂外饰，盖自然耳。"文的理论品格，与礼的存在形态极为相似。在文字出现之先，中国历史已经进入高度礼制化时代，其原因在于中国早期礼仪不同于世界其他文明起源时期的原始巫仪或宗教仪式，而是广泛渗入社会意识形态与生活的方方面面，成为有意义的表意体系，能够区分高低贵贱、上下尊卑，在礼仪铺展的过程中，社会呈现出人为化与形式化的审美属性，这便是礼的"文"化，礼与文构成了互文性关系。"礼文之制的全部奥秘，就是以文物声明的量化方式建构其全社会权利分配的控制网络。其社会地位的高低贵贱，政治权力的等级大小，社会秩序的整理与构成，都以文化享受权利的差额分配方式固定下来，昭示出来，因此整个社会无论是在体制运作的细节上，还是体制建构的宏观形态上，都无不表现为一种文物构型的社会组织形态。"①

礼文关系，是上古时人思维领域中不言自明的默认存在，但如何从现代学术的维度将二者的相关性给予解释呢？本书以"上古礼制遗存与早期文论形态关系"为研究对象，切入"礼"与"文"的范畴之中，旨在厘清上古礼制与古文论思想之间的内在联系。从礼制遗存的概念界定来讲，可分物质与非物质两类。物质类礼制遗存，多为三代考古材料，如礼制性建筑、礼器等实体材料，这是上古礼制的直接证据，也是其时意识、精神的物质载体。从非物质遗存来讲，包含礼仪观念、制度体系与礼仪意义等有关"礼义"的阐释范围。礼制遗存以实体及观念的形式，从具体与抽象两个层面重新勾勒了上古庞大礼制的具体形态，试图将古文论的发生还原至更为立体综合的背景中去。再从古文论形态来讲，上古时期是古代文论的发生阶段，虽无独立文论著作出现，文学意识尚处于从广义之"文"向狭义之"文"的漫长

---

① 彭亚非：《中国正统文学观念》，社会科学文献出版社2007年版，第50页。

演进过程中，但此一时期对于古文论研究仍具有十分重要的意义。首先，古代文论的成型过程中，经历了长期的审美体验积淀期，涵养了古代文论内在深层的心理机制，因此对早期文论的研究必然离不开对前理论时期审美经验的关注。其次，古代文论在形成自身独立研究对象与体系之先，已经孕育出大量的文论母题——文论"元范畴"，文论母题的内涵、生成方式，对后来文论话语的发展产生着重要的质的影响。再者，伴随着中国古代文论成熟的是对文学形式的自觉与体认，因此文体思想自始至终均是古文论关注和研究的核心问题之一，辨体理论一直是古代文论着重建立和厘清的理论体系之一。上古时期已经出现大量文体形式，如告、命、祝、赞等，形成各类言说方式，保留了多部经典文献如《诗》《书》《易》等的原初形态，这对于后来文学书写的自觉均具有重大促进意义，同时也构成古文论思想的重要一环。

在礼制与文论的共存背景、核心范畴与互动关系上，可以看出两者深刻而密切地联系在一起。上古时期的礼制环境是同时期审美体验的实践场地，礼仪意义阐释方式与文论母题显示出生成与构型上的相似性，两者共同孕生出若干交叉的话语形态；礼制背景也为上古文体发育提供了很好的观察视角，显示出早期文体与应用场域之间富有张力的关系。因此，本书的研究致力于从具体层面呈现"礼文"之间的内在一致性与外在趋同性，对深入认识上古礼乐形态，对早期文论综合产生了深远的影响，并有积极的开拓意义。

二 研究现状与研究成果

在古代礼制与古文论的学术发展史上，均积累了相当多的学术成果，古往今来的重要研究著作都是本书深入开展取之不尽的思想与材料宝库。与本书研究方向密切相关的研究成果目前主要集中在以下几个方面：

（一）以文艺学研究为导向，在此基础上展开礼乐制度与早期文论的关系研究。在此领域代表性研究著作如夏静《礼乐文化与中国文论早期形态研究》、饶龙隼《上古文学制度述考》、翁礼明《礼乐文化与诗学话语》、彭亚非《中国正统文学观念》等。以上研究有的直接考察上古文论话语与礼仪自身概念的关联；有的将早期文论发生置于礼制背景下，考查后者对前者的外因影响；有的致力于考察中国文学观念的发生途径与特殊性。这类研究多立足于揭示古代文论早期话语、概念的生成过程，具有溯本求源、寻根究底的方法意义，为有根有据、立足传统、开辟新知的中国文论研究发展做出了贡献。同时，修复还原的道路，也是更新再生之旅，在对早期知识的回溯与梳理当中，既可发现与解读新旧材料，也可认识事物内在深层联系，从而建立起富于创见的逻辑体系。可以认为，中国古代文论现代研究范式的建立，与对早期文论形式探索的深度与广度息息相关。

（二）符号学视域下的传统文化研究。符号学的研究视角，为古代礼制与古文论的跨界研究架设了桥梁。无论是古礼内部，还是古文论系统中，文本、符号的观念均可以更为开放。文本不应止步于书面经典，而应具有文化文本的广义内涵。"这个词（文本）的西文原义text是'编织品'。中文定译'文本'极不合适，因为'文字'意味太浓，而符号文本却可以是任何符号编织而成。"[①] 文本含义的宽泛性，符合中国上古"文"内涵上的丰富性。早期的文，并不只限于文字之文，还表示自然之文，人文之文。对古代文论的研究，应注重其生长发育的文化生态环境的多元性。社会结构内多种有意味的形式构造，均可对文学观念产生促进或影响作用。这样，在寻找文学文本与文化文本的共通性时，有必要从内在构型角度进行考察。作为体系完

[①] 赵毅衡：《符号学原理与推演》，南京大学出版社2011年版，第40页。

整的文论及礼制系统，内部都充满各种表意符号，体系本身也成为具有统一性与张力的符号组合体。因此，从符号构型的角度对两者进行研究，是对思维深层运思及话语生成模式的研究，是从意义发生与阐释角度切入古代文化内在结构。以符号视野研究中国古代文化，现在正日益成为学界所关注的热点。从研究现状来看，中国文化符号研究在理论引介与实践层面上均有所开拓。李幼蒸《理论符号学导论》一书，系统介绍了符号学基本概念、派别，并尝试以符号学视野研究中国传统文化；赵毅衡著有《符号学原理与推演》《文学符号学》，台湾学者龚鹏程著有《文化符号学导论》等。该类著述在注重传统文论、文化的符号构型机制的同时，也注意到古代另一意义类型——古礼内部符号研究的重要性与必然性。古礼即中国文化形态中最为突出的结构体系，它自身丰富的符号、结构组合，使其与语言——文学体系的形成对比，它对后者的理论提出与形式构成上的影响力也是不容忽视的，因此，在不同形式类型之间做"视界融合"的综合研究，将拓宽对于现有学科形成、发展状态的认识。

（三）从古礼角度切入对上古文学形成期尤其是文体发育的研究。早期文学尚未独立成型，但已存在《诗》的文本形态与大量记言性书写，对后来文学自觉有着积极影响，而上古礼制环境则是早期文学实践的重要场地。目前这方面已有的研究成果如吴承学《中国古代文体形态研究》，系统论述了中国古代的文体形成及发展面貌，其中特别关注先秦时期礼制背景与文体特征之间的关联；马银琴《两周诗史》，以诗史互证的方式，系统论证了《诗经》早期面貌的形成，其中仪式乐歌的研究是该书的一个重点，深入讨论了西周礼制改变与颂诗面貌之间的联系。过常宝《先秦散文研究：早期文体及话语方式的生成》，以"西周礼教文献"专章考察了先秦话语方式与特定社会行为方式或某种社会职能之间的联系；郗文倩《古代礼俗中的文体与文学》，在古代礼俗视野下谈到了多种文化传统和形式，其中尤其关注文体与礼俗之间的互动关系。这类研究成果促使我们知晓礼制不仅在外部环境上影响了文体发育，文体同时也是礼制内在需求的表达形式，两者之间深入的联系具有较大的学术开拓空间。

三　研究思路

本书在研究上古礼制遗存与古文论形态关联方面，分为四个层次。

第一，研究上古物质形态礼制遗存面貌与早期审美形态之间趋同性。上古三代的思想意识状态，在传世文献中，常表现为片段性记载：如"夏尚质、殷尚鬼、周尚文"，但对其具体内涵，传世文献则语焉不详。夏商周虽时代久远，但这是中国古代思想的源头时期，其中蕴含的早期审美经验、审美心理机制等为后来文论话语的发生提供了重要的前理论准备，而三代考古出土的实物遗存则可与传世之审美心态互相对比印证，获得两者在感官印象上的关联性信息。

第二，从符号构成角度切入古礼表意机制研究。上古礼制是在语言体系之外，统摄整个社会意识形态的庞大意义网络。与借助语词表意的语言不同，礼仪以动作、举止、器物、时空等构建起独立的表意体系，生成为符号自指系统，礼仪的表意过程虽与语言载体不同，但蕴含了与言语相似的构思机制，如二元概念对举、写实与象征的体认等，因此在内在话语的生成机制上，礼仪体系与话语言说之间具有异质同构的关系。

第三，在古文论母题生成的过程中，观察上古礼制的重要促进作用。如对"文质""中庸""中和"等话语进行审视的过程中，均能发现这一系列的概念后来大多演变成古文论的核心范畴，但均经历了一身份转移之过程，早先在礼制体系内进行前理论时期的意义提炼，获得稳定内涵之后逐渐移植进入古代文论的阐释模式之内,获得不断衍生发展的动力。

第四,研究上古礼制与文体发育之间的互动关系。上古礼制环境衍生出特定的言说方式,生成一系列功能性文体,如命、告、诰、训、赞等,成为文学文体的前身;同时,礼仪特定的言说需求也促进了新兴文体的出现与成熟,在礼仪场域下,从两周中期到战国,一个书写共同体的时代正逐渐形成。

第一章 三代礼制遗存与审美形态

成熟的理论话语,往往都先孕育于某一时期的集体意志与审美走向。夏、商、周,是中国历史的开端时期,是后世哲学思想、文论母题的孕生时期。三代具有的集体性审美倾向与价值尺度,为后来多种元范畴话语的生成提供了思想土壤。夏尚质、殷尚鬼、周尚文,是后人回溯历史时,对三代时代精神的凝练与总结。然而,这一归纳是出于主观意向还是能为客观事实所证实?判断这一结论是否真实,需借助三代考古材料的文物特征与之比较。二者若在外在风格气象上具有一致性,理应享有深层思维模式上的联系。因此,从观念的直接产物——三代礼制性遗存特征出发,对比其与同期时代审美精神的异同,是认识地下材料与书面文献相关性的直观方法。

第一节 夏墟遗址中礼器特征与夏之"质"

有关夏人的精神世界与审美追求,《礼记·表记》有过记载:"夏道尊命,事鬼敬神而远之,近人而忠焉。先禄而后威,先赏而后罚,亲而不尊。其民之敝,蠢而愚,乔而野,朴而不文。"这种"朴而不文"的作风也被称为"质",成为夏代社会集体行为与整体风尚的标志性词汇。《论语·表记》"虞夏之质,殷周之文,至矣。虞夏之文,不胜其质。殷周之质,不胜其文。"然而,作为观念形态的"质",它的出现是由于夏朝素朴的生产水平所致?还是有意识地对原始、天然物质形态的保持?换言之,质是囿于外在环境、条件的被动结果,还是某种观念形态的主动选择?夏人尚质的根本内涵,在传世文献语焉不详的情况下,可通过夏墟考古材料中相关实物状态进行诠释。

1995年,中国科学院考古研究所研究院徐旭生先生于河南豫西进行夏墟考古调查,由此发现了河南偃师二里头遗址。这是夏史研究中极为重要的考古学材料:"它不仅是我们考索夏史和夏文化的关键性遗址,也是探讨我国国家和文明起源极其重要的遗址。"[①] 二里头遗址中出土了大量陶礼器与青铜礼器,说明本时期既是制陶业发展的高峰,同时又开启了青铜时代的先河。从二里头陶、铜礼器的特征上,能体现出本时期的思想观念、审美旨趣、表现手法及礼仪走向等方面的新变化。

一 陶礼器典型器物与"质"的兴起

二里头遗址出土的陶器与同时期其他文化遗址所出陶器群相比,其规模最大、种类丰富、特色极为鲜明,是该文明的典型器物和象征性标识。作为当时人们生活的常用器皿,陶器需求量大,易损坏,因此也更快地经历着风格上的更新。同时,陶器还是地方文化最直接的代表者:"大多数陶器应为日常生活必需品,为居家过日子最简单最普通的用具,为中下层人民所必不可少。"[②] 因此,它所具有的地域特

---

① 中国先秦史学会、洛阳市第二文物工作队编:《夏文化研究论集》,中华书局1996年版,第66页。
② 中国社会科学院考古研究所编著:《二里头陶器集粹》,中国社会科学出版社1995年版,第24页。

色和民俗特点是最浓厚的:"绝大多数的陶器是日常用具。他们更多地反映民间生活和习俗……既然陶器大多为家庭日用,更多反映民俗性,因而其地域性极强,不仅不同地区,不同遗址间有差异,同一遗址,如前所讲的二里头遗址那样,不同发掘区,不同地点也有差异。另外,它们是手工制品,有一定的随意性,不同陶工的产品也是会有差异的。"① 尽管陶器所处的文化层次较低,无法与玉器、铜器等直接关系政治、经济、文化的器物处于同样层级上,但二里头遗址一至四期披露的陶器却体现出对不同时空、不同文化圈的陶制品兼收并蓄的特点来,它器型极为广泛,吸收了周边文化圈内陶器的器型及样式,表现出一种时空中的共性来:"二里头早期陶器既有深厚的本地根基,又有极广泛的时间和空间联系,既有它的个性(由普通而量大的器物的日用性质和所反映的本底的民俗性所决定),又有它的共性(由其所处政治中心的位置而作为该时代文明的代表的大系统文化之一部分,尤其是分布面很广的陶礼器的品格所决定)",② 二里头陶器的多样性,与它当时的帝都地位是相关联的。陶器器型的高度集中并日渐稳定,反映出强势文化圈对周边文化的吸纳与辐射。陶器中的精品——陶礼器正是产生于这种文化汇融的态势当中。二里头文化遗址中具有代表性的陶礼器主要体现为水、酒器。

一般认为,礼制的出现开始于龙山文化时代。"龙山时代的礼制尚属于'形成中的或初级阶段的礼制',各地域文化的礼制内涵和礼制形态各有歧异。"③ 自二里头文化时期开始,礼器中形成了稳定的酒器系列组合,说明礼仪已趋于完善和制度化。"这是一个跨时代的变

---

① 中国社会科学院考古研究所编著:《二里头陶器集粹》,中国社会科学出版社1995年版,第24页。
② 中国社会科学院考古研究所编著:《二里头陶器集粹》,中国社会科学出版社1995年版,第25页。
③ 中国社会科学院考古研究所编:《中国早期青铜文化——二里头文化专题研究》,科学出版社2008年版,第57页。

化，从此开启了夏商、西周早期礼器制度一以贯之的以酒礼器为核心的礼器制度，奠定了三代礼器制度的基础。"① 在二里头水、酒礼器体系当中，常见搭配为铜爵、铜斝（少量），陶盉、斝、尊等。陶器中尤以陶盉、陶尊的制作最为精美，是本时期陶礼器的典型代表。

盉是夏文化的典型器物。邹衡在《夏文化论集》中考证，盉的造型十分吻合传世文献中对夏礼器的记载：《礼记·明堂位》："灌尊，夏后氏以鸡夷，殷以斝，周以黄目。郑注：'夷读为彝'，鸡夷就是鸡彝。彝可通指礼器：'尊彝皆礼器之总名也。古人作器，皆云作宝尊彝。或云作宝尊，或云作宝彝。'"② 可见古人认为夏代有类似鸡形的特殊礼器，而出土的盉则各方面吻合该礼器之特点，因而得名。邹衡观点从形制、年代、使用情况及功能等方面总结了两者的相似度：

> 其一，鸡彝的形状，无论敞流的所谓"鬹"，还是筒流的所谓"盉"，其外形都像鸡，因此得"鸡"名。其二，鸡彝大约产生于东方的大汶口文化中期，后来在东、西方的龙山文化中开始普遍盛行。夏文化中的封口盉是从龙山文化中的卷流鬹直接发展来的，到商文化中已不多见，西周已绝灭。可见它是商以前流行的器物。其三，鸡彝最早的形制为三实足，似鼎；随后又变成袋足，似鬲，都可在其下生火，用以煮液态食物或饮料。出土时有的足外有烟熏痕，内壁有水锈可以直接证明。同时它们都有流，有鋬，封口盉的顶部又开有桃形或圆角方形孔，有的陶盉上还附有小盖，这又符合了郭宝钧先生所谓的"凿背纳酒，从口吐出，以灌于地"的设想，可见它又是一种"灌"器。其四，无论鬹还

---

① 中国社会科学院考古研究所编：《中国早期青铜文化——二里头文化专题研究》，科学出版社2008年版，第58页。
② 王国维：《观堂集林》（一），中华书局1959年版，第153页。

是封口盉，都与觚或觚、爵配套同出于墓葬，可见它们又是礼器。[①]

邹衡认为，鬹与盉事实上是"一物二式"，二者形制、功能均相近，是史载夏礼器"鸡彝"的实体。从细部看，陶盉与陶鬹在器形上十分接近，陶盉为三袋足，但封顶留有注水孔，顶部有竖立筒形导流口。陶鬹足制与陶盉相同，不封顶，导流口为敞开式。两者形制对比见图1.1、图1.2。

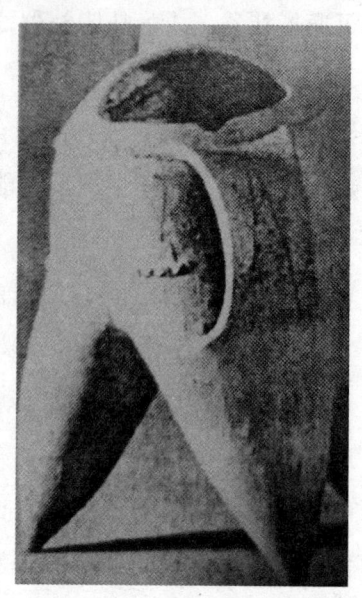

图1.1　（陶鬹）　　　　图1.2　（陶盉）

从使用上看，陶盉与陶鬹均具有和水、注水之功，然而，在二里头文化时期，有理由认为，进入礼器行列的是盉而非鬹。首先，从制作的精良程度上讲，陶盉中精美者胜于陶鬹。盉器有三式：尖顶盉、尖圆顶盉、平顶盉，多无装饰，少数饰以细绳纹或附加堆纹。鬹分两式：平流短尾鬹或高流鬹。陶盉中存在特殊的壶形盉："即在一尊形

---

① 邹衡：《夏商周考古学论文集》，文物出版社1980年版，第153页。

壶上安一象鼻式管状流，造型与制作皆非常精美。"① （图1.3.1）其次，陶盉出土时多伴有器物搭配现象，并多与饮酒器如觚、爵等联合（图1.3.2、1.3.3）。陶鬶则无此现象，因此可以推测，陶盉使用场域与陶鬶不同，陶盉参与礼仪系列活动的可能性比较大，而陶鬶更有可能运用于日常生活当中。

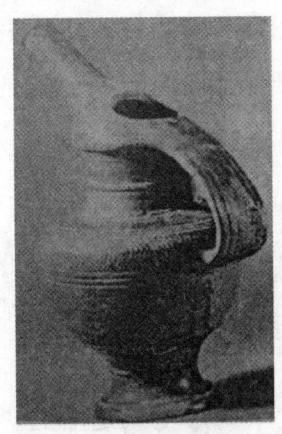

1

2

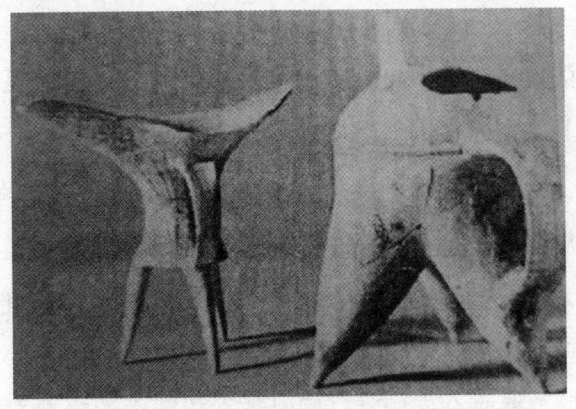

3

图1.3

① 中国社会科学院考古研究所编著：《二里头陶器集粹》，中国社会科学出版社1995年版，第7页。

我们还可以进一步推断，盉与鬶并非毫无关联的两件器物。它们外形相似，使用功能相仿，二者之间应存在着某种渊源。事实上，盉与鬶均属于空三足器系列，它们都源于大汶口文化类型。"考古学资料表明，大汶口文化的鸟形陶鬶（又称'鸟形空三足器'）源流清楚，大汶口乃是各种空三足器（包括陶鬶和斝彝）的故乡。从大汶口文化晚期至山东龙山文化消亡，这种陶鬶经历了袋足部分由分裆进到联裆，由肥粗变为细瘦，腹腔容积逐步增大，整体形状由横粗变为竖长的发展过程。"①

二里头中的封口盉始于大汶口文化，从壶式盉形制上也可见一斑。壶式盉无袋足，腹部为容量较大的壶形，引流长而凸出，都均为大汶口文化中陶鬶的典型特征，似乎提示着二里头陶盉与外界文化的某种细微联系。然而此类型盉仅出土两件，更多封口盉则反其道而行之，增大袋足，缩短流口，简言之：大汶口文化中鸟形空三足器的"象形"特征得以削弱与简化，体现出一种以抽象、几何为主的新的审美风格来。

王小盾认为："鸡彝，……它是六彝中的第一彝，是夏代所用的灌尊。事实上，作为青铜器铭文中的通用名，'彝'这个词包括了食器、盛酒器、温酒器、饮酒器等各种器形；而作为一种专门的灌器，'彝'指的就是鸡彝。结合考古实物来辨别，它应当就是夏文化中的封口盉。"②对封口盉是否为鸡彝这一问题，就二里头遗址出土陶盉现象而言不能轻易而论。在大汶口文化、山东龙山文化中，鸟形陶鬶与传世文献中的鸡彝吻合度较高，同时该文化圈内的确存在鸡（鸟）崇拜传统："从出土文物的情况看，山东地区未必是玄鸟崇拜和鹜鸟崇

---

① 张忠培：《黄河流域空三足器的兴起》，《华夏考古》1977年第1期。
② 王小盾：《中国早期思想与符号研究——关于四神的起源及其体系形成》，上海人民出版社2008年版，第499页。

拜的第一故乡。大汶口文化中所见的鸟纹，主要还是同河姆渡等文化相近的候鸟鸟纹，或者说鹑鸠等鸟纹。"① 但二里头遗址中所表现出来的则是对这一风格的修正，它所对应着的夏文化传统中，也并无鸡（鸟）崇拜传统，而是以水生动物龟蛇作为图腾进行崇拜。② 因此，二里头出土陶盉，昭示了夏文化与东部龙山文明不同的思维特征与审美趣味。

除陶盉以外，在二里头陶器群当中，尊类器一直运用更为精巧的工艺，亦表现出独特的造型与精美的纹饰，显然位于其他器物之上，位列礼器。如二里头三期陶器中："大口尊在本期早段略同于二期晚段之间，自肩以上磨光较精，肩以下多饰三周附加堆纹，整体较为端庄凝重。"③ 又如四期当中："（尊类器）大型者中有制作特别精致的，口部磨光黑亮，内刻游鱼纹样，肩以下精刻云目纹，再下饰直棂纹和绳纹，气势庄严雄浑，当为礼器。"④ 此外，尊器上往往还有较多刻印符号，也表现出它在陶器群中的崇高地位："在一些磨光精美的陶器肩部（主要为尊类器）、腹部饰有各种优美的戳印或刻划的花纹图案，或在器物内外壁塑造龟蛇（龙）等动物形象。一透底器上塑有蟠龙纹并有底纹，已开晚周铜器之三层花纹先河。"⑤

传世文献记载当中，对尊器的礼器属性也多有论述：《说文·酋部》："尊，酒器也。从酋，廾以奉之。"周礼六尊：牺尊、象尊、著

---

① 王小盾：《中国早期思想与符号研究——关于四神的起源及其体系形成》，上海人民出版社2008年版，第293页。
② 注：二里头遗址出土陶器上也常有鸟形图纹，但这不应被视为夏族图腾，夏族起源于西方，以水生动物为主要崇拜对象，在仰韶文化、庙底沟文化等类型上常有鱼、鸟共存图案，可视为东部鸟图腾民族对细部文化的影响与强势进入，但鸟纹并未取水生动物"鱼"而代之，它对于夏族来讲，所象征的是异族文化，而不是本族的崇拜对象。
③ 中国社会科学院考古研究所编著：《二里头陶器集粹》，中国社会科学出版社1995年版，第22页。
④ 中国社会科学院考古研究所编著：《二里头陶器集粹》，中国社会科学出版社1995年版，第16页。
⑤ 中国社会科学院考古研究所编著：《二里头陶器集粹》，中国社会科学出版社1995年版，第16页。

尊、壶尊、太尊、山尊，以待祭祀宾客之礼。王国维先生也明确指出尊确是实际存在之行礼之器："尊有大共名之尊，有小共名之尊。又有专名之尊。彝则为共名而非专名。"①

如何从外形上识别尊器，并认定其礼器身份呢？尊器在使用功能上与二里头遗址中众多深腹罐、圆腹罐相似，均作盛器之用，同时两者在口沿、器身装饰上也多有相似之处。但后者却无法位列礼器，这与尊器严格的器型规定性是相关的。无论大口尊、小口尊、侈口尊等，其器身剖面均呈现为倒梯形样式，这样尊器体现为上宽下窄，上若"肩部"，有口者同"颈部"，如人上半身端正挺立之态，体现出庄严凝重的风格，当入礼器之列。

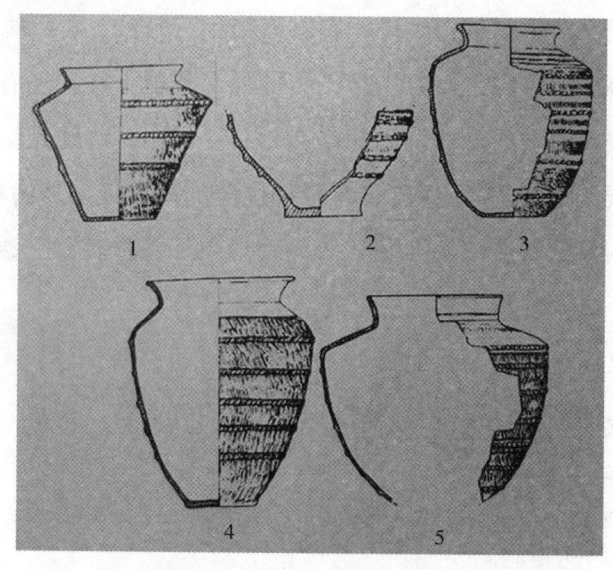

图1.4　二里头文化陶尊

1. Ⅰ式高领尊；2. Ⅱ式高领尊；3、5. Ⅲ式高领尊；4. Ⅳ式高领尊

二里头遗址中陶器的发展，从一期到四期具有连贯性。一期从河

---

① 王国维：《观堂集林》（一），中华书局1959年版，第153页。

南豫西龙山文化类型过渡而来，二期、三期进入鼎盛阶段，呈现出自身独立的风格特征，陶礼器也孕育于这一阶段。进入四期之后，陶器制作出现衰颓势态。对于二里头陶器由盛到衰的状况，学界对此均有所认识："四期陶器承三期的基本器物及其风格而继续演变，到四期末产生了相当大的变化，突出反映在陶片中占有明显优势的深腹罐、圆腹罐上在发掘现场就能看出简单、潦草、粗糙的作风来，鼎、盆、大口尊等特别是其大型者，也有此种情况。"① 对于陶器质量的下降，学界推测可能由于至二里头后期，青铜礼器地位上升，使得制造的重心转至铜器生产："制陶业的衰变这种文化现象看来是一个谜。这或许是因为上层社会把兴趣和精力专注于青铜铸造业，追求青铜器形式和装饰的美，气势的宏大和品类的繁多。铜礼器的兴盛排挤了陶礼器，从而影响了整个制陶业。上层社会的兴趣爱好往往对整个社会生活产生很大的影响，所谓'君好则臣为，上行则下效。'"② 陶器的兴衰，见证了它对礼器功能的承担与退出。二里头遗址中二、三期陶器高度繁荣，正说明此阶段它是礼器的主要载体，之后礼器则由青铜器取而代之，礼器制作的取向，决定着社会手工业生产发展的重心。陶礼器虽已渐退出礼器舞台，但它对同时期和下一阶段的青铜礼器制作，却仍起着巨大的影响作用。

　　对于陶礼器特征的观察，可以总结出以下特点：首先，从器表来看，精工细作确实为陶礼器生产的首要标准，礼器器表装饰与史前（新石器时期）流行风格也保持承传关系："许多史前流行的纹饰也见于二里头文化的陶器，题材包括鸟、鸭、鱼、羊、狗、蟾蜍（或蛙）、龟（或鳖）、蝉、蛇、龙、兽面、云雷和人形等图案，表现形式有线

---

① 中国社会科学院考古研究所编著：《二里头陶器集粹》，中国社会科学出版社1995年版，第17页。

② 中国社会科学院考古研究所编著：《二里头陶器集粹》，中国社会科学出版社1995年版，第24页。

刻、浮雕和圆雕三种。"① 但是，精雕细琢并未阻碍陶器构形上化繁为简的追求，在具象图案之外，新的纹饰与图案也大量涌现，并更多的使用于陶礼器器表。在这些纹案中，抽象线条和几何类图案成为主流：如绳纹、蓝纹、方格纹等。这与史前文明中以动植物、人物等为模仿对象的装饰传统比较，显得更为简洁化、记号化。其次，礼器的形态更加固定。器物的功能往往是重复的，即不同器物均可担任同一使用功能，如陶鬶和陶盉均有注水之功，陶尊和陶罐均可用于盛水，用以区分器物差别或层级的标准不是使用功能的不同，而是器形纵面结构的不同。剖面拥有相同几何形态的器物被归为一类，并将这一特征固化保持下来，这显示出更为严密的内在规约性，是共性生成的前提。这样，陶礼器揭示出夏人形构思维的两大飞跃，一是对几何类抽象符号的创造，二是对共性结构的认识。受这两大思想因素的左右，二里头遗址中的陶礼器，体现出去繁存真的质朴之感。与传世文献中所提及的夏"尚质"恰好吻合。这提示出质的内涵应包括对事物多样性背后共有属性与普遍规律的追寻。

二 青铜礼器兴起与"质"的确立

　　从夏墟偃师二里头文化遗址中所出器物情况来看，该遗址有少量青铜礼器出土：在二里头遗址Ⅴ区出土了该遗址目前唯一的铸铜遗址，是我国目前同期所发现的最早的大型铸铜遗址，出土了铸铜工具如坩埚、熔炉壁、炼渣及数十块珍贵的陶范。当时铜器铸造均使用陶范，制作生产工具如锛、凿、刀、锥等以单范而成，制作容器则需采用组合陶范。"1980年秋二里头遗址发掘出土了两件铜爵，其中Ⅱ式铜爵（ⅡM2∶2）是科学发掘品中的第一件，其造型独特，

---

① ［美］杨晓能：《另一种古史》，生活·读书·新知三联书店2008年版，第161页。

三棱锥足外撇，是另行铸造后再与器身嵌接在一起的。上述分析研究表明，二里头文化时期的人们已掌握了青铜冶铸技术，不但会使用单范铸造，而且已掌握并使用了在当时属于较进步的铸造技术——复合陶范分铸法。"①

据统计，截至 2002 年，二里头遗址出土铜器约 200 件，公开发表有 117 件，其中铜礼器近 20 件。二里头遗址大部分青铜礼器出土于墓葬，礼器以铜容器为主，主要类型为二里头三期出土的爵、斝、鼎、盉，一般认为祭祀时用，青铜礼器表现出明显的"铜仿陶"风格。二里头出土铜爵较其他铜容器为多，且多有配伍现象，具有代表性，故铜爵可作为该时期青铜礼器的代表器物，并可与同期出土青铜牌饰比较，以突出新兴的礼器特征。

二里头出土的青铜爵是现今发现的最早的青铜礼器。在二里头遗址三期、四期中均有铜爵出土，反映出陶器由盛到衰，铜器取而代之的发展趋势。三期墓葬出土铜爵 3 件，采集 1 件；四期墓葬出土铜爵 1 件，采集 1 件。马承源先生在《中国青铜器》中将上述铜爵分为四式：平底束腰杯式、平底束腰高杯式、平底束腰狭长流式、平底长颈分段假底式。器虽分为各式，但又有共同特征：窄流、尖尾、细腰，多为素面薄胎。"夏代晚期的爵体截面呈橄榄形，都是扁体爵。底皆平，鋬与一足成直线，二足在另一侧。"② 铜爵性质与陶爵相似度较大：修长细瘦形制是其主要特色，杯口与流之间多不设柱，爵身装饰少（图 1.5）。"可以说，二里头以至二里岗时期铜器的主要方向是模仿陶器。如二里头的铜爵的流的长短、仰俯、爵身的形式都与铜爵同。"③

---

① 杜金鹏、许宏主编：《偃师二里头遗址研究》，科学出版社 2005 年版，第 469 页。
② 马承源主编：《中国青铜器》，上海古籍出版社 2003 年版，第 157 页。
③ 中国社会科学院考古研究所编著：《二里头陶器集粹》，中国社会科学出版社 1995 年版，第 24 页。

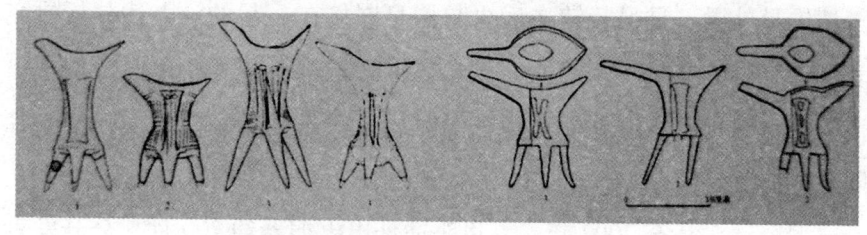

图1.5

在后世的礼仪中，爵多以组合形式出现。《仪礼·特牲馈食礼》中酒礼器组合为二爵二觚四觯一角一散（斝）。二里头时期还尚未出现铜爵配组的情况，然而，铜爵却与其他陶礼器一起出现在墓葬当中，如二里头三期墓葬VIKM3，墓葬上层南面有铜爵、陶盉各一件出土。爵为饮器，盉为灌器，二者的组合说明本时期礼仪系统化程度已较高。

值得注意的是，较之商周时期青铜礼器的丰富和精致，二里头出土之青铜酒器不仅种类有限，而且在造型上非常朴素，装饰极少。这与同期出土的其他青铜器物形成对比：1975年在偃师二里头一个土坑（编号75YLVIK3）中出土镶嵌圆铜器四件，总体特征较为精美复杂："内外两周镶嵌绿松石各61、13块，正面蒙有最少6层粗细不同的四种布……圆形体薄，两侧有对称的4个小圆孔……四周镶嵌绿松石片。"[①]（图1.6）又如礼仪用器青铜牌饰："二里头遗址出土了3块类同的镶嵌绿松石兽面纹青铜牌饰。其中1984年在二里头村南11号墓出土的牌饰，长16.5厘米、宽8—11厘米。正面有许多碎小的长方形绿松石片很整齐地镶嵌成兽面纹。背面附铸四个穿纽，上下两两相对。兽面纹两目写实，中心分置有正圆形眼球，须纹对称内收。眉纹内弯曲，上有角纹和额纹。鼻与脊纹为额纹所阻断，其形更近于商周时期

---

① 中国社会科学院考古研究所编：《中国早期青铜文化——二里头文化专题研究》，科学出版社2008年版，第141页。

流行的兽面纹。"① 这样的铜牌饰二里头遗址共出土15件，大体特征为兽面纹、饰以绿松石，多用镂空手法，装饰较烦琐（图1.7）。

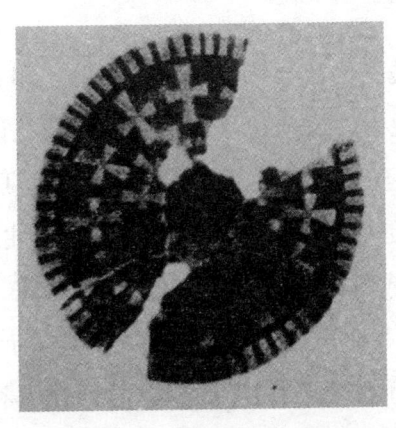
图1.6

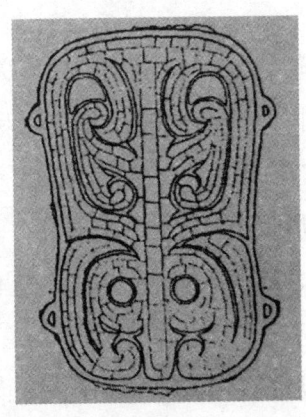
图1.7

由此可见，青铜酒器与青铜佩饰在制作工艺上的标准是不同的。二里头时期的铸铜工艺已达到比较成熟的地步："豫西和晋南的二里头文化，是典型的青铜文化，当时已有生产工具、兵器、工具和乐器。现今发现的二里头文化期的青铜器多为第三期，但是从出土的铸造技术已经相当成熟的青铜器来看，夏早期的铸造技术应已达到了相当的水平，而不会是原始的状态。"② 从青铜牌饰所反映的情况来看，二里头文化时期已掌握铜器的装饰技术，具备对铜器进行复杂加工的能力。从铜牌饰的铸造中，就体现出镶嵌、透雕和浮雕工艺。但是从位于礼器行列的铜爵、铜斝等来看，它们虽是礼仪中的新兴礼器，却与陶礼器一样，保持着素朴的造型与简单的装饰风格。因此，二里头青铜礼器"质素"风格的形成，并不完全囿于当时的工艺技术水平，而表现为一种刻意为之的自觉追求。这是否与夏人对"质"的定义与推崇相关呢？

---

① 杜金鹏、许宏主编：《偃师二里头遗址研究》，科学出版社2005年版，第670页。
② 马承源主编：《中国青铜器》，上海古籍出版社2003年版，第3页。

三 "夏质"内涵与礼仪表达

"尚质",是传世文献中有关夏代社会审美观念总体的、印象式的评价,同时也是上古社会进化观中"文质论"的一部分。《礼记·表记》:"虞夏之质,殷周之文,至矣。虞夏之文,不胜其质。殷周之质,不胜其文。"文、质循环,是社会改朝换代的动力。郑玄注:"王者相变,质、文各有所多。"夏代所推行的"质",在古人看来,是由于其"尊命"而形成的:"夏道尊命,事鬼敬神而远之,近人而忠焉。先禄而后威,先赏而后罚,亲而不尊。"有趣的是,同样在《礼记·表记》的阐释中,周人与夏人的行为,社会风气有所相似:"周人尊礼尚施,事鬼敬神而远之,近人而忠焉。其赏罚用爵列,亲而不尊。"在这两处表述中,夏人与周人,同为"事鬼敬神而远之,近人而忠焉……亲而不尊",但前提不同,夏人"尊命"而周人"尊礼",因此,可以推断,命与礼,具有与"鬼神"区分对立的品格,这样夏周二代与"尊神"的殷人有着截然不同的区别。但"命"与"礼"二者却并非绝对对立,两者的类似,或者彼此之间的联系才导致夏周二代在奉行不同社会理念时出现相似的社会习尚。

命,《礼记》郑注:训为"四时政令",是天地本身运行规律;礼,训为"本",孔颖达述"以本为治之时,上下有序",是天地内在的构型方式,可见"命"与"礼"均是最高存在"天"属性的不同侧面,不同于鬼神"虚无之事"①,质与命的关系,在于前者是后者存在形态的反映。夏人尊命,是古人对天至高属性的认识,"天命之谓性",具有自生自在、自然自为等特性,质正是对"命"的独立无依、纯然自成属性的归纳概括。尚质代表对本体之物的崇尚与趋近,是夏

---

① 李学勤主编:《礼记正义》(标点本),北京大学出版社1999年版,第1487页。

人对自身存在、归属等问题理性思考与直觉体认之后综合得出的结果。因此，夏墟二里头陶、铜礼器刻意为之的"素质"状态，可视为这一思维或感觉充分发育之后的物质呈现，具有深刻的形而上内涵。同时，自觉意义上的"尚质"，也代表着与原始思维"具象性"所不同的抽象转化。这正符合夏代社会在历史进程中所担任的角色，它作为第一个国家意识形态社会，在精神领域日益集中化、中心化，在其物质表征上则体现出以"共名"替换"专名"的倾向。

　　质，是本时期礼器新的特征。它的出现与夏人观念中对本体之物赋予的属性相关。然而，夏人所理解的本体，位于有形之上，处阐释话语之外，具有从无到有，由一而多的核心内涵。"夫礼本于太一"，本体的这种性质如何为礼仪中有具体形态与物理属性的礼器所反映呢？换言之，如何以实体的符号表达抽象之意义，是夏文化时期礼仪发展中的新问题。所谓礼器，古人很早便意识到，器象征意义的获得是借助并超越它的物理属性的。《礼记·礼器》解题："郑云：'以其记礼，使人成器。孔子谓子贡瑚琏之器是也。'"以器喻人，是借器完整全备的形态，适宜的功用，比喻人在知识、智力、品行、能力等方面的周全。因此这里的器，是在其本身物理属性的基础上，演绎出了完满、效用等象征意义，是以形喻义的开始。因此，在器的象征性与物性之间必须具备一定程度的相关性，这样从后者到前者所建立的新的言说话语才具有充分的逻辑关系，即理据性。夏人的本体观是形而上的，由之而来的礼仪也应表达本体无形无限特征。然而，从至高之"无"到至下之"有"之间却存在表意对应上的矛盾。"形而上者谓之道，形而下者谓之器。"抽象理念与具体物之间的相关性应如何建立呢？

　　从二里头遗址陶、铜礼器所体现的特征来看，夏人在礼器生产时的思维模式在于"剥离"：器从人为干预中脱离出来，还原到本身物的形态，即抹去"造物"痕迹，将"物"置于造成之时纯然天成之境。以物最原始自然的样式，接近造物之本体独立、自在的品性。换言之，礼器，本是受造之物，但因对绝对理念的表达欲求则需竭力摆脱被造痕迹；器，本是实用之物，但因表述对象的高度抽象而必须淡化自身装饰属性、观赏属性等，以单纯表现客体朝向（object-directed）为宗旨，从而将重心移至对象物之上，而非主体本身。

以质作为礼仪献祭标准，开辟了一种新的礼仪审美规范，这反映出本时期礼仪种类的多元化。《礼记·礼器》篇论及礼仪，多次运用概念对举："礼有以多为贵者，也有以少为贵者；有以大为贵者，也有以小为贵者；有以高为贵者，也有以下为贵者；有以文为贵者，也有以素为贵。"对此，《礼记》借孔子之言总结道："礼，不可不省也！礼不同、不丰、不杀。"意思是"礼不同谓或高下、大小、文素之异也。不丰，应少不可多，是不丰也。不杀，应多不可少也"，构建礼仪方式的不同在于礼仪所指对象不同。《礼记·礼器》借礼之"多少"不同对此进行说明："礼之以多为贵者，以其外心者也。……礼之以少为贵者，以其内心者也。"郑注："外心，用心于外，其德在表也。内心，用心于内，其德在内。"德在外或在内，构成礼仪的两种不同形式。在外者："用心于外，谓起自朝廷，广及九州四海也。王者居四海之上，宜为四海所畏服，故礼须自多厚显德于外，于外亦以接物也，故云以其外心者也。"在内者："用心于内，谓行礼不使外迹彰著也。"[1] 从这段记载可以看出，用礼丰简与礼的指向有关，礼既可指向外在感官世界中的秩序构建，又可指向抽象理念、观念层面的内在状态。"礼器、礼制和礼仪这些具有外在经验所指的东西，并非'礼'之中心意义。'礼'是与主体内心状态相关的。礼的各种外在所指物均成为礼的内在所指物质'能指'。"[2] 因此，当礼指向世界时，被

---

[1] 李学勤主编：《礼记正义》（标点本），北京大学出版社1999年版，第733页。
[2] 李幼蒸：《理论符号学导论》，中国人民大学出版社2007年版，第752页。

"看见"显得极为重要，它必须使自身成为被显明、可理解、能阐释的存在。礼的能指物如礼器等便需具备说明、解释的功效。它需要成为"被看"的对象，在面向世界的目光中将所指的丰富性打开，因此，在这种期待之下出现的礼器，必然拥有丰富的纹饰、图案，以告知受众属于"天"的信息。从史前时代自二里头文化时期的青铜牌饰、绿松石饰，及之后商代更为发达的青铜装饰文化，都与这种与天沟通的愿景相关。然而，二里头文化时期（至少遗址二、三期）对应于中国历史上第一个王朝——夏朝，这是国家的初级形态，它的出现，代表着官方理论话语形态取代了史前氏族社会时期自然、原始的审美观念与思想意识。同时，夏作为王朝成立的推动力还来源于夏人思维模式中"一元"概念的建立，从而使得高度的权力集中制度成为可能。再者，夏代已有文字符号出现的倾向："夏代或二里头文化时期已开始使用真正的文字之说的可信性，因1996年山东桓台史家遗址的考古发现而再次引起关注——在史家遗址的一座祭祀器物坑里出土了两片羊肩胛骨，其中一片上有五个刻划，另一片上有一个刻划，发掘者认为它们是岳石文化晚期的卜辞，时间与二里头文化晚期（夏代晚期？）或二里岗文化下层时期（早商时期）相当。一些中国专家在检验这些发现后，断言它们是已知的最早卜辞。"① 随着夏族整体抽象思辨能力的增进，可以推测夏代礼仪的面貌较之史前社会的原始巫仪已有所发展。这样，在礼仪表现中，对本体、起源等核心概念的表述可能日益居于主导，在建立主体与绝对理念关系时，逐渐将重心移至本体，礼仪重心从"世界"转向"造物者"，至高所在不仅需被"看见"，更需要被"内化"，"它"在如何，"我"便如何。因此，礼器无须再以物的方式解释思维序列的第一层级，相反，则需要以"去物"的方式接近这一至高者，质作为美学话语中最高等级的地位因而得以确立。

---

① ［美］杨晓能：《另一种古史》，生活·读书·新知三联书店2008年版，第160—161页。

面向世界的礼仪，其针对的是行动主体；面向本体的礼仪，看似针对客体，但归根到底仍是为主体的精神旨归服务，绝对的客观是以大量的主观为前提的，而中国传统文明的特色即在于此："中国哲学概念词的形成欠缺客体逻辑分类学基础，不是客体朝向，而是主体朝向（sub-ject-directed）的，其普遍性乃针对行动主体，它通过具象的客体媒介（imagistic object-media）来指示'态度——行动'的方向和级别。不言而喻，此处所谓的行为或许是道德性的。中国古代哲学以道德为中心，其宇宙论和本体论均服务于道德哲学。"①"西方的认识论及与中国的行动'逻辑'各具不同之组织。承认这种差异性恰能使现代人把握到中国传统文化中那种高超的道德美学逻辑。"② 二里头遗址中青铜礼器质的特征，与之后商周铜器"文"的特征一起，从礼的角度，将中国传统文化带进了"人"的维度，成为人修身立命的双重标杆，为之后哲学语境中"德""仁"等美学词汇的生成提供了思与行的源头。

第二节 商文化遗址中器物演变特征与商代审美形态

商文化，自身具有独立起源，在发展过程中日益强大，并对周边文化产生影响、辐射与同化。因此，商文化中拥有新兴的文化因子及鲜明的个性。商文化历经先商文化与早商文化两个阶段而发育成熟。其文化遗址的实物遗存当中，不仅流露出文明生长的原初因素，同时，还折射出商人思维领域内的各项进步与变革，反映出与传世文献记载的审美风尚相一致的趋势来。

20世纪二三十年代安阳小屯一带的发掘，以及甲骨文的出土，证

---

① 李幼蒸：《理论符号学导论》，中国人民大学出版社2007年版，第750页。
② 李幼蒸：《理论符号学导论》，中国人民大学出版社2007年版，第751页。

实了《史记》所记洹水以南为殷墟的可靠性,殷墟便与商族文化联系在了一起。但通过对甲骨文的进一步识读和传世文献的深入研究,如古本《竹书纪年》的记载,可得知殷墟并非最早的商文化,而只是盘庚迁殷至纣之灭两百多年间的文化遗存。更早的商文化遗存有待更多考古发现来填补。"50年代前期,郑州二里岗、白家庄、人民公园、南关外等遗址的发掘和考古学上二里岗文化的提出,为寻找更早的商文化做好了准备。1956年,邹衡先生发表《试论郑州新发现的殷商文化遗址》一文,据郑州人民公园出土遗址的层位关系及郑州、安阳两地出土遗物的排比,首次将二里岗文化摆在了殷墟文化前身的位置上。此后,二里岗文化是更早的商文化成了大家的共识。"① 1980年,邹先生再发表《试论夏文化》,进一步指出二里岗文化在主体上应属早商文化,同时亦提出先商文化的定义与范畴,认为早商文化在时间上晚于夏文化,而先商文化则与夏文化时期平行,是同一时间内两支共生、并存的文化形态。"夏族和商族在建立王朝以前,都有一段形成和逐步发展、壮大的历史,并在一段时间内建立了早期国家实体。对夏、商先公时期的遗存,可分别称为'先夏文化'和'先商文化'。"② 先商文化在时间上与夏文化晚期并行,是早商文化的母体:"与夏文化晚期同时,关系最密切而势力又最大的一种文化,就是前章已经说到的商文化的先商期,也可叫它先商文化。它最早只限于漳河型,后来逐渐发展为辉卫型和南关外型;直到最后代替了夏文化而变成商文化早商期的二里岗型。"③

因此,探讨商文化总体面貌走势,须注意其由先商文化、早商文化直至进入安阳殷墟中晚商文化的连贯性,以整体的视角看待商文化

---

① 王立新:《早商文化研究》,高等教育出版社1998年版,第10—11页。
② 杜金鹏、许宏主编:《偃师二里头遗址研究》,科学出版社2005年版,第429页。
③ 邹衡:《夏商周考古学论文集》,文物出版社1980年版,第174页。

的新兴特质及支配商礼建立背后的商人思维发展过程。

一 商器器形转变与感官觉醒

商器器形的确立，自先商至早商之间陶器器形的转变时期就已开始了。作为礼器象征的青铜器，在先商到早商文化早段中发现很少，且多为工具类，不具备礼器的功能属性。陶器是这一时期器物风格的主要代表。从先商文化出土大量陶器的异质性着手进行研究，可一窥商文化形成的雏形阶段中，新兴的审美风格正逐渐养成。

首先，从先商文化三类文化遗存（南关外型、辉卫型与漳河型）的主要器物器形来看，盛器在其中占有主导的地位：

南关外遗存以卷沿鬲、卷沿甗、鼓腹盆、敞口斝等器物为主。

辉卫型以卷沿鬲、卷沿甗、凸肩盆、平底罐、蛋形瓮等器物为主。

漳河型以卷沿鬲、卷沿甗（腰饰锁链状堆纹）、橄榄状平底罐、碗形豆等器物为主。①

其次，在早商文化二里岗类型的陶器遗存中，数量最多的陶器类型为陶鬲，占整个陶器总数的四分之一。其次常见的陶器还有陶甗、陶斝、陶爵、豆、簋、盆和大口尊："在二里岗期下层，鬲的数量远比罐多，占陶器总数的四分之一以上，甗也是常见之器。"② 又据中国科学院考古所郑州二里岗考古报告："鬲，在商代遗址中是最常见的器物，能复原的也较多。较完整的有62件，约占出土陶器总数的四分之一"③，盛器中罐的数量出土也相当多，仅次于鬲。除此之外，还有较多"豆"的发现："豆的残片在遗址中是普遍存在的，共获较完整

---

① 杜金鹏、许宏主编：《偃师二里头遗址研究》，科学出版社2005年版，第279页。
② 李伯谦编：《商文化论集》（上），文物出版社2003年版，第75页。
③ 河南省文物工作队、中国科学院考古研究所编辑：《郑州二里岗》（考古学专刊丁种第七号），科学出版社1959年版，第18页。

的6件"①，盆的数量也较多，完整的便有41件。

与之相对的是出土器物当中，饮器类型较少，仅斝、爵和杯三种。其中斝的器形基本与炊器中的鬲相同，只是"颈部较长，颈侧附有一鋬"②，而爵较之前期二里头文化中爵的形式的丰富性来讲大大下降，现今出土的只有两式，Ⅰ式："敞口，腰微收，前端有窄长的流，后端有尾，平底。口与流相接处，微显两个低柱。下附三实足。鋬作扁平形。灰陶砂质，素面。底部有刀削痕迹"；Ⅱ式："有流无尾，灰陶砂质，素面"③；杯则仅见一种。可见，从先商到早商文化的陶器遗址中，普遍地出现一种饮食器繁荣兴盛的情况来。

对于早商文化中的礼器，邹衡先生有过简单的总结："早商文化的礼器有玉、石器、象牙器和铜器等。"而礼器的核心青铜器，在该时期主要是炊食器与盛器。并且"其中绝大多数都未见于夏文化"。④到目前为止，夏文化的青铜礼器中仅有酒器，陶器中也一贯以酒器和水器的组合为重。所以，从器物角度讲，早商文化与夏文化的明显区别是前者将日常饮食用器正式纳入了礼器的范畴。

从二里岗遗址中出土炊食器来看，炊器共有鬲、鼎、甑、罐、甗五种。虽都为陶器，但由于夏商二代青铜器都经历过"仿陶"阶段，日后由陶器转变而来的商式青铜礼器便为鼎、鬲和甗。目前最早的青铜鼎出现于早商文化二里岗时期。⑤青铜鬲同样也出现在商代早期，

---

① 河南省文物工作队、中国科学院考古研究所编辑：《郑州二里岗》（考古学专刊丁种第七号），科学出版社1959年版，第23页。
② 杜金鹏、许宏主编：《偃师二里头遗址研究》，科学出版社2005年版，第22页。
③ 河南省文物工作队、中国科学院考古研究所编辑：《郑州二里岗》（考古学专刊丁种第七号），科学出版社1959年版，第22页。
④ 邹衡：《夏商周考古学论文集》，文物出版社1980年版，第147页。
⑤ 主要形制有：（1）立耳敛口平唇圜底锥足式，（2）立耳敛口平唇深腹锥足式，（3）立耳平缘甚深腹圜底锥足式，（4）立耳盘口垂腹式。青铜鬲同样也出现在商代早期，主要样式为"大口、袋形腹，犹如三个奶牛乳房拼合而成，其下有三个较短的锥形足"。马承源主编：《中国青铜器》，上海古籍出版社1988年版，第85—86页。

主要样式为"大口、袋形腹,犹如三个奶牛乳房拼合而成,其下有三个较短的锥形足"。① 此外,商代早期还铸造有少量青铜鬶,主要的样式为平缘无耳空锥足式。

因此,早商青铜礼器中的炊器器型均脱胎于陶炊器。此外,盛器盆、盘、豆之类,在陶器中也占有相当的比例,而与之相对的青铜器则一般出现于商代晚期,盛行于春秋战国。所以早商礼器的主要特征是确立了炊器在礼器中的地位。

鼎,用以煮食肉类。《周礼·天官·亨人》"掌共鼎镬",郑玄注:"镬所以煮肉及鱼腊之器,既熟,乃脀于鼎,齐多少之量。"由此看来,鼎似主要用于盛放煮熟肉类,但从二里岗出土陶鼎来看,它原来确有烹煮食物之用:如遗址中发现之Ⅰ式:"器的腹底并带有浓褐色的烟熏痕和火烧痕迹。"② 也有不作烹饪使用的,如Ⅱ式:"这件鼎的腹浅,容量不大,又属泥质,磨制得那么光亮,可能不作烹饪器使用。"③ 所以商代早期鼎作二用,既可以作为煮食食物的炊器,也可作盛放熟食,用以和味的盛器,所以对此,《三礼辞典》中总结为:"鼎为盛牲之器。牲享于镬;熟乃升于鼎,和其味;食时,从鼎取出牲体,载于俎。其初,鼎或既为烹器,又兼作盛器;其后乃专为盛牲之器。"④

鬲,亦为烹饪之器。古人常将其看为鼎的一种:《尔雅·释器》:"鼎……款足者谓之鬲。"又《史记·封禅书》:说九鼎云:"其款足曰鬲。"索隐云:"款者空也。言足中空也。"《说文·鬲部》:"鬲,鼎属,实五谷,斗二升,曰𪉑,象腹交文,三足。"又《周礼·考工记·

---

① 具体有(1)侈口矮颈锥足式,(2)平缘鼓腹锥足式,(3)侈口束腹锥足式,(4)窄缘束颈袋足式。马承源主编:《中国青铜器》,上海古籍出版社1988年版,第85—86页。
② 河南省文物工作队、中国科学院考古研究所编辑:《郑州二里岗》(考古学专刊丁种第七号),科学出版社1959年版,第20页。
③ 河南省文物工作队、中国科学院考古研究所编辑:《郑州二里岗》(考古学专刊丁种第七号),科学出版社1959年版,第20页。
④ 钱玄、钱兴奇:《三礼辞典》,江苏古籍出版社1998年版,第977页。

陶人》："鬲，实五觳，厚半寸，唇寸。"孙诒让正义："鬲，形制与鼎同，但以空足为异。"鬲造型上与鼎相似，均为三足，但鬲的三足多为肥大的袋足。在这一点上，足制与同时期的盉，鬶等器物相似。

甗，蒸饭器。从字形来看与鬲有关，因此器乃由两部分组成，下部为鬲，用以煮水，上部盛米，称为甑，下部分的水蒸汽通过中间的箅加热上部分的米以达到煮熟的目的。

以上三件炊器，鼎在二里头夏文化遗址中有少量的发现，鬲在二里头遗址晚期极少出土，而甗则是早商文化中新生的器皿，但是这三种炊器却大量地出现在早商文化遗存中，并由陶器发展为青铜礼器。① 因为礼器中炊器的出现，使我们可以推测早商时期人们煮食和处理食物的方式进步和增加了。礼器中的炊器虽不能证当时礼仪活动中是否有切实的煮制食物行为，但却可证一种新的献祭标准真实地产生了：就是好尚味道，以味蕾所体会到的美好调和的滋味这一原始本能的生理愉悦作为献飨神灵、表达敬意的新的方式。《史记·殷本纪》："伊尹名阿衡。阿衡欲奸汤而无由，乃为有莘氏媵臣，负鼎俎，以滋味说汤，致于王道。"商代伊尹凭借对食物滋味的理解和阐释而干预朝政，这一记载也从侧面反映出商代对于美妙饮食的喜尚。这一感官的享受所产生的影响则是深远的："在中国的先秦时期，由于美味在人们长期的审美心理中一直占有中心地位，最终形成了一套完整的味觉审美文化。它深刻地影响了先秦人的审美观念和审美行为，影响了先秦文化中对审美活动性质的认识。这种认识认为，人的审美追求植根于人的生理本性之上，是人的本能欲望的自然表达。所谓审美享受，就是在这种生理欲望的满足中所获得的快感和愉悦。这显然是将味觉审美

---

① 如鬲的盛行："鬲，二里头文化在2.5%以下；商文化中却占比例很大，约25%""所公布南关外中层35件复原器物中，鬲为9件，占25%；漳河型代表遗址下七垣第三层'鬲数量最多'，辉卫型代表遗存辉县琉璃阁H1中'鬲……几乎占全部陶片二分之一'。"参见杜金鹏、许宏主编《偃师二里头遗址研究》，科学出版社2005年版，第279页。

的性质推广到、抽象为一切审美活动的性质的结果。"①

早商文化器物的改变反映出商人对于美食和味觉积极的追求,与夏人好尚质素,以无味的玄酒为最高规格的祭祀品不同,对商人而言,感官的愉悦能够带来充分的美感体验,这种从味觉而来的体验看似十分日常化,但它却奠定出商代社会审美的基调,即对于个体感觉的重视。强调个人感觉的愉悦性是值得追求的,同时,将自身感觉移情于祭祀对象,使得商礼建构中开始出现娱神,飨神的趋势。

二 商器外观之变与感官感受的全面增进

从二里头以夏文化为主体的遗址群,过渡到代表早商文化的二里岗遗址,作为两大遗址中出土量最多的陶器,越到后期,越呈现出器型扩大化的趋势,这表现出与对味觉感受全面苏醒相呼应的,还有视觉上对于美丽、精致、复杂图案的喜好。因此,先商至早商时期的陶器制品表现出一种与前期二里头陶器形制不同的特征来:即视觉体验的增强。这一现象有助于我们将陶器的风格演变与其时审美观念的转向,以及礼器的进一步蜕变联系起来。

商式新增器物多为炊器、盛器,与原先的酒器比较,新的器物在体积上都扩大了。首先,较之夏文化遗址中典型的"尊、盉、爵"之酒器组合,商器鬲、甗和盛器豆、盆等,在形制上都较前者更为庞大,是突出容量的器皿。另外,从具体器物自身器型演化来看,也经历了一个由小到大的发展过程:从夏墟二里头遗址早期到晚期来看,陶器中主要器种为圆腹罐、豆、盉、斜腹盆、爵、平底盆、小口瓮、瓦足皿和觚共九种。"在早、晚两期中,这九种器物件数之和都占各期陶器总数的90%

---

① 彭亚非:《郁郁乎文》,河南人民出版社2000年版,第142页。

以上。"① 这些器物在二里岗文化遗存中还有承袭,如斜腹圜底盆、小口瓮、爵等,但从同类器物的形式演变来说,也都呈现出扩大的趋势:如"二里头文化晚期的爵,体较瘦,流较长,腹和鋬上往往饰羽状划纹,二里岗期下层的爵,一般体较肥,流较短,不见划纹",② 又从"豆"来看:"二里头文化晚期有前面提到的三种类型的豆,共同特征是把较细,豆把直径约小于盘径的二分之一,二里岗期下层只有一种类型豆,其特征与二里头文化晚期各个类型豆都不同。比较而言,豆把要粗得多,其直径约是口径的三分之二,且常饰有'十'字形镂孔。这种豆特征明显,是二里岗期下层的典型器物,在二里头文化中根本不见。"③

器形的扩大化随之而来的是器身表面积的增加。较之二里头常见器物瘦长、素面的造型,早商文化中这一器物体积的膨胀使得更为繁复和精致的器表装饰成为可能。所以从先商至早商文化,陶器纹饰明显地丰富于之前的夏文化遗存。

先商文化遗址的代表漳河型、辉卫型和南关外型,从总体特征来看,具有以下几个方面的相似性:首先从纹饰来讲,主要饰以绳纹,并常以细绳纹为多见,如漳河型出土器物鬲,腹部饰以细绳纹,足上亦饰有细绳纹;在出土的甗上,通体饰以细绳纹;深腹罐橄榄状腹上饰细绳纹,出土的盆下腹多饰以绳纹等。同样,在早商文化陶器遗存中,细绳纹也是该时期陶器主要且重要的装饰图案。"同时期商文化遗存,以郑州二里岗下层遗存为例,陶器多浅灰色,烧制火候较高,陶质坚硬,胎较薄,泥质陶比例大于夹砂陶,所饰绳纹较细且纹理清晰,据统计饰细绳纹器物占 61.98%。"④ 而在此前二里头文化遗存中,陶器纹饰则多以粗绳纹为主。以细绳纹装饰陶器器表,绳纹间距小,

---

① 李伯谦编:《商文化论集》(上),文物出版社 2003 年版,第 69 页。
② 李伯谦编:《商文化论集》(上),文物出版社 2003 年版,第 74 页。
③ 李伯谦编:《商文化论集》(上),文物出版社 2003 年版,第 74 页。
④ 杜金鹏、许宏主编:《偃师二里头遗址研究》,科学出版社 2005 年版,第 279 页。

纹路多；而以粗绳纹为饰，则绳纹之间间距大，纹路少。二者从操作上讲，细绳纹比粗绳纹更耗时费力，但装饰效果却精致很多。陶器纹饰的变化与其时的审美好尚是息息相关的。先商文化与二里头文化时间上大致平行，从纹饰中绳纹类的差异来看，先商文化多采用耗时而细致的细绳纹来装饰器物，包括一般的日常生活器物，表现出先商文化中对视觉美感自觉而积极的追求。

同时，进入早商文化晚期以后，在遗存中大量涌现的青铜礼器上，纹饰装饰手法的变化就更加明显了。常见的有饕餮纹、云雷纹、夔纹、龙纹和虎纹等。鉴于早商铜器和陶器之间存在的紧密的联系，如铜仿陶现象的存在，有理由相信，青铜器器表日益丰富多样的装饰，与铜器纹饰的精细化在风格上是一脉相承的。同时，早商铜器如二里岗类型与二里头类型铜器之间虽保持着承接的关系，但更多表现出更新和变异："二里岗类型的青铜器在与二里头文化（尤其是二里头类型）的同类铜、陶、玉、石器保持着紧密的联系之外，其种类，形制及制作的精美程度上又出现了较大的发展。比如，铜礼器中的鬲、甗、分裆鬲式斝、尊、罍、盘、瓿、卣、簋等器种目前就看不出与二里头文化存在什么样的关系。而其中多数器种可能都系仿自二里岗类型中常见的同类陶器、或比较珍贵的硬陶和原始瓷器的形态。"[①] 所以与二里头类型文化相比，二里岗类型文化显然带上了新的色彩，表现在对装饰更加重视，新的纹饰图案更加丰富了："二里头文化的青铜器多素面，只有个别饰弦纹、联珠纹、菱形网格纹等，而二里岗类型的青铜器纹饰种类繁多，其中尤以饕餮纹条带最为盛行，后来甚至发展出了有底纹的双层花纹，流行兽头和扉棱、镂孔装饰。"[②] 对于商代新兴的这一装饰风格，古史学家李济先生已有发现和评述，他在《殷代装饰

[①] 王立新：《早商文化研究》，高等教育出版社1998年版，第160—161页。
[②] 王立新：《早商文化研究》，高等教育出版社1998年版，第160—161页。

艺术的诸种背景》一文中介绍自己的观点道："青铜器所代表的殷代装饰艺术、雕塑和骨刻，它们全都表现了把几种不同传统结合为一种风格的意图。这些传统中的主要部分，尽管在以往是多种形式的，但却是在华北为中心的远东演变出来的。这种综合的结果，创造并发展了一种在构图上协调均衡，在风格上极其独特的艺术体系。这种艺术风格不仅在周代进一步演变发展，而且促成了整个环太平洋地带不同区域的许多地方性的艺术发展。这实质上是以动物母题为主的一种象征艺术，而同时仍保留一定数量的几何图纹。明眼人可以从这种艺术上看到起源于彩陶文化、黑陶文化和某种木雕文化的各种装饰成分的融合。"①

在对纹饰繁复造型的追求之外，商人视觉上的转变，还在于喜欢温暖而鲜明的颜色。夏人"尚黑"：《礼记·檀弓上》："夏后氏尚黑，大事敛用昏，戎事乘骊，牲用玄。"与夏人在颜色上偏爱冷调、崇尚象征本源之物自身昏暗不明的"尚黑"习惯不同，商人喜爱白色，有"尚白"之誉。从早商时期出土陶器来看，商陶中便有独特的"白陶"出现："本期偏晚，作为一种新的陶——刻纹白陶开始兴起"②，杜道明对商人这一审美风尚总结道："'殷人尚白'这类在古代文献中屡屡出现的记载，并不仅仅是后世方士们的巫觋之辞，而是殷代的的确确存在的一种普遍观念和审美风尚。它反映在'国之大事'的祭祀与军事中，反映在殷人时时事事都离不开的占卜活动中，也反映在包括婚嫁、畋猎等在内的日常生活中。"③

商器出现的上述特征，折射出商人主动、积极的视觉实践活动，器物的纹饰、质地、色彩等成为商礼言说的材料，对视觉的追求，也反映出商礼建构时以潜在的"观者"为对象。《左传·宣公三年》：

---

① 李济：《中国文明的开始》，江苏教育出版社2005年版，第61页。
② 北京大学历史系考古教研室商周组编著：《商周考古》，文物出版社1979年版，第31—32页。
③ 杜道明：《中国古代审美文化考论》，学苑出版社2003年版，第55页。

"昔夏之方有德也,远方图物,贡金九牧,铸鼎象物,百物而为之备,使民知神、奸。故民入川泽、山林,不逢不若。螭魅魍魉,莫能逢之,用能协于上下,以承天休。"从出土青铜器现况来看,夏文化时铜器素朴,远未达到纹饰繁复的地步,商器则与《左传》中所描述的"百物而为之备"装饰情况相吻合。青铜礼器加以装饰的目的在于使人能区别鬼神,这反映出商礼虽以祭神敬天为中心,但也意识到行礼的效果是双向的,不仅有娱神作用,也有人群中的传播与影响作用。因此对礼仪效果与接受的考虑成为商礼建构中的重要因素。

三 以人为中心的礼仪活动的开始

关于商代整个社会所反映出来的时代特征,李济先生在《中国文明的开始》中有这样的总结:

> 在最近三十多年的中国田野考古工作中,考古工作者发现了商朝遗址。商朝的年代约当公元前第二千年的中期至晚期。由这个坐落在河南省北部,黄河北岸的遗址所表现的来看,中国文明不但相当进步,而且已臻成熟。它具备着熟练的铸铜技术、独立发展的文字体系,和一种复杂而有效率的军事和政治组织。这文化表现出物质生活的富庶、高度成熟的装饰艺术、明确的社会组织和对祖先极度崇拜的神权政治。这是一种充满了活力和生命力的文明,但其间不免含有残酷和黩武的因素。纵然如此,这个文化也为后来周朝的孔子及其学派所代表的人文主义哲学奠定了相当的基础。①

商代文明中对于感官的强调与发掘,对于现世生活的享乐精神,

---

① 李济:《中国文明的开始》,江苏教育出版社2005年版,第19页。

后世虽多有诟病，但却反映出当时整个社会风气中"人"这一主体意识的觉醒萌芽。所以商礼和前代礼仪比较，明显的不同就是礼仪指向从"外界"转移至"自身"。

首先，商礼显示出以行礼者主体意向为导向进行礼仪建构的趋势。如商代的祖先祭祀礼即分为两种——有具体目的与无具体目的的祭祖仪式。前者祭祀的目的主要在于消灾祈福："殷墟卜辞中所见祭祀祖先之目的多为禳祓避祸、祈请求福。"① 若为某人禳祓，则卜辞中多用"御"，如御王、御子某等。若以求告为主要目的，则是祈请之祭，如以下卜辞：

今……饮牛于祖辛？

于翌辛饮牛于祖辛？

贞：桒于祖辛？

贞：勿桒于祖辛？（甲骨文合集6949，宾）

贞人使用两则问句，即在先祖"祖辛"前有所祈求与求问。

后一种祭祖类型，即无具体祭祀目的的祭祖仪式，虽无短期明显目的，但此类"周祭"活动则体现出祭祀日益制度化和规范化，这必须是经由大量短期目的的祭祀训练而使之不断完善和形成的习惯："在商代后期的前段，祭祀祖先多出于禳祓、祈请等具体目的，而在商代后期的中后段，祭祀祖先则愈来愈超越了这些短期目的。"② 这一演变可视为祭祀目的的内化。"祭祖仪式内容的不断制度化，则反映了宗教性的祖先崇拜的持续削弱，富有自然神属性的高祖在祭祀仪式中的逐步退场也可促使我们想到这一点。"③ 从礼仪目的角度看，制度

---

① 刘源：《商周祭祖礼研究》，商务印书馆2004年版，第26页。
② 刘源：《商周祭祖礼研究》，商务印书馆2004年版，第46页。
③ 刘源：《商周祭祖礼研究》，商务印书馆2004年版，第46页。

化的祭祀更能保证长期稳定的礼仪活动，从而使行礼者处于安定持久的礼仪惠泽之下，从这个角度讲，商代祭祀礼的发展是日益贴合商人的个体需要的。礼仪建立的主体和受益者是行礼者，而非受礼者。

　　此外，商代祭祀建筑也体现出礼仪重心的转向。古人论及三代之礼，夏尚质、殷尚鬼而周尚文。夏礼尚质，意思是力求使礼仪活动回复到起源本身的古老、神秘状态当中去。因此，在祭祀建筑上，也力求以幽暗、进深的气氛来反映礼仪崇拜对象不可接近、不可亵渎的性质。如二里头遗址二号宫殿，便突出空间的幽暗、封闭效果。但商代礼仪观念发生了变化，商礼强调人在礼仪活动中的中心位置，所以商代考古遗存中的礼制性建筑也与夏时同类建筑不同，反映出一种开阔、通透的感觉来："从整体建筑的布局来看，早商与夏的宫殿却有所不同。二里头夏宫殿是用廊庑式的小建筑群环绕着庭院和殿堂，主次分明，而盘龙城的早商建筑群则几乎都是平行并列的，分不出主次，这种布局直到安阳殷墟改变也并不是太大。这好像又是殷礼不同于夏礼在宫室建筑上的一种反映。"① 又从晚商著名墓葬遗址"妇好墓"上祭祀建筑的复原情况来看：按照"宗"的性质，应采取四面空敞的原始"堂"的形制。"所以复原周围无墙体或槅扇之类的围护部件，推测当年使用时只是在柱间悬挂帷幕装饰而已。它实际上只是一个具有遮阳避雨顶盖的祭坛，看起来很像是一个亭子。"② 这种开放的建筑形制与闭合建筑相比，前者突出视野的开阔，无阻拦，与周围环境呈现出交流对话态势，而后者则处于封闭自身而达到神秘、庄严的场境之中。因此，前者呈主体开放之态而后者则强调人、神分离。

　　建筑上的改变所折射出的，是人与所祭对象之间关系的改变。与幽闭的建筑格局所带来的压抑、沉重、恐惧的心理感受不同的是，明

---

① 邹衡：《夏商周考古学论文集》，文物出版社1980年版，第145页。
② 杨鸿勋：《宫殿考古通论》，紫禁城出版社2001年版，第73页。

朗的祭祀空间暗示出被祭祀者与祭祀者之间不再是完全单一的控制和被控制的关系了。二者之间表现出友好的，互惠互利的温情关系来，而这正是商礼中不断抬升"人"这一行礼主体地位所带来的结果。对此，日本学者伊藤道治在殷墟祭祖卜辞中也观察到这一祖先观念的转变："亡巷则是请求宽恕的意思：在前一天报告翌日的祭祀而要求没有巷。这跟第一期的不确定性相比，祖灵显得跟人有更为亲密的关系。'亡尤'可以说进一步让祖灵的作用反映人的好恶欲望。就是说，祖灵变得根据人的行为而得以左右了。这跟第一期见到的祖灵不一定能根据人的行为而得以左右相比较，是更有亲近感的。"① 以人为礼仪中心的建构思维，随之带来的必然是从人的情感诉求、欲望需要出发，以自然人性为生长点，建立并发展礼仪的商礼构建模式。

四 以情感欲求为基础的礼仪建构

在传世文献的记载中，商代总是被描述为一个恣情纵欲的时代。《礼记》中对此就有较为负面的评价：《礼记·表记》："殷人尊神，率民以事神，先鬼而后礼，先罚而后赏，尊而不亲。其民之敝，荡而不静，胜而无耻。"又如《史记》记载，帝王纣时："使师涓作新淫声，北里之舞，靡靡之乐。厚赋税以实鹿台之钱，而盈钜桥之粟。益收狗马奇物，充仞宫室。益广沙丘苑台，多取野兽蜚鸟置其中。慢于鬼神。大冣乐戏于沙丘，以酒为池，悬肉为林，使男女倮相逐其间，为长夜之饮。"《尚书·酒诰》批评商人道："庶群自酒，腥闻在上，故天降丧于殷。"商代饮酒成风，沉湎酒色，被后世史学指责为导致王朝倾覆的原因。但从其中也反映出，商人味觉感受的苏醒，以及对强烈感

---

① ［日］伊藤道治：《中国古代王朝的形成——以出土资料为主的殷周史研究》，江蓝生译，中华书局2002年版，第16页。

官刺激的追求，因而对酒所带来的精神快感十分着迷。同时，商人对美妙的声音也充满喜尚：《礼记·郊特牲》："殷人尚声，臭味未成，涤荡其声，乐三阕，然后出迎牲，声音之号，所以诏告于天地之间也。"乐声是烘托祭祀气氛的重要手段，因商人对于声音的喜爱，故商族后裔祭祀成汤的诗歌《商颂·那》充满对各种乐器乐音的描绘：

猗与那与，置我鞉鼓。奏鼓简简，衎我烈祖。汤孙奏假，绥我思成。鞉鼓渊渊，嘒嘒管声。既和且平，依我磬声。于赫汤孙，穆穆厥声。庸鼓有斁，万舞有奕。我有嘉客，亦不夷怿。自古在昔，先民有作。温恭朝夕，执事有恪。顾予烝尝，汤孙之将。

商人在感官方面的积极追求虽为史家所批评，但这一时代风气促使商人在感官感受能力上开拓出了较之前人更深更广的空间，形成一种鲜活的生命体验，从而作用于商代社会的方方面面，同时也赋予商礼现实、现世的属性。商人天然的感官感受能力，还促使集体共通的情感体验的发生，因此，建立于个体感受之上的商代礼仪，必将以情感诉求的满足为礼仪构建的根本目的。

对于夏礼，传世文献中有"夏尚质"以及"夏道尊命，事鬼敬神而远之，近人而忠焉。先禄而后威，先赏而后罚，亲而不尊。其民之敝，蠢而愚，乔而野，朴而不文"① 等记载，结合夏墟考古遗址所出器物及宫庙建筑等相关特征，可以想见，夏礼充满远离俗世的色彩，夏礼的核心在于接近礼仪对象物的本质状态，因此尚未形成华丽的礼仪场面和繁多的礼仪种类，商礼则与夏礼不同。商人成熟的感官和对感官体验的热爱，使其对自身情志的合理性给予了充分的肯定，并在

---

① 《礼记正义》整理委员会整理，李学勤主编：《十三经注疏》（标点本），北京大学出版社1999年版，第1484页。

构建礼仪过程当中注意到了将自身的情感需要与礼仪表现结合起来。《荀子·礼论》："礼起于何也？曰：人生而有欲，欲而不得，则不能无求。求而无度量分界，则不能不争。争则乱，乱则穷。先王恶其乱也，故制礼义以分之，以养人之欲、给人之求；使欲必不穷乎物，物必不屈于欲，两者相持而长。是礼之所起也。"在这里荀子所谈之欲求，乃是"生而有欲"，是人天然合理的情感要求，满足这一需要正是礼仪建立的目的。商礼的建立便充分实践了这种天然质朴的"人本"礼仪精神。这是商尚且还是一个氏族部落的时候，便从其降生神话中就流露出来的新的特质：

《诗经》："天命玄鸟，降而生商"，又《史记·殷本纪》："殷契，母曰简狄，有娀氏之女，为帝喾次妃。三人行浴，见玄鸟堕其卵，简狄取吞之，因孕生契。"商族起源时的生育神话，孕育出与之相应的婚嫁之礼来，《月令》："是月也，玄鸟至。至之日，以大牢祠于高禖，天子亲往。"注曰："玄鸟，燕也。燕以施生时来，巢人堂宇而孚乳，嫁娶之象也。媒氏之官以为候。高辛氏之出，玄鸟遗卵，娀简吞之而生契，后王以为媒官嘉祥，而立其祠焉。"

生殖，是人类最自然、基本的生理欲求和情感需要。商族产生之初的生殖神话，讲述了商民自发祥之际便充盈着对人自然属性的充分理解与对自然情感的天然赞美。在生殖这一本能欲望上，婚嫁之礼应运而生，这昭显着商礼立礼重心：并不在于描述外在世界或本体以外的神秘图景，而在于表达并实现自身合于情理的情感诉求。商礼的发育态势，与商人感官感受的苏醒，自我意识的萌发和商代社会对人类感受能力的充分肯定并给予积极鼓励的审美风尚是息息相关的。同时，商代礼仪传统的确立，使中国古礼在诞生之初拥有了天然的人伦属性，使其在后世的绵延中，虽然经历三纲五常的"政治化"改造，但始终拥有符合人性的根本属性，从而得享了长久的生命力。

第三节　继承与流变
——周式器物特征与周代文化形态

《史记·周本纪》中以故事形式记载了周人迁徙，移居他乡的故事。周族的十三世祖先古亶父，以德治国，备受族人敬重。其时有戎狄来袭，讨要周国财物，古公亶父便主动给予之，但此后又再次来攻，希望得到周族之土地和人民。这一行为激怒了周族百姓，皆纷纷愿以战争相抗。但古公却说："今日戎狄挑衅，是为要得我的国家和人民。我来管理百姓，和他们来管理，其实是没有区别的。单单为我自己的统治权，而使百姓父子遭受灭顶之灾，实在于心不忍。"便与自己的亲信悄悄离开故土："遂去豳，度漆、沮，逾梁山，止于岐下。"① 古公这一体恤民生的行为受到了百姓的拥护和跟从，于是皆"举国扶老携弱，尽复归古公于岐下。及他旁国闻古公仁，亦多归之"。② 在这一颂扬周公德行的故事中，最为可信的信息是周原范围的确定，岐山之下是周原最为可靠的地标。《诗·大雅·绵》即颂："古公亶父，来朝走马，率西水浒，至于岐下"；又《帝王世纪》曰："古公亶父以修德为百姓所附，狄人攻之，遂杖策而去，止于岐山之阳，邑于周地，故始改岐邑。"古公亶父所迁之周原的具体位置，规模大小，传世文献中只泛称"岐山之下"或"岐山之阳"，故只能估计其大概位置在陕西省关中平原的西部，北依巍峨的岐山为屏。③ 从古公亶父定居周原开始，人民安居乐业，势力逐渐兴旺，至文王时期，周原范围已发展

---

① 《史记》，三家注本，中华书局1959年版，第114页。
② 《史记》，三家注本，中华书局1959年版，第114页。
③ 注：从考古发现来看，岐山山脉以南，渭河北岸之间所夹地带，早周至西周所出之考古遗存最为丰富，故此一地带应为周原的主要地望。而早期周原的主要据点则在"今扶风县北，岐山县东北六十华里的黄堆、法门、京当等地区"。材料参见陈全方《周原与周文化》，上海人民出版社1988年版，第11页。

至岐山以南，渭河以北，东至咸阳（武功），西至今之凤翔、宝鸡县的疆域范围了。在周人定居周原之后，大兴土木，建造城邑，《史记·周本纪》记载："于是古公乃贬戎狄之俗，而营筑城郭室屋，而邑别居之。"《诗·大雅·绵》："曰止曰时，筑室于兹。"出现城邑后的周原成为周人主要活动中心，史书明确的记载也为后世周原的考古发掘指引了方向。①

一 审美传统的延续

和商文化成熟前拥有一个先商文化的准备阶段一样，周文化主体阶段完全形成之前，也经历过先周文化的孕育期。先周文化是指武王克商之前的周族文化。其中包括古公亶父迁居周原到武王克商之间：古公亶父、王季历、文王三世先祖的历史，也包括由此上溯至更久，从传说时期的后稷—不窋—鞠—公刘—庆节—皇仆—差弗—毁隃—公非—高圉—亚圉—公叔祖类十二世祖的周前时期。较之大规模的夏商断代考古发掘，如二里头文化遗址的发掘和对殷墟安阳长时期高密度的学界关注，对周原和周文化相对应的考古工作则偏少。许倬云在《西周史》前言中谈道："夹在中间的西周，论文献史料，只有《诗经》、《尚书》中的一部分，及春秋史料中追述西周的一些材料。在近代考古学发达之前，金文铭辞已有若干资料，足以补文献之不足。但是相对的说，有关西周的史料，比之商代及春秋，都远为贫乏。惟此

---

① 目前已有的考古发现有：（1）岐山县京当乡凤雏村西南的早周时期的宫室建筑基址；（2）扶风县法门乡召陈村西周中期偏后的宫室建筑基址。两处遗址一东一西，反映出周时统治中心由初期的岐山之下为主要辐射点，向西部延伸和扩展的趋势。同时，扶风县云塘村还分布大量治骨、制陶、冶铜作坊和平民住宅，岐山贺家村附近早周墓葬集中，礼村北壕和扶风庄白村附近为西周墓葬区。大量的冶铜遗址和墓葬群使旧时之周邑成为青铜器皿的多出之地。该地区的礼仪制度代表——宫室建筑群基址和青铜礼器是研究周代礼仪观念形成变迁的有力实物依据。

之故，西周史在古史中是比较冷落的园地。"① 对于西周史而言，现今比较有针对性的考古材料有陕西宝鸡斗鸡台周墓中的"瓦鬲墓"，一共有前后相连的早、中、晚三期。早期大约在商代早期，中期约于商周之交，晚期则可判定大致在周穆王时期前后。

青铜礼器总是考古遗址中最引人注目的文化遗物。周文化相关遗址斗鸡台瓦鬲墓中，所出青铜礼器仅一件，而与瓦鬲墓一期同期同类型的陕西、甘肃地区的铜器墓中则出土了较多的铜器。同期陶器墓所出器物有鼎、甗、爵、斝、尊、觯、卣、罍、瓿等，器型全部仿自商式青铜器。据邹衡先生推断："瓦鬲墓第一期的年代不能晚于'殷墟文化第四期'，而可以早到'殷墟文化第三期第4组'"②，这段先周文化与殷文化不仅时间上完全重合，且所出器物几乎难以与商代青铜礼器区分开来。

先周铜器总体上讲，承袭或模仿商制的铜器最多。先周的铜鼎、甗、罍、觯、甗、尊等器型都是来源于商代或殷墟铜器已有的造型。③"总之，本期的铜器，器型制作，凝重结实，花纹造型，庄严典重，文字结构，工整严谨，说明西周早期，如同商代晚期一样，仍然是我国青铜时代的鼎盛时期。"④

青铜礼器是"重器"，象征着国家权力，它的拥有者——中国上古国王带有能沟通人神，通晓天意的神秘色彩，张光直先生在《中国青铜时代》一书中谈到上古时期人神之间获得沟通需要借助工具的力量，如良渚文化中玉琮便是建立天地、神人之间关系的接触器。从商

---

① 许倬云：《西周史》（增补二版），生活·读书·新知三联书店2012年版，第5页。
② 邹衡：《夏商周考古学论文集》，文物出版社1980年版，第314页。
③ 在周原，同样能看到商文化的传播影响。1972年周原遗址范围内的岐山县京当，从一处窖穴中出土了五件商代青铜器，计鬲一、斝一、爵一、甗一、戈一，都与中原所出的没有多少差异，时代相当于殷墟前半期。观点参见李学勤《新出青铜器研究》，文物出版社2000年版，第29页。
④ 北京大学历史系考古教研室商周组编著：《商周考古》，文物出版社1979年版，第151页。

代之后，玉琮渐渐被青铜器取代："象征九鼎的时代取代了玉琮的时代。"① 有商一代，从殷墟甲骨卜辞"凡事必卜"的现象来看，传世文献中"殷尚鬼"的观念确实是商代（至少是商代上层集团）真实状况的反映。如此一来，从商代时期发展至鼎盛的青铜重器身上，能证明商统治层对于权力的极端渴望，以及对青铜器皿拥有"通天，通神"能力的完全信仰。

张光直先生对中国上古文明中表现出来的强烈的"青铜文明"的特征，发表了一番重要的评论，认为以"九鼎"为代表的青铜器是权力的象征，这也表现为对制造青铜礼器材料的独占，以及朝代更迭时艺术珍品的转移：

> 九鼎不但是通天权力独占的象征，而且是制作通天工具原料独占的象征。九鼎传说始于夏代是很恰当的。王权的政治权力来自九鼎，对九鼎的象征性的独占，就是对古代艺术品的独占，所以中国历史上改朝换代是，不但有政治权力的转移，而且也有艺术品精华的转移。②

所以，这一论断能有力地说明先周至西周时期的青铜器为何总体上呈现出与商代相似的特征来。一方面，两者在时间上部分重合和前后相继，地域上也相隔不远，商代铜器强大的时代特征鲜明地遗传至周代铜器身上；另一方面，周器与商器的相似，很大程度上不能排除周逐渐强大以后，对商政权权力的剥夺，而其中必有对代表统治权的商器的占有。除有金文痕迹，能明显表明冶铸时期除周代的铜器以外，那些余下的铜器，与商器差异很小，很难区分确切朝代的器物，很有

---

① 张光直：《中国青铜时代·二集》，生活·读书·新知三联书店1990年版，第126页。
② 张光直：《中国青铜时代·二集》，生活·读书·新知三联书店1990年版，第127页。

可能是从商朝掠夺而来的。所以，从商周时期铜器多方面表现出的一脉相承的关系来看，周人对青铜礼器总的观念，较之商代而言是没有发生大的转变的。如《史记·周本纪》中一个细节的记载：周武王伐纣以前，在盟津之滨按兵不动。诸侯纷纷建议武王伐纣，而武王却认为"天命尚未可知"而一直不急于出兵。直到第二年，"闻纣昏乱暴虐滋甚，杀王子比干，囚箕子。太师疵、少师□（强）抱其乐器而奔周"。① 当时殷周晚期已有青铜乐器出现，乐器也属礼器范畴。礼器从一国迁至另一国的行为，可以视为政权转移的象征。这则故事说明，周人眼中青铜器仍是国家生活当中权力的象征物，对至高权力追求的脚步也始终没有停歇过。在周代审美风尚中，仍带有从商而来的威严凝重的神秘主义色彩。

二　周代审美中的新因素

然而，在这一总的趋势下，细心观察先周铜器，虽大多数地方与商器相同或相似，但也有新的特征开始出现。首先，从前面材料来讲，主要有铜器器身的细微改变，商器中夸张的"鼓腹"造型变得"方正"了一些，饮酒器的数量和种类都趋于减少。尤其值得关注的是铜器纹饰的变化。饕餮纹、夔纹等狰狞的非现实世界的动物纹样在逐渐减少，虽在西周早、中期仍能见到这些图案，但多以简化，或曲线化的方式来降低原有图形的恐惧感。其次，穷曲纹、重环纹、垂麟纹等几何样式的图案兴起，这使周式铜器慢慢开始摆脱商器凝重、威严的风格，而显出轻快、明朗的作风来。总之，较之殷商浓郁的象征主义风格，西周写实主义之风渐长。正如陈梦家先生在《殷虚卜辞综述》中所观察到的一样："殷代……铜器、玉器、骨器等器物上所雕铸的

---

① 《史记》，三家注本，中华书局1959年版，第121页。

动物形象的森严，不同于西周时代的温和和中庸。"①

从铜器身上，能反映出周代社会观念制度与商代的确有明显的相承关系，特别是在与礼器密切相关的礼仪制度上，可以推知周礼的建立应以商礼作为基础，《史记·周本纪》：古公迁居周原后，"做五官有司"，集解："《礼记》曰：'天子之五官曰司徒、司马、司空、司士、司寇，典司五众。'郑玄曰：'此殷时制'。"周礼承袭商礼而来，是有传世文献的直接证据和考古材料为旁证的。但周代铜器中与商器不同的部分，又能揭示出周代怎样的新的审美风格和背后的时代面貌呢？

在周代铜器新的特质突起时，值得关注的是，这一变化的出现与同期陶器的形态是息息相关的。首先来看代表先周和西周前期文化的考古遗存瓦鬲墓所出陶器一至四期的特征及演变情况：一期陶器："鬲有分裆鬲和联裆鬲两种，不同出。分裆鬲都作高直领；联裆鬲都是瘦长体。罐分圆肩与折肩两种。圆肩罐领部较高，折肩罐棱角突出，并开始用彩绘。"② 二期陶器改变了一期当中分裆鬲与联裆鬲不同出的状况，开始共存。同时，联裆鬲外形逐渐接近方形。第三期联裆鬲由方体开始向扁体转向，此外"陶罐的肩部开始有弦纹和泥铆钉"③，豆的圈足较粗，同时，陶器还出现了组合的现象，较早的墓中陶器组合为鬲、罐，较晚的墓中陶器组合为鬲、豆、罐。四期中已有的材料还较缺乏，但比较明显的就是"鬲、豆、罐"的陶器组合已成为定式，联裆鬲完全变得扁平，陶罐上继承了前期以弦纹和泥铆钉为主要装饰的纹饰风格。由此可见，陶器与铜器在某些方面呈现出一种相似的风格来。首先，两者在器形上，对商器圆浑的造型特征有所改变，周铜

---

① 陈梦家：《殷虚卜辞综述》，中华书局1988年版，第561页。
② 邹衡：《夏商周考古学论文集》，文物出版社1980年版，第313页。
③ 邹衡：《夏商周考古学论文集》，文物出版社1980年版，第313页。

器常见方形底座置于器底，陶器以鬲为代表，先有方体转向，再向扁体演变，此外，之前的陶器虽也有成组的配套形式，但像鬲、罐或鬲、豆、罐这样以固定搭配形式出现是周代陶器的特色之一，说明时人对器物间的组合关系给予了充分的注意，同样的方式也适用于青铜器的组合上，如水器中常有的匜与盘的配合、乐器中编钟成套联合以及列鼎的出现等。这都说明时至周代，器物之间的搭配关系是比单个器物自身更值得重视的，这代表着本时期礼仪环节的多样化与稳定化。

在之前的论述中可知，陶器是日常生活器皿，它被广泛地运用于普通大众的生活当中，易于被塑造也容易被破坏，所以陶器具有浓郁的地域性和时代性，适宜展示各族个性化的审美趣味。从商代开始，自青铜器上升为礼器中的主流之后，陶器便不再进入礼器的行列，而是主要用于满足人们日常生活中对器皿的需要，体现出与上层审美意识形态相对应的普通民众的趣味走向。然而，这一民间的审美风格却又能对上层青铜礼器产生影响，体现出新的作风来。陶器的造型变化迅速，其中的新生因素为铜器突破前代传统提供了素材。同时，铜器铸造需使用陶范，这也一定程度上拉近了陶、铜之间的距离。所以周式铜器上，一方面前代传统影响仍很强大，这是由青铜器背后所体现的王权威严不轻易被改变所决定的。周继承商代的铜器风格暗示出对商代王权的占有，青铜礼器是政权的象征物这一观念仍是周代上层社会的主流观点。但另一方面，周族发展成为国家之前也同样走过一个长期的周系氏族部落时期，而陶器则是这一时期周族本身思想观念、审美好尚的物质表现形式。由此可见，周朝之前的周族文化因子同样悄然地影响到之后的国家文化建构当中。周代器物形制并非完全来自商代遗传，相反，它反映出对之前的夏代文化超越时空的呼应与联系。周式陶器制品中对系列性的注重，类似二里头文化中的陶器组合；青铜制品中的动物形器，与南方商文化中的兽尊的造型原则相关。这些周代器物新兴特质的出现，都暗示出这一文明除受中原商王朝中心文化的影响外，还吸收了更早期文化传统的浇灌以及商代边缘文化区的洗礼，并将其糅合为一体，在自身获得话语权力之后，充分地发扬光大。

三 周族溯源：夏、周二族关系考辨

《史记·周本纪》："周后稷，名弃。其母有邰氏女，曰姜原。"周族始祖后稷的母亲，乃是有邰氏之女。这则传说记载了周族在上古以前与"有邰氏"发生过联系，《史记》注引《说文》云："邰，炎帝之后，姜姓，封邰，周弃外家。"[1] 所以姜姓有邰氏为周族以外的一支旁系，其居住地在史书文献中常有记载，如《国语·晋语》："黄帝以姬水成，炎帝以姜水成。"杨向奎先生解释："所谓'以某水成'，即在某水域生成。"[2] 对姜水的位置，徐旭生先生有比较明确的考证："比较可靠的是姜水所在，《水经注》渭水条下说，'岐水又东，经姜氏城南，为姜水'。按《世本》：'炎帝姜姓。'《帝王世纪》曰：'炎帝神农氏姜姓。母女登游华阳，感神而生炎帝于姜水，是其地也。岐水在岐山的南面，当在今陕西岐山县城的东面。'"[3] 古公亶父所迁之周原正在岐山之南，渭水以北，而先周至早周时期大多数考古文物也在这一带广泛出土。考古实际与史书记载正好吻合，证明这一带正是姜族主要的活动地区。同时《史记》还记载，姜姓女子姜原的儿子后稷，后为周族始祖，冠姬姓："封弃于邰，号曰后稷，别姓姬氏"[4]，从这条记载来看，在周族的民族成分中，融合了姜姓与姬姓。因后稷封邰，别姓为姬，姬姓部落日益成长为周族中越来越重要的主干。

---

[1] 《史记》，三家注本，中华书局1959年版，第111页。
[2] 杨向奎：《宗周社会与礼乐文明》，人民出版社1997年版，第14页。
[3] 杨向奎：《宗周社会与礼乐文明》，人民出版社1997年版，第14页。
[4] 《史记》，三家注本，中华书局1959年版，第112页。

正如姜族依姜水而生存繁衍一样，姬姓的周族也有自己所依恋的母亲河，称为"姬水"。杨向奎论证，姬水即是《诗经》等古籍中经常被颂扬哺育了周族的"漆水"。

《诗·大雅·绵》："绵绵瓜瓞。民之初生，自土沮漆。古公亶父，陶复陶穴，未有家室。"诗歌描述的就是周族从发祥之际就开始繁衍生息于漆水旁边的情形。又《周颂·潜》："猗与漆沮，潜有多鱼。有鳣有鲔，鲦鲿鰋鲤。以享以祀，以介景福。"赞美的是漆水清澈多鱼的美景。至于漆水与姬水的关系，杨向奎进一步论证："姬水即漆水，在周原一带，无论古今，除漆沮外，找不到第二条和姬氏有这样密切关系的水，所以我们说，姬水即漆水……姬、漆声纽相近，各隶于见纽溪纽。古音粗疏，既有相近处，故可以漆姬通假，而名从主人，姜氏既有姜水，姬氏遂有姬（漆）水。"① 既然周族是傍依姬水而发展壮大，姬水的位置，必在周原之间。《说文解字》"漆"字云："漆水出右扶风杜陵岐山，东入渭"，《周颂·潜》传曰："漆，漆水；沮，沮水也。……周原，漆沮之间也。"《水经注》郦道元云："岐山在杜阳北，长安西，有渠谓之漆渠"，又曰："漆水出杜阳县之漆溪，谓之漆渠。漆渠合岐水，与横水合，东注雍水，又合杜水，南注于渭。"从上述考辨可以发现，姜姓所依之姜水，与姬姓所依之姬水，地理位置十分接近，都在今陕西岐山县境内。在如此近的距离范围内共同生息的两个姓氏，追其始祖，则为《史记·五帝本纪》中最早的祖先：黄帝和炎帝。"黄帝者，少典之子，姓公孙，名曰轩辕。"② 炎帝则为神农氏，早在上古时期，黄帝氏族和炎帝氏族便在抵抗蚩尤之乱中发生过接触："轩辕之时，神农氏世衰。诸侯相侵扰，暴虐百姓，而神农氏弗能征。于是轩辕乃习干戈，以征不享，诸侯咸来宾从。而蚩尤最

---

① 杨向奎：《宗周社会与礼乐文明》，人民出版社1997年版，第17页。
② 《史记》，三家注本，中华书局1959年版，第1页。

为暴,莫能伐。炎帝欲侵诸侯,诸侯咸归轩辕。轩辕乃修德振兵,治五气,蓺五种,抚万民,度四方,教熊罴貔貅䝙虎,以与炎帝战于阪泉之野。三战,然后得其志。"① 在蚩尤作乱之时,炎帝式微,故黄帝氏族先克炎帝,再击败蚩尤。从这一神话来看,炎黄两个部落开始是共生共存的,而黄帝氏族逐渐强大起来吞纳兼并了炎帝部落。这一记载也与《史记·周本纪》中周族历史传说相契合。"姜姓为姬姓之母",反映了姬姜两族原本同处的原始状态,又"姜氏生后稷,后稷姬姓",用后稷称帝的历史记载,暗示出两个部落融合以后,姬姓吸收姜姓进入自身并发展成为主干,合并后成为新的氏族生活在周原之上,始称"周"。从以上一系列的族谱演进过程来看,炎黄两个氏族部落在接触过程中日趋以"黄帝"部落为主,而姬姓的黄帝部落,则成为周族的主体。这便是由传世史料记载的周代之前周族的发展脉络。从黄帝氏族部落而来的文明特征也是之后周代发展演变的主要传统质因。

然而,古史学家杨向奎在对中国上古史,尤其是上古氏族演变史的研究中一再强调,即使是在三皇五帝时代,氏族部落也并不局限在一个空间内发展,保持单一的本民族文化传统。正如他反对傅斯年先生提出的"夷夏东西说",认为夷夏两族并非绝对居东或居西一样,同样对于周原上的黄帝之后"姬姓氏族",它的族系也并非一成不变地完全由本姓构成:"以黄帝为华夏族的祖先,不能仅以周为主体,不谈夷,不谈夏。"② 杨向奎认为:夷、夏、姬周三个氏族是互相联系的,而这一观念能从三族之共同的图腾崇拜上得以证实。其论述试归纳如下:

> 《国语·周语下》:昔武王伐殷,岁在鹑火,月在天驷,日在析木之津,辰在斗柄,星在天鼋。星与日辰之位皆在北维。颛顼

---

① 《史记》,三家注本,中华书局1959年版,第1页。
② 杨向奎:《宗周社会与礼乐文明》,人民出版社1997年版,第18页。

之所建也，帝喾受之。我姬氏出自天鼋，及析木者，有建星及牵牛焉，则我皇妣大姜之侄伯陵之后，逄公之所冯神也。①

本段记载提到周族的主干姬姓氏族的来源："我姬氏出自天鼋。"对于天鼋，杨向奎认为这是象征黄帝的图腾崇拜："出自天鼋即出自轩辕，而轩辕即黄帝，也就是姬氏出自黄帝。而黄帝之称作'轩辕'实在是图腾崇拜，即水族动物龟蛇的崇拜。"②郭沫若先生也认为天鼋即轩辕氏的代表："余近证得古十二岁名本即黄道周天之十二宫，寅之摄提格为大角，其次为卯之单阏当于轩辕（西方之狮子座），单阏一称天鼋。是则轩辕、单阏均天鼋之音变也。轩辕不必即是黄帝，盖古有此氏姓，迄周初犹存而后已消灭，故后人遂附益之以为黄帝耳。"③天鼋的"鼋"，同于"龟"字。"龟字在甲骨文中侧面作 （甲九八四）、 （乙六七六）、 （福二），而正面作 （前七、五、二）、 （燕一九二）者，考古所的《甲骨文编》亦解作龟（原书五一三页），那么这正面的龟同于天鼋的鼋而非 。"④夏代因饱受水患，而龟蛇能在水中自由生存不受局限，所以成为夏族的图腾崇拜对象，而周族也推崇天龟为自己的图腾，这是否能说明夏周两族之间有一定的渊源关系呢？

《国语·郑语》："训语有之，曰：'夏之衰也，褒人之神化为二龙，以同于王庭，'而言曰：'余，褒之二君也。夏后卜杀之与去之与止之，莫吉。卜请其漦而藏之，吉。乃布币焉而策告知，龙亡而漦在，椟而藏

---

① （战国）左丘明撰，（三国）韦昭注：《国语》，上海古籍出版社2015年版，第90—91页。
② 杨向奎：《宗周社会与礼乐文明》，人民出版社1997年版，第19页。
③ 郭沫若：《殷周青铜器铭文研究》，人民出版社1954年版，第7页。
④ 杨向奎：《宗周社会与礼乐文明》，人民出版社1997年版，第19页。

之，传郊之，及殷、周，莫之发也。乃厉王之末，发而观之，漦流于庭，不可除也。王使妇人不帏而噪之，化为玄鼋，以入于王府，府之童妾未既龀而遭之，既笄而孕，当宣王而生。不夫而育，故惧而弃之。'"①

《国语》这则神话中，夏后将"二龙"传之郊野，便是殷周莫之发也。说明夏周之间有过接触，同时，周族中的一支姜姓氏族，在古史记载中曾受封于夏，《史记·齐太公》："太公望吕尚者，东海上人。其先祖尝为四岳，佐禹平水土甚有功。虞夏之际封于吕，或封于申，姓姜氏。"故虞夏之时，周族当中的姜姓氏族，便受封于夏，标志夏、周二族之间融合度进一步加深。同时，除姬姓氏族以天鼋为本民族图腾之外，姜姓氏族亦有类似现象。

在夏族鲧禹传说中始终围绕治水水神及龙蛇的崇拜，而姜氏祖先共工亦有类似传说："这是两个氏族融合的结果。姜本不以水族为图腾，但因两族结合而以夏为主，姜族遂有治水及水族崇拜的事实，两族图腾亦结合为一，而有'焉有虬龙，负熊以游'的有趣场面。"②

同时，除姬姓氏族与夏族享有同样的"天鼋"图腾以外，从姓氏本身上讲也有紧密的联系。对此问题，杨向奎赞同杨宽先生的看法，杨宽认为，姬、姒二字上古古音相同而可通用。他分别引了两段史料：一为《左传·哀公五年》"齐燕姬生子，不成而死，诸子鬻姒之子荼嬖"，而同样的史实记载于《史记·齐世家》中则为："景公夫人燕姬适子死。景公宠妾芮姬生子荼。"同为景公夫人，前者记为"鬻姒"而后记为"芮姬"，杨宽解释：鬻、芮二字乃形讹，而姒、姬两字则因同音而可通用。为"姒""姬"本为一姓，或一姓中两个分支进行了举证。从一字之上证夏族与姬族二族同出，毕竟材料还嫌单薄，而补充上述夏、姬之间图腾的类同，可作一判定，虽不能完全肯定姬族

---

① （战国）左丘明撰：《国语》，上海古籍出版社2015年版，第341页。
② 杨向奎：《宗周社会与礼乐文明》，人民出版社1997年版，第40页。

就出于夏，但两族之间必有过接触与交流，从同样的信仰崇拜物来看，两者之间的趋近度越来越高，融合得越来越紧密。

周人建立国家之后，追溯本族起源，也明确提出与夏族的渊源关系。《诗经·周颂》："我求懿德，肆于时夏"，《礼记·表记》记载："夏尚质而周尚文"，但夏质与周文所反映出来的社会效果是一致的，均为"事鬼敬神而远之，近人而忠焉。其赏罚用爵列，亲而不尊"。[①] 证明夏周文化之间具有高度的同质性。周代虽然继承商代而起，但它的文化内核很大程度上受夏文化影响，与受东部龙山文化浇灌下成长起来的商文化不同，周文化与夏文化同根同源，受西部仰韶文化滋养，周"文"的形成，可以看作是夏"质"在全面进入社会生活层面后的一种张力反映。

四　周文化的特质——调和与阐释

从族系上来讲，上古时期，周族与夏族关系密切，受夏族文化影响很深，但从历史时间上看，周代起于殷代之后，商王朝的传统观念必然或多或少地遗传至本时期，所以周文化的源头，一在夏而一在商。因此，周代文化是一种兼容并蓄的文化，能充分融合多种文化因素并创造出自身的特质来。例如，在解释宇宙起源与发展这样的问题上，周人便创造性地发展出了"五行"的思想。这一理论的认识论基础是夏商文化结合的产物，在融合中创生了新的品格，杨向奎谈到周代这一新的社会思潮时，这样论述道：

　　探讨西周时代的思潮，我们离不开《易经》、《书经》和《诗

[①] 《礼记正义》整理委员会整理，李学勤主编：《十三经注疏》（标点本），北京大学出版社1999年版，第1484页。

经》。在《书经》中最集中的一篇是《洪范》,它编在《牧誓》后面,是周武王时代得到的《书》。它一开头就说:"惟十有三祀,王访于箕子。箕子乃言曰:'我闻在昔,鲧堙洪水,汩陈其五行。帝乃震怒,不畀洪范九畴,彝伦攸叙。鲧则殛死,禹乃嗣兴。天乃锡禹洪范九畴,彝伦攸叙。'"谶纬书出,以之为大禹所受《洛书》,这是无根据的神话,但从中也可以得到信息,它不同于《周诰》,它不是有关人事天的安排,而是流行在宗周社会的一种思潮,归纳成文,找不到来源,托始于禹,其时它只能代表宗周以至春秋间的思潮,不能更早也不能晚到战国。①

杨向奎指出,五行思想最早源于何时,现在已很难考证。但它广泛盛行的时间主要在宗周以至春秋间。所谓五行,乃指宇宙间五种主要物质,一曰水,二曰火,三曰木,四曰金,五曰土。五种物质相生相克,联合起来生成宇宙万物。从"五行说"思潮的产生来看,它首先来源于对最高存在之物形态的追问,是对哲学上"义理之天"解释的结果。义理之天,指的是最高存在本身:"曰义理之天,乃谓宇宙之最高原理。"②五行学说是对义理之天性理的阐释,《左传·昭公元年》:"天有六气,降生五味,发为五色,征为五声,淫生六疾。六气曰:阴阳风雨晦明也。分为四时,序为五节。"五种物质实乃天内质外化的结果,是天的外显状态。杨向奎对宗周时期的五行说评价道:"这是一种可贵的思潮,代表了当时人们的最高智慧,它不假上帝或任何其他权威而找出生成万物的五行说。"③成熟的五行说虽然以五种物质更迭的方式独立解释自然变化,但究其根源,它的产生对义理之

---

① 杨向奎:《宗周社会与礼乐文明》,人民出版社1997年版,第213页。
② 冯友兰:《中国哲学史》(上),华东师范大学出版社2000年版,第35页。
③ 杨向奎:《宗周社会与礼乐文明》,人民出版社1997年版,第215页。

天本身状态的思索，对本源之物的追问是紧密相关的，而夏文化的典型特征便是关注终极、致思本源。从五行说生成根源来看，周文化对夏文化核心话语的继承是相关联的。

此外，五行说因具有一个相生相克，环环相扣的循环模式，便于其演变成一套解释社会发展的政教体系：即是由原始的五种物质，附以五种政教理论。《礼记·中庸》："天命之谓性，率性之谓道，修道之谓教。"郑玄注曰："天命，谓天所命生人也，是谓性命。木神则仁，金神则义，火神则礼，水神则信，土神则知。"在这段经文及注释中，五行学说以金、木、水、火、土来解释义理之天，反映最高存在天的五种内在属性，又将仁、义、礼、信、知五种品格附属于天，将其人格化成为向外开放自身的"主宰之天"。后者是天的"绝对自在"形态向下临格，使自身成为祭祀者情感可感知，智识可把握，语言可阐释的意念对象，是主体精神的投射，具有商文化中积极的主观性与自我意识。因此，五行说的理论品格，在其能在义理之天与主宰之天之间自由转换。从五行说的两个层面上，能看出夏商二族文化质素在周代的包容并存，周文化正是在对两族文化吸收、调和的基础上，创生了本族理性、现实、圆融的新兴审美精神与文化品质。

周文化继于夏、商文化而起。夏文化一元中心的品格，是周文化根基持守所在；商文化发而为外的特征，增进周人言说、阐释欲求。除五行思想具有内外双重意义之外，周人其他主要概念母题，均具备这样表里互补的互文性结构。礼，是周文化的总名。周礼，既是周人对宇宙世界大本大根的性状理解，也是社会表层的秩序规范。德，是周代哲学母题。它既是道自身内在属性，也是可展现与依傍的人事行为准则。周文化内外双向的维度，应是调和了夏商文化智性与感性，持中守正，圆融变通，呈现出人文理性之光。

第二章 上古礼仪的符号形式与意义表达

礼、仪，与中国文论的诸多元范畴概念一样，礼与仪是一对互文性概念话语。与之相似的还如道与德：隐而未显的是道，运行世间的为德；又如质与文：内化其中的是质，发而为外者为文；再如中与和：精微持守则为中，发而为用谓之和。上述概念均成熟于西周时期，共享同一思想、知识、价值谱系，成为后世文论话语衍生的源头。礼与仪也同样具有内外同构，平行言说的阐释模式。本于太一者称为礼，是天地自然生成法则，显见于时间者谓之仪，是本源状态以可感知的形式昭明。因此，礼、仪理应可以放入文论母题的研究范畴之内。不仅如此，鉴于中国文化"礼乐文明"的特殊色彩，礼、仪是在书面表达体系完全成熟之前，更为久远的表意系统。礼、仪以仪式为场域、器物为单元、时空方位等为辅助，形成意义生成与传递的完整体系，礼、仪表意中面对的形意问题衍生为后来语言阐释中的言意问题，同时，礼仪以自身的解决方式与突破之道，启发了其后文论致思机制的形成。

第一节 试论二里头夏文化遗址中礼器符号类型与表意途径

河南偃师二里头文化遗址是与夏文化密切相关的考古文化遗址。

从二里头文化所处地理位置及文化传统来看，它承袭仰韶文化而来，受龙山文化影响，并为殷周文化开创风格。因此，遗址中礼器的发展也处于承上启下的地位："二里头玉器承上启下、上下一体性，铜器自二里头至东周发展的一贯性、连续性，二里头陶器群的系统性，各类陶器的传承性，皆证明上自仰韶、龙山，下至殷周，乃是同一文化在发展、延续。"① 中国自史前时期已建构起礼仪体系，到二里头文化时期，礼仪得以进一步发展和完善。礼仪是独立于语言符号之外的完整、系统的表意体系。礼器在礼仪体系中是基本的表意符号，由于具有具体的实体形式，礼器在传达意义的过程中，一直面临如何以物质实体表达抽象精神内涵的问题。二里头文化时期，礼器内部呈现传统与革新的局面，在玉器之外，还出现了新的礼器类型——青铜礼器与陶礼器。礼器中的不同种类在表意上有什么区别？礼器中新因素的增添为礼仪风格带来怎样的改变呢？

一 专属礼器

二里头文化遗址中的礼器构成按质地主要可分为三类：玉石（宝石）类、青铜器类、陶器类。其中玉石（宝石）类礼器的造型和功用，与青铜礼器、陶礼器有明显的差异。陶礼器通常以日常器物为主，多为生活用具，如盛器、水器等；青铜礼器一部分由兵器转化而来，另一部分则有明显的"铜仿陶"倾向，二里头遗址出土的少量青铜礼器有铜戈、铜钺、铜爵、铜斝等。陶礼器虽拥有礼器身份，但其造型与生活用器无异，因此既可用于礼仪当中，也可脱离礼仪独立在日常生活中发挥其使用功能。青铜礼器虽因材质冶炼艰辛、不易获得而贵

---

① 郑光：《二里头遗址的发掘——中国考古学上的一个里程碑》，论文收入郑杰祥《夏文化论集》（下），文物出版社2002年版。

为礼器，但其造型仍来源于日常生活中具有使用价值的兵器、农具、饮酒器等。玉器自新石器时代以来一直专门独立地出现在礼仪场域中，具有最为稳定的礼器形态："自兴隆洼文化玉器生产，经过红山文化、小河沿文化和龙山文化的继承发展，成为二里头文化玉器生产源头，并经过中原王朝的聚合作用，吸收南方良渚文化和石家河文化、西部的齐家文化等的玉礼器要素，终于将四方的史前玉文化整合为一体，并一直延续贯穿到夏商周的礼乐制度中，并带来中国式的金玉组合理念。"[①] 据中国科学院考古研究所：《偃师二里头——1959年—1978年考古发掘报告》，二里头共出土玉器1202件。其中分为绿松石饰、玉柄形器、玉钺、玉璋、玉刀、玉圭、玉璧戚、玉戈、兽面铜牌、玉管、玉铲、玉镯、玉尖形器、月牙形玉器、玉板和玉舌铃等16种。[②] 其中可以归为礼器的，有传统"六器"类的玉圭、玉璋等；仪仗类礼器玉钺、玉刀、玉戈等；装饰类礼器绿松石饰、兽面铜牌、玉镯等。玉石类礼器与陶礼器的区别在于：前者多以特殊造型和典型的材质从日常生活中独立出来，与器物"日用"的属性拉开距离，专门承担起在礼仪中表意的作用；后者则是以日用器物的形态与身份进入礼仪。玉石类礼器的使用历史很长："特别是在史前时期，在青铜礼器尚未登上历史舞台之时，玉礼器作为一种独特的物质载体，在中华礼制的形成与发展过程中发挥着极其重要的作用，其上承陶礼器之遗韵，下启青铜礼器之先河，成为中华五千年文明的传承者和见证人。"[③] 同时，玉礼器的特殊形态和功用，与它在早期宗教、礼仪活动中扮演的角色有关，它通常是神职人员专门的工具，用于与天、地、鬼神等超验世界

[①] 林贤东：《史前玉器与玉礼研究》，博士学位论文，中国社会科学院研究生院，2009年，第3—4页。

[②] 陈雪香：《二里头遗址墓葬出土玉器探析》，《中原文物》2003年第3期。

[③] 林贤东：《史前玉器与玉礼研究》，博士学位论文，中国社会科学院研究生院，2009年，第3—4页。

的沟通当中，因为它的神秘性，后来也逐渐象征私人权力与地位：
"我们认为，史前玉礼器指的是与史前社会的巫术、祭祀等原始宗教活动密切相关的礼仪性玉器和代表拥有者和使用者身份、地位以及权威的象征性玉器。"① 因此，由于玉礼器使用范围的限制，它成为礼器当中的专属之器，即仅服务于礼仪活动，不进入日用层面。它的表意途径与它特殊的身份是相关联的。

（一）意义丢失的危险

上古礼制的早期形态是原始巫术、宗教仪式。《国语·楚语下》："古者民神不杂。"韦昭注："谓司民、司神之官各异。"世俗体系与神权体系的分割，体现出巫仪之礼的特殊属性"绝天通地"，礼仪成为一种秘密而私有的权力象征系统。因此，巫仪中使用的专属礼器与日常器物迥异，仅在礼仪过程当中才能被识别和使用，一旦离开礼仪场域，其使用方式便很难为一般观众所理解或掌握，同时，该礼器所携带的信息也由于理解受挫而处于丢失或中断状态。因此，专属礼器在离开礼仪场域之后，只能被认作是造型奇怪而含义不明的物体，它本应作为意义的符号被接受，却因为能指（载体）的特殊性或受限性，在未能有效地实现符号的所指层面时便存在着被降格为"物"的危险——符号的消解：由于未能实现符号的表意功能，使其从"能指—所指"的双重身份，降低到纯粹物理属性的存在。符号消解的结果是"物化"——"即让符号载体失去意义，降解为使用物。"② "原本是作为符号制造出来的纯符号，完全可以变成使用物……，当符号—物携带的意义缩小到一定程度后，不能再作为符号存在。"③ 由于专属礼器符号含义仅为一小部分经专门训练后的神职人员所熟悉，当这类礼

---

① 林贤东：《史前玉器与玉礼研究》，博士学位论文，中国社会科学院研究生院，2009年，第3—4页。
② 赵毅衡：《符号学原理与推演》，南京大学出版社2011年版，第31页。
③ 赵毅衡：《符号学原理与推演》，南京大学出版社2011年版，第31页。

器离开固定礼仪场域,失去解释支撑后便容易丧失自身的表意功能。《左氏春秋》所记载的"孔子获麟"就是一个例子:《左传·哀公十四年》:"十四年,春,西狩于大野,叔孙氏之车子鉏商获麟,以为不祥,以赐虞人。仲尼观之,曰:'麟也。'然后取之。"麒麟是礼仪系统中难得一遇的瑞祥之兆,服虔注"获麟"云:"麟,中央土兽,土为信。信,礼之子,修其母,致其子,视明礼修而麟至,思睿信立而白虎扰,言从义成而神龟在沼,听聪知正则名川出龙,貌恭性仁则凤皇来仪。又《毛诗传》云:'麟信而应礼。'又云:'驺虞,义兽,有至信之德则应之。'皆为以修母致子之义也。"① 麒麟不仅造型罕见而难以识出,它所指向丰富的意义更需要专门受训过,有丰富相关背景积累之人才能完全获得。因此,由专属礼器担任礼仪中的表意符号是有利有弊的。有利的一面在于,因为专属礼器的功能单一,仅为实现礼仪中的指向性意义服务,当人群通过教育训练的方式准确地识读出它特殊外形下的固定内涵之后,这一礼器的所指意义将是稳定的,这便可以用来解释为何从史前直至西周晚期,玉石类专属礼器的意义内涵一直没有发生过大的改变,因为它物体形式的存在必须服务于所指之物,当两者之间的对应畅通时,这一能指与所指的关系便是固定的。这样,专属之器通过稳定的意义表达,其物自身也获得了长久的生命力,被给予尊重与崇拜。然而,不利的一方面也从能指与所指之间的紧密联系而来,当专属礼器的物质外形不能得以准确理解时,它所指向的意义便遭致丢失。这样,它可能逐渐丧失了自身表意的使命,从而面临从礼器行列中消失的危险。这可以用于解释为什么一些玉石类礼器在后世发展中慢慢衰微下去直至被遗忘。"二里头时期玉器所保留的龙山特征和某些器物往后有的消失,如上举玉圭的某些特征的消失,多孔芽刀形大玉刀、斧形玉

---

① 李学勤:《礼记正义》,北京大学出版社1999年版,第703页。

钺的消失等。"①

（二）表意中的空间参与

二里头遗址中专属礼器如玉圭、玉璋、玉璧等，其使用方式多为"呈上"或"摆上"。《考工记·玉人》"玉人之事，镇圭尺有二寸，天子守之，命圭九寸，谓之桓圭，公守之。命圭七寸，谓之信圭，侯守之。命圭七寸（或云五寸），伯守之"。郑玄注："命圭者，王所命之圭也。朝觐执焉，居则守之。"朝觐执圭，是"呈上"之势，居则守之，则是将圭"置于"或"摆于"某处。相类似的记载还有《说文》："瑁，诸侯执圭朝天子，天子执玉以冒之。"在这里专属礼器圭、玉等均是以一种小心翼翼的被呈现的方式出现的，它所占有一个独立的空间，这一空间对该礼器意义的表达起着十分重要的作用。

如前所述，专属礼器与日常用器造型迥异，虽面临理解受挫的危险，但其特殊的形式却将独立的意义蕴含其中，它的表意方式是"隐喻"性的。因为不具备或几乎可以忽略"使用性"而突出指向性，即实体所表达或预示的意义，所以专属礼器的造型便如同密码一样将意义锁定其中，同时对于意义的"破译"也蕴含期待。倘若专属礼器不能顺利得以解读，作为符号来讲，它携带的意义便暂时处于隐藏的状态："既然被当作符号接受，哪怕接受者明白已经超过他索解的能力，他放弃作进一步解释努力，他的最起码解释努力（例如'神秘感'）也使这些文本符合本书的定义'被认为携带意义'。"② 鉴于专属礼器的这种属性，它所参与的礼仪应尽量帮助其完成意义的表达，对空间的设计则能促使这一过程的实现。

---

① 中国社会科学院考古研究所：《偃师二里头 1959 年—1978 年考古发掘报告》，中国大百科全书出版社 1999 年版，第 242 页。

② 赵毅衡：《符号学原理与推演》，南京大学出版社 2011 年版，第 52 页。

《礼记·礼器》:"天道至教,圣人至德。庙堂之上,罍尊在阼,牺尊在西。庙堂之下,县鼓在西,应鼓在东。……君西酌牺象,夫人东酌罍尊。"这里提到的罍尊、牺尊、象尊,均为上古礼器。郑玄注:"礼乐之器,尊西也。"《周礼》:"春祠夏禴,祼用鸡彝鸟彝,皆有舟。其朝践用两献尊,其再献用两象尊,皆有罍,诸臣之所酢。"

从符号角度来看,礼器属于人造符号系统,空间方位则属于天然符号系统。由自然界冷、热、高、下的天然条件而形成阴、阳、主、从等主观感觉,逐渐形成尊、卑、强、弱等内涵,这是空间意义的生成。专属礼器因为不在日常生活中频繁使用,其意义内涵对于观众而言是相对陌生的,而将之置于意义相对明确的方位上,有助于借助广泛被知晓的空间意义,形成对该类礼器含义大致的、主导性的认识。在二里头遗址出土专属礼器的位置摆放来看,可分为两类:一为使用功能性放置,多用于装饰类礼器,如玉柄形器,它多用于佩戴,因此出土时位置多呈现于身体两侧:"就出土位置而言,三期的玉柄形器既有位于墓主头部西侧的,延续了二期的放置位置;又有出土于中部的,与多数四期同类器物的出土位置相同。"[①] 在遗址四期当中:"87YL ⅥM57 的 2 件玉柄形器均残,放置在墓坑西侧中部,墓主头向北,故柄形器当在墓主身体的西侧。"二为表意功能放置,即有意识地对礼器置放位置进行设计,使其起到传达意义的作用。具体方式是将方位与礼器互相对应。如三期墓葬ⅥKM3:"随葬器物相当丰富,共24件,分上、下两层放置。上层器物摆在朱砂层的上面,大致与二层台相平。北面有圆泡形铜器 1 件,南面有铜爵、陶盉各 1 件,西面有铜钺 1 件,东面有铜戈 1 件,东北面平放着石磬 1 件,西北面有 1 片

---

① 陈雪香:《二里头遗址墓葬出土玉器探析》,《中原文物》2003 年第 3 期。

排列整齐的绿松石片，范围南北长25厘米，东西宽6厘米，中部有玉柄形器1件，共11件。在墓室上面散放着涂朱或涂墨的圆形小陶片6件。……下层器物是在朱砂层里，分置在墓室北、南两端。北端有圆形铜器2件、玉璧戚1件、玉戈1件、绿松石三角形饰2件、骨串1件和贝3枚；南端只有玉铲1件，共13件。"[1]

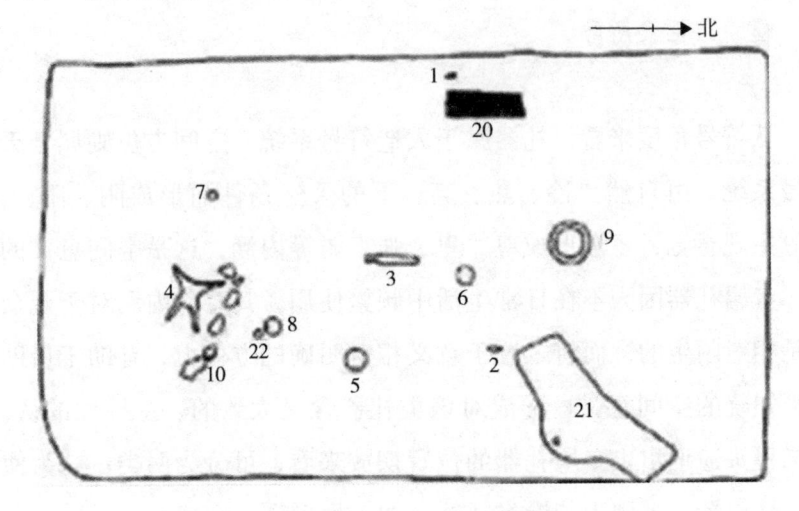

图2.1 二里头文化三期Ⅵ KM3 平面图（上层）

1. 铜钺；2. 铜戈；3. 玉柄形器；4. 铜爵；5—8、22：圆陶片；
9. 铜圆泡形器；10. 陶盉；20. 绿松石饰；21. 石磬

从三期墓葬Ⅵ KM3 上层平面图来看，东西南北四个方位上均有礼器放置，这不应被看作是随意的。首先它体现出分类的意识，即仪仗礼器、酒水礼器、乐器等分类放置，分类中还有体现出联系，如东、西面均为对称的仪仗礼器（钺、戈）；在墓葬上方的正北面、东北面与西北面，分别放置着圆泡形铜器、石磬与绿松石饰，正中部放有玉柄形器，以上礼器均处于墓葬位置的上方，这一空间体现着"尊"与

---

[1] 中国社会科学院考古研究所：《偃师二里头 1959 年—1978 年考古发掘报告》，中国大百科全书出版社 1999 年版，第 242 页。

第二章　上古礼仪的符号形式与意义表达

"大"的意味，铜圆泡形器、绿松石饰、石磬与玉柄形器在日常生活中的实用功能并不突出，从符号的角度来讲，它们物质载体的能指层面是在尽量被弱化，而代表意义的所指层面则被加强了。在空间分布次序当中，此类符号占据"上等"位置。铜钺与铜戈所处的东、西二面，是墓葬空间的中部。铜钺与铜戈均为仪仗礼器，又都从兵器演化而来，这类礼器符号并不完全消融能指层面，它仍具有一定的日常使用价值，只是在礼仪系统中它们流露出较日常使用而言更为明显的对抽象意义的指代。此类符号处于空间分布等级的中间位置；铜爵与陶盉为礼器中的酒器与水器，二者是纯粹的日常用具，它们作为意义载体的物质层面过于强大，以至于一旦离开礼仪场域便会立刻失去所指层面。这样的符号位于墓葬空间的最下端。因此，空间的安排，即高、下、尊、卑，是与礼器符号能指与所指之间的比例关系所联系着的。高贵而重要的空间往往代表着纯粹的精神意义，而次要、下层的空间则意味着世俗生活的介入。同样的规律也体现在该墓葬的下层：

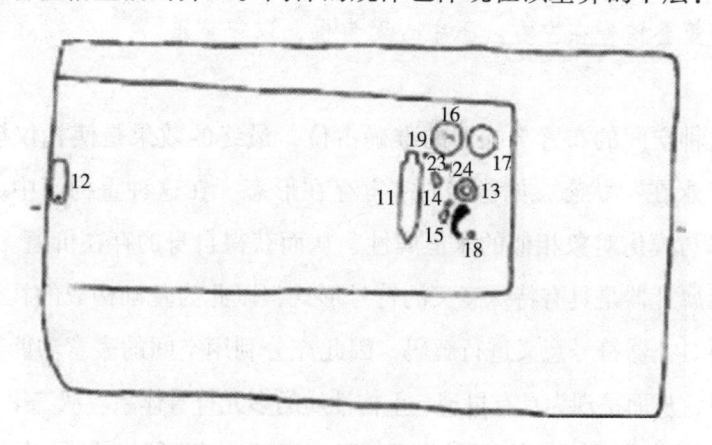

图 2.2　二里头文化三期 Ⅵ KM3 平面图（下层）

11. 玉戈；12. 玉铲；13. 玉璧戚；14、15. 绿松石三角饰；
16、17：铜圆形器；18. 骨串珠；19、23、24：贝

下层墓葬中除玉铲外的其他器物均集中置于墓葬北端。其中包括礼

· 65 ·

器玉戈、玉璧戚及铜圆形器等。北端为墓葬空间中的尊贵位置，放置于此的器物体现出使用属性较弱，表意属性较强的倾向，而玉铲虽也同为礼器，但形制上与农具相近，对实用性脱离不充分，表意特征不明显，因此位于空间中的次级层面。由此可见，对于专属礼器来讲，对空间的利用是其完成表意的重要手段。专属礼器内隐含的表意倾向借助空间的言说能力得以显明。《礼记·曲礼》："执天子之器当上衡，国君则平衡，大夫则绥之，士则提之……执主器，操币、圭璧，则尚左手。"将专属之器放于不同的位置，借助每一位置所蕴含的意义信息，能使礼器的隐秘意义得以昭明。同时，当空间与礼器意义之间的搭配长期磨合得以稳定之后，这两者之间的关系便综合形成更为丰富而强大的意义网络：

> 《礼记·礼运》："故祭帝于郊，所以定天位也；祀社于国，所以列地利也；祖庙，所以本仁也；山川，所以傧鬼神也；五祀，所以本事也。故宗祝在庙，三公在朝，三老在学，王前巫而后史，卜筮瞽侑皆在左右。王中心无为也，以守至正。"

这种空间的布置与礼器的准确占位，最终的效果是使礼仪模拟出某种"永在"状态，如稳定的宇宙存在形态。在这种重构当中，礼仪也取得与模仿对象相似的永恒属性，从而获得自身的存在价值。

专属礼器是具有特殊意义的符号形式，以此为基础构成的礼仪，由于需要对礼器符号意义进行解码，因此充分利用空间的表意功能显得尤为重要，从而呈现为具有再现、重构性质的多元符号体系。从二里头遗址出土材料来看，除专属礼器外，还明显地表现出日常器物礼器化的特征。

二 日常礼器——陶礼器及礼器组合

陶器是二里头文化遗址出土器物的主要类型，数量最多，种类最

第二章　上古礼仪的符号形式与意义表达

为丰富。陶器的大量制作与使用，催生了陶礼器的出现与运用。陶礼器与之前的专属礼器不同，它是以日常器物的造型进入礼仪体系当中的。在二里头文化遗址中，陶礼器广泛运用于祭祀、丧葬等礼仪场合，逐渐成为平行于专属礼器之外的另一重要的礼器类型。

（一）陶礼器的典型代表：封口盉

二里头陶礼器的典型代表是封口盉，有学者认为它就是传世文献中的夏代礼器"鸡彝"。其主要依据有二：一是封口盉外形与禽鸡相似；二是封口盉的礼器功能与传世文献中对鸡彝的表述吻合。《礼记·明堂位》记载："灌尊：夏后氏以鸡夷，殷以斝，周以黄目。"鸡夷，又作鸡彝，相传其造型与鸡有关。《礼记正义》孔颖达疏："'鸡彝'者，或刻木为鸡形，而画鸡于彝。"① 因后世治礼之人并未见过鸡彝实体，便望文生义地解释为该器物上刻有鸡形图案："皇氏云：'夏后氏以瓦泰之上画以鸡彝，殷著尊画为稼彝。'"在宋人聂崇义的《新定三礼图》中，鸡彝的造型是在尊器上饰以鸡的造型：

图 2.3　《新定三礼图》鸡彝造型

---

① 李学勤主编：《礼记正义》，北京大学出版社 1999 年版，第 946 页。

从形制上看，封口盉由三个袋足支撑，器身饱满，类似鸡腹，前有凸出导流颈，与雄鸡昂首引颈姿态相似。此外，封口盉确实具备礼器功能："封口盉有流有鋬，顶部开有桃形或圆角方形孔，符合灌器'凿背纳酒，从口吐出，以灌于地'的使用原理。"①

图 2.4　山东潍坊姚官庄龙山文化遗址鸡形陶鬶

图片引自《中国早期思想与符号研究》，第 500 页。

然而，封口盉虽是二里头遗址中典型的陶礼器，它造型特征与功能的习得，却不是该文化时期所独创的。在封口盉之前，还经历了大汶口文化"空三足器"到山东龙山文化"鸟（鸡）形陶鬶"的发展历程。"到大汶口文化晚期或山东龙山文化早期，这种陶鬶才作鸟形或雄鸡之形。雄鸡形态的陶鬶还见于河南、河北、陕西、湖北等地的龙山文化遗址，作敞口尖颈、引领伫立之状。其中一部分将敞流卷成圆

---

①　王小盾：《中国早期思想与符号研究——关于四神的起源及其体系形成》，上海人民出版社 2008 年版，第 499 页。

筒状，多用红陶制成，可以正式定名为鸡彝。"① 龙山文化中的陶鬶明显地体现出仿动物造型的风格，其中突出的是对"鸡"外形的模仿。鸟（鸡）形陶鬶的出现是与先商民族的图腾崇拜风俗联系在一起的。"它的造型一望可知是取材于鸡的形态。在甲骨文中，'彝'字作两手持鸡或鸟之形；在金文中，'彝'字的字形更加细致，从中可分辨出鸡翅（或鸟翅）被绳索捆住、鸡首落下血滴之形。由此可知鸡彝制度来源于鸡血祀神风俗。"② 因此，作为礼器的鸡形陶鬶，事实上是一件蕴含图腾崇拜意味的器物，它是借器物之形进行表意，该符号的能指与所指层面都是清晰的。能指层面是器物的物质载体，即肖似禽鸡的造型，所指则是器物所蕴含的动物种属鸡所代表的"阳气、新生"意义。鸟（鸡）形陶鬶能指与所指具有较高的相似度，是以"本身特征指称对象，记号与被意指物之间，存在有某种知觉类似性"，③ 在该符号的能指与所指之间，具有"理据性"，④ 即通过符号能直接感悟意义。

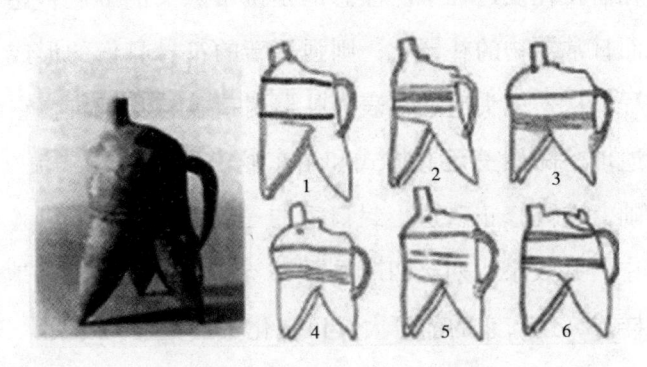

图 2.5 二里头出土封口盉形制

---

① 王小盾：《中国早期思想与符号研究——关于四神的起源及其体系形成》，上海人民出版社 2008 年版，第 500 页。
② 王小盾：《中国早期思想与符号研究——关于四神的起源及其体系形成》，上海人民出版社 2008 年版，第 501 页。
③ 李幼蒸：《理论符号学导论》，中国人民大学出版社 2007 年版，第 534 页。
④ 注：该观点可参见赵毅衡在《理据滑动：文学符号学的一个基本问题》论文中的论述。原文发表于《文学评论》2011 年第 1 期。

然而，同样的原则并不适用于礼器封口盉的表意。首先，从外形上讲，封口盉虽与陶鬶有所关联，但区别却是明显的。在保留鸟（鸡）形陶鬶袋足、长颈、引流的总体特征之外，封口盉明显减弱了对动物形象的模仿，象征鸡腹的饱满、肥大的袋足得以拉长，代表鸡颈的细长的引流得以缩短，因此单从外观上看，封口盉已与鸡的外形相去甚远。原有的能指与所指之间的"肖似性"被打破了，封口盉也不应再被看作是一个图腾象征性的符号。从这一系列的转变当中可以看出，原先运用于鸟（鸡）形陶鬶上的"理据性"表意原则不再适用于封口盉。在能指与所指之间建立新的联系与原则，是封口盉成为礼器的依据，也为夏代礼仪新兴因素的出现提供了可能。

（二）功能的添加与意义的生成

封口盉作为日常器物，它礼器身份的生成，与专属礼器是相对应的。专属礼器在礼仪过程中所注意的是携带意义的顺利传达——意义的破解，而日常器物的礼器化，则强调新的符号身份的形成，即意义的添加过程。从二里头遗址代表陶礼器封口盉自身来讲，它结合了大汶口文化遗址中陶器三足底样式和山东龙山文化陶鬶"流"的形制，并在此基础上进行修正改进。封口盉的三足都均为袋足，《二里头陶器集粹》中，共收录一期至四期盉器18余件，均无一例外地表现出肥大的袋足样式，这与它的前身大汶口文化中三足器"细足"的造型是有所区别的。两者相比而言，袋足在支撑的稳定性方面具有更大的优势。盉是"和水"之器，在使用的时候需要轻轻晃动，袋足则便于盉器的托起与放下，为礼仪活动中动作的稳定性提供了保障。封口盉用于注水的流，也在龙山文化陶鬶的基础上进行了改进。龙山文化中陶鬶的流，通常为半敞开式的，流口截断面为半圆形，封口盉的流则采用管道状，全封闭，截断面为圆形。封口盉形态的改变还在于采取"封口"的顶部样式。封闭的顶部开有一孔，便于液体注入，有制作精美者还配有孔盖，与后世壶的造型接近。封口盉流与顶部的形态改变，提高了注水的准确性，加之更加牢固的袋形足底，方便提握的侧鋬，封口盉功能的进化，提示着它应在日用功能的基础上，为审美层面的需要准备好条件。这好似后来中国文化中的茶艺一样，将日常的注水、饮茶过程，演变成审美功能为主导的仪式。因此，封口盉外形的演变与其功能的增加是相关联的。

二里头遗址中与封口盉相伴随的器物组合群能进一步证实这一功能添加的过程。遗址二期陶器83YLⅨM20，其中有一盉、一直领尊、一三足盉、一爵、两盆、两豆、一圆腹罐。又另一二期陶器组8 4YLⅣM51出土的十件陶器中，有盉两件，爵一、豆一、胆式壶一件，此外还有尊一件、平底盘一件，两件斝和一件鼎。从以上灰坑出土情况来看，盉均不是单独使用，而是与盛器尊，饮器爵、斝配合，形成一套盛水、注水、和水、导流与饮水的仪式流程。邹衡先生在《试论夏文化》中对这种陶器组合现象也给予了特殊的关注，并认为这是夏文化之区别于商文化的地方："夏文化的青铜礼器、目前只见到爵一种酒器。在陶器中却还发现了斝、爵、盉、鬶、觚等酒器，这几种陶器往往也是作为礼器随葬的。觚、鬶很少见到，斝、爵、盉则比较常见，而且经常成套出现。"① 同时，二里头遗址中的这一陶器组合现象，也与礼仪成熟的西周时代所出土陶器组相同。陕西长安普渡村长由墓中呈现的陶器组合，同样表现为斝（细体）、爵、盉。

夏文化中的陶器搭配，为礼制完善的时代所承袭，这暗示着夏文化中日常器物的搭配组合实现了对单个器物单一功能的突破，器物不仅拥有使用层面功能，也由实际功能发展出审美属性；既代表自身实现价值，又参与进器物组整体系统中形成完善的仪式结构。以封口盉为代表的日常器物，在"日常化"向"礼仪化"转变的过程中，就是

---

① 邹衡：《夏商周考古学论文集》，文物出版社1980年版，第148—149页。

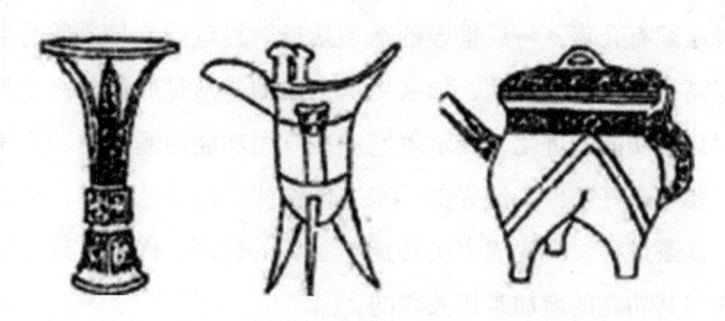

图 2.6 陕西长安普渡村长由墓出土西周中期灌器组合
（细体觚、爵、壶形盉）

不断地在日常功能的基础上增加其他层次的需求，并将个体统一于系统结构当中。这样，由于功能的丰富，改变了日常器物原有内涵的局限性，从而使器物成为新的意义载体，进入礼仪话语体系。

（三）表意中的时间介入

日常器物的功能与意义丰富性得以顺利添加的关键在于充分借助并突出"时间"的表意功能。首先，尊、盉、觚（爵）的组合，使礼仪被拆分成若干环节。尊用于盛水，盉用于和水，觚、爵用于饮水。尊器内的液体，先倒入盉中，在盉中轻轻晃动调和之后，再注入觚、爵之中。礼仪环节的增加，使礼仪中的时间得以延续。同时，作为陶礼器代表的封口盉，它封闭的流口也使其能够方便地控制注水的速度，从而对礼仪中的时间加以控制。当器物之间的搭配关系建立之后，它作为个体所具备的功能与意义便被打破了，各个器物不再为展示自身而存在，这与专属礼器的表意方式恰恰是相反的。后者自身蕴含设计者所赋予的特定内涵，这一符号所传达的意义是完整的，只是蕴含在专属礼器特殊的造型之内，意义的解读仍处于期待当中，而日常礼器的形成，则需要破除单件器物有限的功能属性，将不同器形的物体组合成为一个整体。新的整体如同复杂的结构一样，原有的单件器物在实现自身功能的同时，也表现出对其他部分的联系与观照。如尊虽为盛水之器，但也是仪式环节的开端，行礼人先倾倒尊器将水注入盉中，封口盉为和水之器，有荡涤调和容器内液体的功能，同时也需将水再倾注入觚、爵之中，而觚、爵在承接水源之后，则被献上或呈给礼仪对象。各个器物在彼此衔接过程中，时间参与进来了，时间能控制礼仪的速度，从而营造出或急或缓的节奏感。对这种节奏的掌握是具有意义的，能表达礼仪所要传递的或者严肃庄重、或者轻松和乐的信息。因此，陶器组形成新的符号表意体系，它所能传递出的意义比单件器物符号所具有的功能更加丰富。以组合的方式调节时间，使仪式从一般性行为中特殊化，这是日常器物礼器化的方法，同时也蕴含着早期夏人将单个符号片段化，形成整体符号体系进行表意的思想。

对时间所拥有的表意能力的体认，在后来的礼仪活动中得以频繁的实践。借助时间的快慢，礼仪节奏可缓可急，可根据行礼主体表意的要求进行调整，这是对时间意义的主动传达。如《礼记·儒行》："儒有衣冠中，动作慎。其大让如满，小让如伪；大则如威，小则如愧。其难进而易退也。粥粥若无能也，其容貌有如此者。"对动作中时间快慢的掌握能反映行礼人的态度、情感。同样，观礼者也能根据对礼仪中时间信息的分析，实现对礼仪意义的接受。如《礼记·檀弓》孔子观礼："弁人有其母死而孺子泣者。孔子曰：'哀则哀矣，而难为继也。夫礼，为可传也，为可继也，故哭踊有节。'"孔颖达疏："夫圣人礼制，使后人可传可继，故制为哭踊之节，以中为度耳，岂可过甚，皆使后人不可传继乎？"[1] 孔子对孺子的批评，在于他哭泣的行为纯粹是由心而出、无意识的自然状态，忽视了对哭泣时间长短的把握，从而仅成为单纯的情感宣泄行为，不能成为有意识的礼仪意义表达活动，倘若这样的行为不加以批评或阻止，礼仪将无法从日常行为中被分别出来。因此，对时间主动地利用与有效地控制，是礼仪从

---

[1] 李学勤主编：《礼记正义》，北京大学出版社1999年版，第222页。

日常行为中"特殊化"的必然途径，是礼仪生成的前提。

二里头夏文化遗址拥有两大礼器类型——专属礼器与日常礼器。专属礼器可上溯自新石器时期的礼制，当时特殊形式、质料的器物被固定下来，稳定地扮演礼器的角色。日常礼器则从二里头文化中丰富的陶器中脱颖而出，成为新的礼器素材。这两类礼器所代表的是不同的符号体系，以及其后表意、运思机制的差异。专属礼器与日常礼器共同存在于日后的礼仪体系当中，承载着不同的表意功能。专属礼器蕴含着礼仪开始阶段时沟通人、神的神秘属性，它尽可能地将能指趋近所指，建立能指与所指之间的"理据性"，它的表意方式是阐释性的，通过多重解释使隐秘的内涵澄明。日常礼器的出现，是二里头文化中礼仪体系内的新因素，也代表着这一阶段的夏礼进入新的领域。将日常器物引入礼器，首先拓展了礼仪运用的空间，使礼仪从单一的宗教仪式领域有可能进入日常生活，从而为后世"郁郁乎文"的礼仪生活形态打下了基础。同时，日常器物礼器化也体现出本时期夏人符号思想发展，即不仅符号的物质外形可以传递意义，符号的功能层面同样也能生成意义。此外，由专属礼器与日常礼器完成表意所借助的空间与时间，也随着礼仪的演绎沉淀，形成日后礼制体系内具有稳定内涵的意义符号。

第二节 商代青铜方尊的造型演进及表意原则

商代，是青铜文化的鼎盛时代。商代铜器，总体表现为一种精雕细刻、繁复铺陈的装饰风格。正因为如此，商代青铜器成为本时期审美创作领域内最杰出的代表。作为艺术品与礼仪用器，它既是追求视觉效果的结果，又是观念形态表达的产物。因此，对商代青铜器的研究，一方面需要从"生成"角度入手，研究其是如何被制作出来的，这一设计思维体现出商代文明哪些独特性；另一方面，还应从"表意"的角度，探讨其具体造型与礼仪功能意义传达之间的协调关系。对商器上述两方面的研究，有助于我们进一步了解商人思维的成型过程，从而更好地理解当时其他表现领域，如文字、音乐、仪式等方面的成就。

一 商代尊器的存在类型与定名争议

尊，是一种古老的礼器，是"高体的大型或中型的容酒器"①。在传世文献中，尊与彝连用，是礼器的代称。《周礼·春官·司尊彝》中有"六尊六彝"的记载，六尊为：牺尊、象尊、著尊、壶尊、大尊、山尊；六彝为：鸡彝、鸟彝、斝彝、黄彝、虎彝、蜼彝。其中尊配有罍，彝配以舟。罍，是敬神时诸臣自饮之器，与神器尊相区别："诸侯献者，酌罍以自酢，不敢与王之神灵共尊。"② 舟，"郑司农云：'舟，尊下台，若今时承盘。'"舟即彝所置之台。因此，从尊、彝各有附属器物来看，彝器虽均为礼器之共称，但器形内部仍有一些区别。从《周礼》的记载来看，彝器虽分六类，但总体以动植物进行命名，表明器物上刻以鸡、鸟、斝（稼）、黄目、虎、蜼（禺属，卬鼻而长尾）等纹饰，但从现今考古发现来看，《周礼》彝器分类法多为古人对古器一种追溯式想象，实际并无自命为彝的古器出现。现出土方彝是宋人对一类呈方形带器盖的容酒器的共称。然而，无论是从《周礼》对彝的指称，或是出土方彝种类来看，此类器物都体现出一种有规律的单纯性。

---

① 马承源主编：《中国青铜器》，上海古籍出版社 2003 年版，第 157 页。
② 《十三经注疏》整理委员会整理，李学勤主编：《周礼注疏》（标点本），北京大学出版社 1999 年版，第 517 页。

在《周礼》中，彝器皆以动植物为名，表明古人在指称原则上的统一；商代晚期实际出土方彝形式比较单调："方彝的截面纵短而横长，有屋顶形盖，下为圈足，圈足的每一边中央都留有或大或小的缺口，器体大多有四条或八条棱角脊。"① 这种命名与实出之器单一性上的一致，提示着彝并非只是礼器的一个共名，而可能是一类造型与装饰手法趋于一致的器物。然而，尊的情况却比彝复杂得多。从《周礼》记载来看，尊分三类，一为动物造型者：如牺尊、象尊；一为按实体形式分类：如著尊，即著地无足之尊，类似实出器物中的"圈足"，又如壶尊，即外形像壶者；一从所属朝代划分：大尊，即"太古之瓦尊"②，山尊，即"夏后氏之尊"③。从《周礼》对尊器的分类标准来看，有时间与外形两个维度，从所属朝代划分尊器，可说明它久已有之，从外形来划分，则有几何形与动物型两类，而这正与商代实出青铜尊器的情况相吻合。

《中国青铜器》一书中，将现今可见青铜尊器分为三种：有肩大口尊、觚形尊、鸟兽尊。虽与古籍中称呼不同，但实则二者具有潜在的一致性。有肩大口尊是承袭原始陶尊或瓷尊而来，在二里头文化中，就有大量有肩陶尊出现，并作为礼器参与祭祀、丧葬等礼仪活动中。因此，《周礼》所指"太古瓦尊""山尊"均为尊器的最早形态，或与有肩大口尊有关。觚形尊，是商代晚期到西周早、中期所出现尊器的流行样式。这类尊器改变了有肩大口尊肩部形态，呈现出以觚体为主，四周或两侧饰以方形棱脊，但总体表现为圆柱体形；从西周开始，又出现大口、鼓腹（垂腹）、圈足的新特征。觚体尊或多呈圈足，与

---

① 马承源主编：《中国青铜器》，上海古籍出版社2003年版，第226页。
② 《十三经注疏》整理委员会整理，李学勤主编：《周礼注疏》（标点本），北京大学出版社1999年版，第517页。
③ 《十三经注疏》整理委员会整理，李学勤主编：《周礼注疏》（标点本），北京大学出版社1999年版，第517页。

《周礼》所提及的著尊特征一致，或呈壶形的器主体（壶器造型主要特征为腹部凸出）与"壶尊"相似。此外，马承源先生在《中国青铜器》中还特别提到，觚形尊确为周人所指认的尊器："西周早期青铜器铭文中有一件子尊，自名为'翌'。春秋晚期安徽寿县蔡侯墓出土一尊，自名为'彝鉴'，上述二例，后一字即为传统称之为尊的专名。"① 传世文献与实出青铜器相似度最高的为鸟兽尊。《周礼》所言"象尊""牺尊"即为鸟兽尊之属，又称动物形尊。从上述尊器造型情况来看，有肩大口尊、觚形尊与鸟兽尊，虽都以"尊"名之，但事实上三类器物在造型上具有很大差异，所遵守的表意原则也不尽相同。因此，古器物学家认为，尊既有专名之一，又可做共名。如容庚先生论道："今所见商周彝器，尊彝乃共名而非专名，凡彝器皆得称之。"② 不过他又提到自宋以后所定青铜器名中，尊也有专称之意，如觯、觚、壶、罍等为共名之尊，而牺象之属为专名，再称为尊则容易混淆，所以容庚先生提出以尊来称上述之物，须是"觚觯而巨者"。然而，牺尊、象尊多流行于晚商或西周时期，宋人应是注意到此类器物在本时期的特殊性、突出性，故以"尊"代名之。对尊器的专指，或事实上的尊器是否出现于更早时期？代表一类固定结构的器体呢？

李济先生在反思古器命名时提出"一般地说，在人类文化史中，出现比金属的器物为早，而器名的早期历史或近代习惯是如此的：一件器物，若是形制不变，就是质料变了，它的名字可以沿用习用已久的"。③ 尊器的三种类型中，觚形尊与鸟兽尊出于商代及西周，唯独有肩大口尊，在二里头文化陶、铜交接时代就已作为礼器出现，这也符合甲骨刻辞中尊的含义："'尊'字例较多，有祭祀义"④，早期铜尊有

---

① 马承源主编：《中国青铜器》，上海古籍出版社2003年版，第185页。
② 容庚：《商周彝器通考》，上海人民出版社2008年版，第299页。
③ 李济：《殷墟青铜器研究》，上海世纪出版集团、上海人民出版社2008年版，第415页。
④ 李济：《殷墟青铜器研究》，上海世纪出版集团、上海人民出版社2008年版，第414页。

明显的模仿陶尊的痕迹，显示两者在造型思维上的一贯性，可以推测，有肩大口尊是承袭尊器的最早形态而来的，这类器型是尊的名至实归者，觥形尊与鸟兽尊都是后起借尊以命名。"古器物学家对于'尊'这一形铜器，意见颇有不同。它的最初形态也源始于陶器而且是圜底的，后来变成彝器的总名，有时也叫尊彝。殷墟出土的，有三件大器似乎属于这一类型，它们都是大口、方肩、圈足的大器，与那些无肩的尊外形甚不相同。"①

青铜有肩大口尊具体形制在商代经历了一个发展演变的过程。商早期器身多呈腹部圆鼓状，晚期则多呈腹部方鼓状，又称方尊。大口尊从商代早期到晚期的演进过程显示，方体逐渐取代了圆体，表现出商器独有的风格。从商代早期大口尊的圆体，到商晚期方尊所呈现的方体，同为一器，但器体形态发生巨大转变，这无疑是商人设计思路与表现手法更新变化的结果。

二 商代有肩大口尊的地域分布与形制演变

就现今所出青铜大口尊情况而言，中国南方为商早期圆体大口尊的主要产地："在我国南方地区，历年出土了大量商代青铜礼器，其中有一类大口尊出土范围广，发现数量多，在南方商代青铜器中非常重要。从50—80年代初，安徽、湖南、重庆和陕西等地就不断有大口尊零散出土。……大口尊在南方分布较广，出土较多，在南方商代青铜器中占有重要地位。尤其是在四川广汉三星堆铜器群中，青铜礼器组合只有大口尊和罍，其中又以大口尊为主，显得更为突出。"② 从大

---

① 李济：《殷墟青铜器研究》，上海世纪出版集团、上海人民出版社2008年版，第419页。
② 施劲松：《论我国南方出土的商代青铜大口尊》，收入《湖南出土殷商西周青铜器》，岳麓书社2007年版，第327页。

口尊的传播区域来看，其传播路径主要从安徽阜南，经两湖地区，至长江流域中游，进而向四川等地传播。安徽阜南一带所出铜器与中原地区特征无二，两湖地区同样具有丰富的器类，仅尊器就有大口尊、觚形尊、方尊和牺尊等，也全面地具备了中原尊器的各种形态。进入长江上游流域的四川等腹地，因与中原相隔遥远，又受地形限制，铜器地方性色彩浓郁，如青铜礼器中只有大口尊和罍。这一传播过程表明，大口尊的出现，早于觚形尊和鸟兽尊。因此它能较其他尊器器型先一步进入传播领域并推进到距中原中心相对遥远的区域。从大口尊的现有形态来看，无论是中原商早期尊器，或是阜南、湖南、湖北及四川所出同类器型，均有一致之处。从中原至南方所出大口尊看，绝大多数为兽面纹尊。结合马承源《中国青铜器》一书及施劲松《论我国南方出土的商代青铜大口尊》一文的分类标准，兽面纹大口尊主要可分为两类：

（1）低圈足深腹型

以安徽阜南所出兽面纹尊与河南偃师出土商早期兽面纹尊为代表。主要特征为大口、深腹、圈足低矮。尊的口径大小多同于或约大于肩径。肩部卧有三个兽首，腹部多饰以连体兽面纹。圈足上有十字形镂孔（图2.7）。

（2）高圈足深腹型

这类大口尊数量较多。分布于河南（如殷墟妇好墓）、安徽、湖北、湖南、四川等地。主要特征为大口、浅腹、高圈足。尊的口径多大于肩径。肩部装饰仍以三个牺（兽）首为主，但有的器物在兽首之间或之上出现立鸟，器腹收缩，或有扉棱出现，纹饰多为解体兽面纹。圈足高且出现与器身相应的纹饰，足上有十字形或方形镂空。此类器中或可分出一式，如四川广汉三星堆二号坑和陕西城固苏村所出铜尊。其形制特点同于第二类铜尊，比较明显的区别在于器腹部及足部纹饰多为连体兽面纹。可看出是本类型铜尊的一个分式（图2.8）。

图2.7　1974年河南偃师塔庄出土　　图2.8　商代晚期　饕餮纹尊

从上述两类青铜大口尊特征对比来看，主要相似处在于大口及肩部装饰，区别则是兽面纹为连体的或分解的、腹身容积大小、圈足高度的变化及足上装饰的有无。从时间先后来看，在中原所见的大口尊中，第一类型为商早期器，第二类型如出土于河南殷墟妇好墓方尊，为商晚期器。中原作为商代青铜器生产的中心，器形出现的时间早晚相应地辐射于周边及影响力所及地区。因此，青铜大口尊的第一类型应早于第二类型，这样，连体兽面纹、素面低圈足等则为分解兽面纹、带纹饰高圈足之前身。

从商早期低圈足连纹尊向中晚期高圈足分解纹尊的发展历程来看，器物形制与细部的变化展示出一些设计思路上的不同。商早期尊器，如以河南偃师所出大口尊为典型代表，特点为器表无明显扉棱凸出，纹饰多呈"浅浮雕"形式，与器身处于同一平面。主要图案为兽面纹。兽面纹，旧称饕餮纹，该器兽面纹为"有鼻有目，裂口巨眉"[1]

---

[1] 容庚：《商周彝器通考》，上海人民出版社2008年版，第77页。

类型，中间间隔以雷纹，雷纹类型为两端向内回转。兽面纹与雷纹处于同一层面，上下环绕圆涡纹，器物肩部饰以穷曲纹，上下绕以圆涡纹。该器整体装饰风格为连环式，它在视觉上的表现效果为连续性的，即单幅图案的独立性不突出，对视域的限制性不强，视角比较广阔。这种平面、连续性的装饰风格，是商早期大口尊的突出特征，类似器物还如故宫博物馆著录的凶尊。《商周彝器通考》《河南出土商周青铜器》中——九号饕餮尊等（图2.9）。

早期大口尊器口、器颈、器底往往无饰，仅以器身为整体进行装饰。但随着器物的演进，逐渐出现了圆体的渐变。器身腹部连贯性被打破："腹较浅，腹和足上有扉棱。……腹部均饰全分解兽面纹。"① 如《河南出土商周青铜器》一二六号饕餮尊（图2.10），器身虽仍保持圆体，但腹部和肩部的扉棱使得装饰纹饰不再呈周体连贯的，在扉棱所界分出的区域内，双目凸出的饕餮图案特征完整，显然占据了空间的中间，并在兽鼻正中上方的肩部相应位置出现了牛首；器圈足底上亦饰以小型兽面纹，双眼凸出，与器腹的大兽面纹的双目位置保持

图 2.9　　　　　　　图 2.10

---

① 施劲松：《论我国南方出土的商代青铜大口尊》，收入《湖南出土殷商西周青铜器》，岳麓书社2007年版，第328页。

对称。因此，因着扉棱对空间的分割，单幅图案的独立性得以增强，同时在单元图案内部，主要图形往往置于中心，两侧呈均匀的对称，与之前未加扉棱的器身图案相比，这种中心—对称型图案布置方式进一步确立了兽面纹与伴生纹饰的主次地位，而之前这两者之间的关系则更接近于自然的过渡或衔接。

在青铜大口尊中，连续型纹饰与分割型纹饰是渐进出现的，二者在时间早晚上有承接关系，以四川广汉三星堆文化中二者的并存为有力证据。三星堆遗址中出土两类兽面纹尊，一类为连续纹饰型，以三星堆二号坑所出一件器物为代表："腹和足部饰阴线带竖直卷角和横贯口的连体兽面纹，……颈粗短，腹较直，足较矮，但足壁仍外弧。肩上仅有三个牛首而没有立鸟，身和足上没有扉棱。"[①] 一类则为带扉棱的分割型，仍以一出土于三星堆二号坑尊器为代表："腹较扁，肩上有三牛首和三只扁身立鸟，牛首上有低矮的扉棱，足上有方形镂孔。腹部饰全分解兽面纹为'几'字形角，角间有匕形饰，额上又有牌状饰，兽面部呈矩形凸起，两侧为突出的下颌，兽面上多凸起的乳钉。"[②] 然而，从两件器物的对比来看，前者纹饰繁复精细，后者则显得粗糙，体现了工艺上的不成熟，进而可推断出其出现时间上的后起。三星堆文化与中原殷墟文化在器物形态上的时间差，反映出边缘地区之于中心地区的文化滞后："文化传播过程中，……某些文化因素从传播主体出发，经中介地区传播到受体，不仅文化特质会发生某些变化，而且空间上会发生位移，时间上也将经历一个过程，因此，在传播受体发现有和传播主体相似的文化因素，乃是'文化滞后'的表

---

① 施劲松：《论我国南方出土的商代青铜大口尊》，收入《湖南出土殷商西周青铜器》，岳麓书社2007年版，第328页。

② 施劲松：《论我国南方出土的商代青铜大口尊》，收入《湖南出土殷商西周青铜器》，岳麓书社2007年版，第328页。

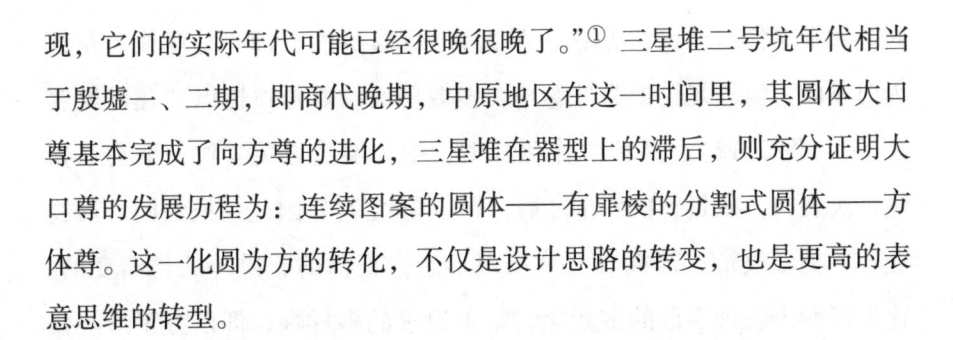

现,它们的实际年代可能已经很晚很晚了。"① 三星堆二号坑年代相当于殷墟一、二期,即商代晚期,中原地区在这一时间里,其圆体大口尊基本完成了向方尊的进化,三星堆在器型上的滞后,则充分证明大口尊的发展历程为:连续图案的圆体——有扉棱的分割式圆体——方体尊。这一化圆为方的转化,不仅是设计思路的转变,也是更高的表意思维的转型。

三 方尊造型与表意特点

商代晚期大口尊的主要器型为方体,方尊是商青铜艺术的典范,其代表铜器如河南安阳殷墟妇好墓出土的妇好方尊;湖南常宁牺首兽面纹方尊,及有名的湖南宁乡出土的四羊方尊等。方尊全面地具备了商代铜器表现的特征要素:"商代青铜器采取三层重叠装饰法,即它的主纹(如饕餮纹)线条宽平,与器壁保持着同一平面,地纹微微凹下,铺衬以细密而均匀的云雷纹,最后在器物的把、纽或转角处有重点地塑造几个高高的动物圆雕,整体装饰效果十分繁缛而又层次分明。"② 方尊的三大装饰特征,便是以上所述的:面、界、亚形结构。

从"面"来看,方尊器体分出三个层次:器足、器腹与器颈口,这可视为表现视域中的三个层面,并且各自具有不同的形体规范:方尊器足呈梯形状、器腹多为长方形或正方形、器颈口则为带圆弧度的倒梯形状。这种划分,相比较于之前圆体大口尊足、腹、颈均呈圆弧状的一致性来讲,是一个重要的改进。它的意义在于,为具有表意功能的纹饰图案的可变化性提供了空间载体,使之形成三类图案层面。图案明显的特点是:器腹与器身常用纹饰为兽面纹,但有细节上的不

---

① 李伯谦:《中国青铜文化结构体系研究》,科学出版社1998年版,第300页。
② 李飞编:《中国古代青铜器纹饰图典》,浙江古籍出版社2008年版,第8页。

同。如常宁牺首兽面纹方尊（图2.11），腹身的兽面为分解纹，角部为内卷曲，但器足则换为外卷角。多数兽面纹尊器口饰以"蕉叶饕餮纹"①（图2.12），其状"作蕉叶型，中为倒置之饕餮纹，上为三角纹，次裂口，次目，次两重之眉，填以雷纹"。②因此，虽为同一器物上的同类型纹饰，却拥有三种表现形态：正面的、逆转的与渐变的。这也折射出表现手段的多元化与审美追求的多样性，即以方正形与修长形反映出器体从稳重到灵动的风格转换，以及对厚重之美与飘逸之美的一致认可。

图 2.11　　　　　　　　　图 2.12

就"界"而言，界是对面的限制，在商晚期的铜方尊上，扉棱是界的实体形式。从视觉效果来看，器腹图纹对物体的表现是平面式的，展现的是物体的正面状态，如对饕餮纹的眉、眼、裂口等均以鼻为中心对称展开，这是观者视线与物体保持水平时所获得的视觉效果，也是对物体形态最全面、整体的感知，扉棱则常是器物主图案的侧视图。铜器扉棱的前身，可追溯到新石器时代及二里头文化中玉器的"扉

---

① 容庚：《商周彝器通考》，上海人民出版社2008年版，第300页。
② 容庚：《商周彝器通考》，上海人民出版社2008年版，第82页。

牙"形式。如在二里头文化遗址所出土的玉器中,"目前已公开发表并配有线图的带扉牙玉器共有 19 件"①,其中多件玉器扉牙呈兽面侧视状,如玉璋:"80YLVM3:5:其每侧扉牙复杂,……下阑可分为两小部分,其中下端为高开口兽首形,IIIKM6:8,属于二里头文化三期,其每侧扉牙复杂,其上下'阑'突出,为回首张口兽形,两'阑'之间向中间渐收为一个'凹'。"② 然而,较之玉器时代扉棱鲜明、凸出的造型与"飞檐"效果,晚商铜方尊上的扉棱特点则显得模糊很多,它们多为器身上细微的隆起,很多体现出均匀的几何化倾向。如湖南常宁牺首兽面纹方尊,其足、腹与颈口的扉棱都是排列整齐、间隔一致的小正方形,很难将其与兽面纹的侧视形态联系起来。尽管如此,在时间更早的带扉棱方尊上,却能够发现与后期几何化倾向不同的造型来。《河南出土商周青铜器》中编号一二六的饕餮纹方尊(图2.10)是一件商代前期铜器,腹饰三组饕餮纹,间以三个扉棱。这类扉棱有着特殊的卷曲效果:最上面的棱首呈弯曲态,下间以一小凸起物,又隔一小间隙后,坠连起一长直形凸起,棱尾为小凸起状。这与该器器腹"有鼻有目、裂口巨眉"③ 的典型饕餮形象侧身状十分吻合,可见扉棱并非一开始就以抽象几何纹出现;可资借鉴的还有商晚期另一类觚式尊上的扉棱形式:如《商周彝器通考》酒器类著录的尊器"凤纹尊"(编号五三七)(图2.13),"腹及足均饰凤纹,口饰夔纹及蕉叶纹,四面有棱"。④ 该器四周扉棱均匀翻卷,显然表现着凤鸟尾部的侧视状。又如商末铜器镈的扉棱造型:"从目前科学考古发现年代最早,资料最可靠的镈,新干大洋洲镈的腔体上,可以清晰地看到由

---

① 顾问、张松林:《二里头遗址所出玉器:"扉牙"内涵研究——并新论圭、璋之别问题》,《殷都学刊》2003 年第 3 期。
② 顾问、张松林:《二里头遗址所出玉器:"扉牙"内涵研究——并新论圭、璋之别问题》,《殷都学刊》2003 年第 3 期。
③ 容庚:《商周彝器通考》,上海人民出版社 2008 年版,第 77 页。
④ 容庚:《商周彝器通考》,上海人民出版社 2008 年版,第 304 页。

顶部的鸟饰与铣侧的羽尾所构成的扉棱。扉棱从舞部延至于口，由7支勾形饰组成。顶端的小鸟形态简朴，神态安详，体现了商代晚期这一地区朴素的纹饰特点。"① 因此，可以推知，方尊扉棱应该与其他器物扉棱的存在形态一样，是动物（兽面、凤鸟等）纹饰的侧面图，它常以鸟兽的突出特征，如卷曲的眉、角，流长的尾部等为主要表现元素，但随着铸造工艺与表意功能的演进，慢慢地呈现出均匀、统一的几何纹，显得更为抽象化与符号化了。

方尊上扉棱的功用，首先是对视觉起"阻碍"作用，是面的边界所在。从表面来看，凸起的边界使得视线受阻，似乎信息传递的连贯性受到了破坏，但事实上，边界使得区域范围内的信息成为更独立的意义单元，使表达与关注的焦点集中于此，排除了表述与接受过程中的干扰因素，因此，扉棱对面的分割反映出叙述欲望的增进与更为有效的传播途径的建立。方尊作为礼器，具有在礼仪对象（神）与礼仪主体（人）之间沟通交流的中介性质，它化圆为方的形态之变似乎说明叙述者与接受者之间清晰度与控制力的加强。除了单看到扉棱的隔离作用之外，与之相应的，它又起着连接、维系之用。自新石器时代开始，玉器上的扉棱便被视为拥有中心、中极意义。"我们知道，最早时期玉璋扉牙的造型主要为两类，一类是'单阑'的'似梯形'，一类为'多月牙'形，从相关图案可以说明，这些扉牙均可视为天盖或'介'字形冠顶之半……早期的玉实质实物除凌家滩、石峁等地的少数例子外，基本都有阑。此'阑'即'天盖'之半或北斗神'介字形冠顶'之半"②，天盖与北斗神均是上古宇宙论中的宇宙中心（中极）。晚商时期铜方尊上的扉棱为器体主纹的侧视图，它在地位上应

---

① 冯卓慧：《论早期镈扉棱的演变》，《南方文物》2011 年第 4 期。
② 顾问、张松林：《二里头遗址所出玉器："扉牙"内涵研究——并新论圭、璋之别问题》，《殷都学刊》2003 年第 3 期。

与后者是平行的，不再具有宇宙论所涉及之"中"的层面意义。但它出现的位置则是在面与面之间，或面的中部（如兽面纹的鼻部），从扉棱向两侧展开的，是完全对称、相同的纹饰，从装饰角度来讲，扉棱具有中线意义，它将两侧图案系起，使之成为互相呼应、各面一致的整体图纹。这样，方尊虽在每个面上的表意属性加强了，但它各面维持统一，仍是单一意义的整合体，是同一意义在不同位置上的多次重叠。扉棱对于方尊来讲，既有"破"的功能，又有"系"的价值，它使得器物在维持整体结构统一性的前提之下将各个单元的叙述能力发挥到最大限度。

从整体结构来看，晚商典型的青铜方尊，器物造型带有明显的一致性：器口、身、底均呈现方形，分别以三层花纹装饰，在方体的边与面的中线上均饰以扉棱，在尊体肩部有立体的鸟兽造型。总体来说，标准的铜方尊剖面图为一"亚"形。《商周彝器通考》中有一器名为"亚酗方尊"（图 2.14），容庚先生特加以说明：它与"者□方尊形制相同"①，说明这一形制在方尊造型中的普遍性。以"亚"为方尊铸造的构型模式，是商代整体思维结构发展的结果。

图 2.13　　　　　　　　图 2.14

---

① 容庚：《商周彝器通考》，上海人民出版社 2008 年版，第 305 页。

美国汉学家艾兰女士在《"亚"形与殷人的宇宙观》一文中系统地总结了殷商考古学中所见的"亚"形符号或结构:"它在考古中的出现主要有(1)青铜器底沿上的'✢'形穿孔;(2)把氏族的名姓和其他一些祖先记号包在内的'亚'形符号;(3)殷墟陵墓中的'亚'形墓室营造。"①青铜方尊是典型的"亚"形结构体,阮元认为:"古器作亚形者甚多,宋以来皆谓亚为庙室,"②艾兰所列举的器底符号、墓室营造等所显示出来的亚形均是平面图,或者说是俯视图,而青铜方尊则是立式的亚形图。

亚是象征中心结构的图示,是以主体为视角进行选择的结果:"有人立足于大地之上,他怎样来看宇宙呢?二元对应显然不够了:东,意味着有西;而东西,就意味着南北。人只有立于环形之轴,或四个方向的中央,才易取得和谐之感。这种心理的因素暗示出了'亚'形的成立。"③对于青铜方尊而言,立式亚体造型则具有两重性,对于信息发出者——方尊自身,具有全知、全面的视角,能感知获得上、下、四方的信息,从而置于中心位置;对于信息接收者来讲,即方尊的观赏者,则赋予单一的,限制性视角,使其所见、所感、所知的是对象物部分的属性,发出者将接受者置于边缘位置,二者之间是不对等的对话关系。同时,"四面立身"式的器物,因具有不受限制的广泛视角,成为早期宗教、礼仪仪式中的神灵替身。如希伯来文明中对神的使者的描写:"基路伯各有四脸,第一是基路伯的脸,第二是人的脸,第三是狮子的脸,第四是鹰的脸。……各有四个脸面,四

---

① [美]艾兰:《"亚"形与殷人的宇宙观》,收入艾兰文集之四《早期中国历史、思想与文化》,商务印书馆2011年版,第108页。
② 周法高主编:《金文诂林》,香港中文大学1975年版,第7850页。
③ [美]艾兰:《"亚"形与殷人的宇宙观》,收入艾兰文集之四《早期中国历史、思想与文化》,商务印书馆2011年版,第108页。

个翅膀，翅膀以下有人手的样式。"① 方体结构，是中心多面得以履行的最佳途径。从商铜器方尊的演进过程来看，方体的出现是后起的，李济认为，方体铜器有着不同于"铜仿陶"的另外传统，很有可能是模仿史前木器或仿制编织器："殷商时的青铜容器的形制，就考古发掘的标本论，大半具有圆体的形态。这些圆身的青铜容器大半都承袭史前陶器，而史前陶器的性质大半数仍保存在殷商时代的陶器中，其中有不少的形制可以追溯到史前的黑陶及彩陶时代。……同时，青铜容器中，却有不少的方形及长方形器身的标本——如鼎形器中的四足盉，斝形器中的四足斝、方身爵及方彝、方卣等；传为殷商出土的觚，也有作方形或长方形的。这些方形或长方形的容器，虽在陶容器中也偶尔出现过，但它们的形制，却与青铜容器的方体大不相同。作者有理由相信，青铜铸的方身与长方身的器物，所抄袭的模型，大概是史前时代的木制容器，可能有些是仿制编织器的模样。"②

圆体结构自成一体，周到圆满，常用以表示自身属性的完整。圆周具有向心性，图案连贯，暗示出器物精神指向的内向性。方体则在保持圆体完整性的同时，突出了四面，显示出器物向外在世界的打开。根据方尊的亚形结构，它在空间上充分占据了中心与四方，这一角度为神灵的专属位置，因而保证了权力的最大化，这样方体的造型，转变成为权力至上的符号，在出土青铜器中，象征最高等级的神权、王权等，往往是以方体的形态来铸造的，如方鼎、方尊、方彝等。

四　从造型美学到诗学构建

方尊的出现，是商人权力美学发育的结果。权力，古代文论语境

---

① 《新旧约全书》，和合本，第十章，第14页，21节。
② 李济：《殷墟青铜器研究》，上海世纪出版集团、上海人民出版社2008年版，第529页。

中通常以"势"称之。《说文新附·力部》:"势,盛利,权也。"同时在先秦文献中,势常与形连释,《易·坤》:"地势坤",焦循章句:"势,犹形也",《玉篇·力部》:"势,形势也。"形、势连用,说明形态与权力之间确有逻辑联系。方尊的形态象征着商人对于集权本身的推崇与服膺,在对抽象之至高权力进行表达时,器物从形的角度提供了特定的表现手段及技巧。

首先,方尊是由圆体尊逐渐方体化而来,在早先的圆体尊上,器腹是主要的装饰空间,是主要图纹的表现场所,在器颈与器足部分,则饰以简单的弦纹。但在日后成熟的方体尊上,则多以"满装"花纹的装饰手法,即对胫、腹、足的全面装饰,构成多条装饰"周带"①。满装是使视域中的可见器物部分都充满纹饰,这种风格被称为"繁复",但在这一丰富性中,又充溢着规定性。在各条周带之间,器腹仍是主要图案的表现空间,占据着最大面积,但器颈与器足部分纹饰均为主图纹的变体,形成主次分明,错落有致但又互相关联的装饰特点。因此可以做出如下总结:青铜器特别是青铜容器,均拥有一个表现主题,这一主题通常出现在器身腹部。这是首先被关注的区域。不仅青铜方尊如此,与之相应的铜瓿也有类似规律:"殷墟出土的青铜瓿形器中,全素的有八分之一(12.5%),全装的近三分之一(37.5%)。除了全素的五件,其余的87.5%都具有腹饰。如果我们假定最早的青铜瓿形器型为裸体的全素的作品,我们的次一级假定应该是:腹部为装饰青铜器设计人最先注意的部分,其次为足部,最后为器的上半,即胫部。"② 主题被给予最重要的空间进行阐释,但它又可以改换结构进入空间当中的次一级单元,在不同的空间内的重复与改写,这使得对

---

① 周带,是李济先生针对殷周青铜器装饰风格提出的一个概念,即青铜器上所有花纹都以一个周带为单位,即绕器物周壁一匝,这个圆圈被习惯性地称为"周带"。(见李济《殷墟青铜器研究》,第421页)

② 李济:《殷墟青铜器研究》,上海世纪出版集团、上海人民出版社2008年版,第21页。

主体的表现为多角度的，有层次的与连贯性的。

其次，方体形态的确立所带来的还有一个表现中的节奏问题。方形，是对圆体结构连绵性的破坏。它将原本连接着的纹饰拆分进入四周独立的空间当中，使整体分解为部分，就目前出土方尊而言，四面所展现的纹饰具有一致性，但它们被安排在各自的空间顺序上，由于扉棱的间隔，使从一面进入另一面的过程当中，受到一点时间上的"顿挫"。这为叙述者与接受者双方提供了信息发出与获得的暂时中断，由于这一停顿，使连贯叙述形成固定的节奏，在方尊利用造型进行表意时，呈现出意义传达整体上的连续性与叙述过程中的延宕性。

商代青铜方尊采取的是非文字性的造型表意，但在意义传递过程中则利用形体的方体化，完成了主题重复渲染及节奏开合有度等表意手段的构建。这一非语言形态的意义生成方式，随着殷商青铜器地位的不断抬升和权力审美的充分生成，逐渐渗透到其他艺术形式上，如在同期甲骨文的韵文形式中，就呈现出一种与礼器表意相似的书写形态来。

郭沫若在《卜辞通纂考释》中编号三七五版卜辞，"是由《后》上三二·六，《前》六·五七和《林》一·二一·三等三片碎骨缀合而成的。郭沫若先生除了论断其为'一片之折'外，并特别说明：'一雨而问东、西、南、北之方西，至可异'"[①]。其卜辞如下：

癸卯卜，今日雨。
其自西来雨？其自东来雨？其自北来雨？其自南来雨？

这组卜辞在句式、字数、内容、语气上几乎完全一致，以东西南北四方构成四组问句，可视为一种有规律的反复与有节奏的停顿的诗歌形式。相似的卜辞还有《甲骨文合集》编号一四二九五龟腹甲卜辞：

---

① 孟祥鲁：《甲骨刻辞有韵文——兼释尹家城陶方鼎铭文》，《文史哲》1992年第4期。

辛亥卜，内贞：禘于南方曰微，风【曰】芺。
辛亥卜，内贞：禘于北方曰宛，风曰伇。
辛亥卜，内贞：禘于东方曰折，风曰协。
辛亥卜，内贞：禘于西方曰彝，风曰㲋。

同时，《甲骨文合集》中还有一版编号为一四二九四的大骨刻辞，因该骨版上无钻凿、灼烧的痕迹，被认为是贞人有意为之的歌谣创作，与一四二九五号卜辞同为四方风名歌，仅风名与方名之间记载与上文有所倒错：

东方曰折，风曰协。南方曰芺，风曰微。西方曰丰（㲋），风曰彝。北方曰宛，风曰伇。

上述三组卜辞均围绕四个方位形成了四组句式，在每一句内部，除方名、风名变换之外，其余内容均保持不变。这种以四方变化所形成的卜辞句式，被视为"当时的歌曲"，"体裁很接近汉乐府的《江南》"①，从其形式源头来讲，这与同时期青铜方尊的表现技巧是一致的：铜方尊亚形结构的四面具有类似性与独立性，使得反复、整齐、独立的形式成为审美标准而深入人心，从而为甲骨卜辞从记录、求问等功用类文体向追求形式美的韵文诗歌转变提供了审美范式。

可以想见的是，作为国家意识形态与权力代表的青铜重器，在商代的发展过程中，被给予了极高的重视。在高强度的关注视域下，青铜器造型、表现手法的成熟与更新必然拥有较之其他艺术门类更快、频率更高的发展。作为历史渊源较早的有肩大口尊，它从圆体向方体的转化、表现截面的分割、扉棱的出现与添加、亚形结构的确立等特

---

① 陆侃如、冯沅君：《中国诗史》，山东大学出版社2009年版，第4页。

征，从表面上看仅是技术、工艺发展的产物，但从深入的观念层面来看，这些造型的改变都体现或催生着新的美学观念与表现形式。李济在谈到工艺与观念之间问题时，曾积极地肯定了前者对后者的促进作用："以上两项事实，证明了商朝铸铜工业的一面。专就觚形器一类说，这一演变，不但表现在器物的形制上，也表现在它们的花纹上。这一点当然引起了艺术史的问题，即表现方法影响美术观念的问题，据我们所讨论的材料说，很显然地，有若干花纹上的变化，只能代表技术的演进，但是技术演进的本身确实可以促进艺术观念的改变。譬如足饰的安排，由侧面的顺序排列，变为正面的对称排列；构成动物面的成分，因立龙的发展而演变为立龙的对称排列。晚期代替了早期用各种云雷纹组成的动物面孔。我以为前一例代表一个观念的变化，后例是方法革新后培植的新观念。"[①] 由于商代铜器发展的率先性、前沿性，由它而来的造型原则与表意手段，则很可能影响其他艺术领域理念乃至形式的新变。虽然表意介质有所区别，但这种影响决定着同一时期各个领域内的美学旨趣，审美倾向应具有一致性。

第三节 写实与象征：符号视野下晚商兽尊的存在形态与意义生成

现今所见的商周尊器可分三类：大口尊、觚体尊、动物形尊。其中动物形尊的造型最为特殊。从器型角度看，前两种尊明显突出了"器"的特征，虽然体表饰以纹案，但其实用功能仍占主导地位。动物形尊，从直接的视觉效果上讲，与上述两类截然不同，它鲜明的造

[①] 李济：《古器物研究专刊》第一本，台北"中央"研究院历史语言研究所1964年版，第114页。

型，使得"形"的特征成为最突出的，实际器物使用功能反而退而求其次。因此，这两类尊器在结构、功能及表意等方面都是大相径庭的。大口尊和觚体尊在青铜时代之前的陶器时代就有与之相对应的陶器造型，说明该器型造型传统的悠久，但动物形铜尊则自殷商时期起始创风格，开辟了新的礼器形式与审美趣味。

一 写实性的获得

动物形尊，又称兽尊，在古籍中已有记载。《周礼·司尊彝》有"六尊六彝"之说。六尊为献尊、象尊、著尊、壶尊、大尊、山尊；六彝为鸡彝、鸟彝、斝彝、黄彝、虎彝、蜼彝。郑玄对献尊、象尊的解释为"献，读为牺。牺尊，饰以翡翠。象尊以象凤凰。或曰以象骨饰尊"。[①] 宋聂崇义《新定三礼图》因循郑说，在尊上加饰以动物之形。

图 2.15 《新定三礼图》中的"献尊"与"象尊"

郑玄及聂崇义对"献尊、象尊"形象的判断显然是未见古器之先

---

① 《十三经注疏》整理委员会整理，李学勤主编：《周礼注疏》（标点本），北京大学出版社1999年版，第517页。

的一种臆测。这一想象的偏颇在面对真实器物时得到了纠正：《梁书·卷五十·刘杳传》："杳曰：'按古者樽彝刻木为鸟兽，凿顶及背，以出内酒。顷魏世鲁郡地中得齐大夫子尾送女器，有牺樽作牺牛形。晋永嘉贼曹嶷于青州发齐景公冢，又得二樽，形亦为牛象。二处皆古遗器，知非虚也。'"从郑、聂对动物形尊的误解及梁书刘杳辨误可知：（1）此类铜器存世数量较少，故汉、宋间人不易得见；（2）动物形尊造型与常见礼器表现风格迥异，且流行时间较短，集中于商周时期，此后便逐渐淡出常见礼器系统，被作为古器看待；（3）从传世文献记载来看，牺尊、象尊等动物形尊曾在上古礼制中屡被提及，担任过重要礼仪角色，但此后便逐渐被取代。

古籍中关于动物尊罕见的例子，也为实际考古出土情况所证实。从现今出土殷周青铜器及历代著录铜器情况来看，在尊器当中，商代早期以大口尊为主，晚期并入动物形尊；西周以瓠体尊为主，并配合一定数量动物形尊。商周二朝动物形尊在尊器总量中的比例并不大，无论是传世文献的记录，或出土文物的实际情况均如此。《西清古鉴》中，记录内府所藏周代尊器共158器，其中动物形尊器21件（象尊2，牺尊15，鸡尊2，凫尊2），容庚《商周彝器通考》记录圈足类尊器43件，同期动物形尊多为鸮尊，仅6件；著录西周时期瓠体尊共15件，同期动物形尊仅2件（分别为鸮尊与鸟尊）。又就出土铜器情况来看，动物形尊主要为商代晚期器，分布地域为河南、湖南，尤以后一地区为重。

表2.1　　　　　　　　　　商代动物尊分布情况

铜器名称	出土地点	器物年代
鸮尊	安阳妇好墓	商代后期
鱼纹圆尊	岳阳县鲂鱼山	商代晚期
象尊	醴陵仙霞狮形山	商代晚期
豕尊	湘潭县船形山	商代晚期

续表

铜器名称	出土地点	器物年代
两羊尊 （现藏日本根津美术馆）	传出自长沙跳马涧	商代晚期
两羊尊 （现藏大英博物馆）	长江流域中部地区	商代晚期
子母象尊 （现藏华盛顿弗利尔美术馆）	传出湖南	商代晚期
象尊 （现藏巴黎吉美博物馆）	传出自湖南长沙	商末周初

从地区分布来看，动物形尊出土最多的地区为湖南一带："从商晚期的动物形尊在中原地区的使用种类来看，似乎并不像湖南地区使用得那么多。从目前的考古发现来看，在安阳殷墟及中原地区只有鸮尊出土，未见其他动物造型的尊出土，在湖南地区则有象尊、豕尊、双羊尊等其他动物造型的尊出土。"[①] 基于这一情况，研究者认为，动物形尊是湖南地区特有的青铜铸造现象，它的出现是中原现今铸铜技术与当地审美传统相结合的产物："熊传薪先生认为：'定居湖南的商人，一方面利用中原商文化的先进技术，另一方面吸收当地土著文化中的因素，就地铸造青铜器。这些青铜器，它不仅表现在冶铸技术上水平较高，而且反映在造型、纹饰上与中原青铜器有一定的差异，这就是所谓的混合型青铜器。'他把湖南出土的动物形尊和兽面纹圆尊，以及铙、镈等器物都归于混合型之中。"[②] 因此，湖南一地的晚商铜兽尊，具有与中原铜尊及铜容器不同的器型表现，是当地特有的审美传统——写实传统视域下的产物。写实，意味着具象的、模仿的，这一特征是晚商时期该地区特有的，还是拥有更早的制造渊源？

在现今考古发现中，拥有写实类动物形器的区域基本集中于长江

---

① 周亚：《论法国吉美博物馆收藏的象尊》，《上海文博论丛》2004年第2期。
② 周亚：《论法国吉美博物馆收藏的象尊》，《上海文博论丛》2004年第2期。

流域，在地理上这与传统的中央集权中心中原相对立。长江流域在原始社会时期所积累的精神文化因素是日后南方铜器在接受中原技术文明洗礼后，却仍能开创自身独立艺术风格的主要内因。因此，对这一传统起源时期的共性总结是有必要的。

青铜文明以前的动物礼器造型主要材质为玉器、陶器。分布地区为长江中下游及两湖一带。新石器时代该类型礼器出土区域及形态如表 2.2：

表 2.2　　　　　　　　青铜文明以前动物礼器分布情况

出土地点	所属时代	材质	器种构成
浙江嘉兴马家浜	BC4300—BC3900 年之间	陶器	灰陶鸭形壶
上海青浦县崧泽文化遗址	绝对年代 BC4750—BC3700	玉器	鸟形玉（福泉山 M126）、玉蛙（张陵山 M4）
浙江余杭良渚文化遗址	新石器时代晚期 绝对年代 BC3300—BC2250	玉器	鸟形玉（反山 M14，M15，M16，M17；瑶山 M2） 蝉形玉（反山 M14） 龟形玉（反山 M17）
安徽含山凌家滩遗址	新石器时代晚期 距今 5500—5300 年	玉器	玉鹰（M29∶6）、玉龟、玉兔、玉猪
湖北天门石家河邓家湾	BC2500—BC2200 年之间	陶器	数以千计的陶塑小动物，分兽类和禽类两大类，少量人的小塑像

环太湖流域的马家浜文化、崧泽文化到良渚文化是具有递进关系的文化类型。崧泽文化早期由马家浜文化晚期发展而来，同时又是良渚文化的源头："有时甚至视之为良渚文化的早期或良渚文化前期的组成部分"①，三者之间是一脉相承的关系，反映了长江下游地区原始氏族时期前文明或文明萌芽状态。安徽含山凌家滩遗址是巢湖流域新石器时代晚期的祭祀中心，也是与良渚文化大致同时期的一个南方用

---

① 方向明：《马家浜——良渚文化若干问题的探讨》，《纪念浙江省文物考古研究所建所二十周年论文集》，西泠印社 1999 年版。

玉中心。湖北天门石家河遗址是新石器时代龙山文化后期遗存，属于铜石并用时代，并开始了最初的铜器制作。"在石家河文化时代的文化堆积中就曾伴出过相当多的铜块和铜渣，经金相分析鉴定，这些铜块也都属于黄铜。"①龙山文化是发源于海岱地区的一支新石器时代文化，传播至长江中游的江汉平原之时，虽保留了原生文化的某些特征，但又体现出浓郁的地域色彩，石家河文化可视为南北史前制陶文化交流的产物。以上所述考古遗存均地处南方长江流域沿线，并且共同拥有造型鲜明的动物形或人物造像，为南方青铜动物尊发育提供了石质造型基础。

在长江流域沿线出土的动物形（或人形）器物表现出两种共性：一是共同的功能属性；二是共同的造型传统。在长江流域上述三处文化遗址中，均有祭坛遗址发现：（1）良渚文化祭坛："浙江余杭瑶山良渚文化时期的祭坛修筑是非常规整的。祭坛位于山顶之上，是由红土台、灰土围沟、砾石筑成的近方形的三重台面。"②（2）崧泽文化祭坛："是用不同颜色的土分块垒叠筑成的方形土坛，南边略遭破坏，保留面积约100平方米，垂直高度约90厘米。"③（3）凌家滩祭坛："祭坛位于一丘陵的最高处，面积约600平方米，上下分三层，最下部系以纯净黄斑土铺底，然后以较大石块或石英、硅质岩类的小石子与黄土铺设，最上面的一层用大小不等的鹅卵石与黏土搅拌铺设而成，形成中间高四面低的土坛。"④祭坛的发现证明献祭礼仪的存在，也为其中动物塑像造型传统的获得提供了解释。

动物塑像传统突出表现为强烈的写实性，写实的对象则是日常生

---

① 梁思永：《龙山文化——中国文明的史前期之一》，《考古学报》1954年第1期。
② 高崇文：《长江流域礼制文化的发展》，收入高崇文、安田喜宪主编《长江流域青铜文化研究》，科学出版社2002年版，第8—9页。
③ 方向明：《马家浜——良渚文化若干问题的探讨》，《纪念浙江省文物考古研究所建所二十周年论文集》，西泠印社1999年版。
④ 方向明：《马家浜——良渚文化若干问题的探讨》，《纪念浙江省文物考古研究所建所二十周年论文集》，西泠印社1999年版。

活中容易观察与接触到的个体。在上述祭祀坑中所出土的动物类型，多为鸟类及小动物类。因其模仿对象容易获得，人与上述动物（驯养类、昆虫类、小型野生动物类）之间容易形成归属关系，后者成为前者的所有品。人对驯养动物与常见动物驾驭与控制能力的形成，使得此类动物形器相应处于从属地位，像个人财富一样属于所有者。正如财富需要在流通中显明价值一样，该类动物形器的功能也在于"交换"。交换具体体现为祭祀活动当中的礼物"赠与"行为。由此可见，长江流域新石器时代遗址多为祭祀遗址，动物形器在祭祀中所扮演的角色与具有宗教意义的璧、璜、琮、钺等不同，由于其模仿的对象在现实生活中与行为主体的人具有附属关系，因此，这一从属关系也沿袭至动物器本身。这样，在祭祀活动中它所担任的角色是"被给予的"，具有礼物属性。这种献祭事实上是为了确立一种交换关系：即以礼物为中介换来神灵的回报，在不同类型的原始社会时期这成为一种共通的行为法则："人们最早与之具有契约关系的一类存在者首先是亡灵和诸神。人们不得不与之订约，而且，就其定义而言，之所以有这二者，就是为了人们能够与之订立契约。的确，它们才是世界上的事物与财富的真正所有者。与它们交换是当务之急，不与它们交换便可能大难临头。"① 石家河遗址中出土的数以千计的陶塑小动物造型正是礼物观点的有力印证：它可能是一个长江中游地区某个祭祀礼品的集中手工业生产中心："石家河的陶塑品非常集中地出在邓家湾的一个地方，灰坑中的陶塑品的数量又非常巨大，说明当时小陶塑品的制作已达到相当大的规模，……许多陶塑品的造型几乎完全一样，人们生产这么多相同的产品，当然不是为了自我欣赏，也不可能像普通实用陶器那样大量留作本族自用，目的是很明确的，就是为了交换。

---

① ［法］马塞尔·莫斯：《礼物：古式社会中交换的形式与理由》，汲喆译，商务印书馆2016年版，第27页。

在汉江地区乃至中原同时期的遗址中，发现的那些泥塑人和小动物，和邓家湾所出的完全一样，很可能正是这种交换的结果。"① 石家河的例子说明，陶塑动物形器物大规模、集中化的生产，代表本阶段形成了以物质替身献祭的风气。或许出于经济成本的考虑（动物塑像显然比实物成本更低），或许出于祭祀品品质的要求（动物塑像不易腐烂，保存时间更长），但手段的不同都不影响它作为"交换品——礼物"的唯一身份。同时，它与史前其他祭祀品如巫仪用品区分开来，这样，史前动物塑像开启了一种单纯、简明的祭祀双向关系，将自身带入符号表意的新阶段。某些陶塑人像具有虔诚祷告的姿态，也从侧面反映出献祭者对行礼得回报的渴求。这类祭祀品所服务的礼仪，遵循原始礼仪中的一项基本规律：即"给予与馈赠"义务：向神或自然付出礼物是得享馈赠的前提，而神或自然对礼物的收纳也意味着庇护的赐予，这是献祭制度的理论基础："给人及给神的礼物目的也在于购买平安。人们以此来避免恶灵，或者更一般地说是避免不好的影响，甚至包括那些非人格化的不好的影响。"② 在献祭制度中"能够施与报的诸神就是为了以广大回报微薄的"。③

二　纯符号与象征符号

晚商湖南地区所出动物形尊，受史前长江流域动物造像传统的综合影响。首先，从动物类型选择来讲，湘地所出该类尊器主要为牛尊、豕尊和象尊。前两者为家畜类，后者为该地区较常见的野生动物：

---

① 张绪球：《石家河文化的陶塑品》，《江汉考古》1991 年第 6 期。
② [法] 马塞尔·莫斯：《礼物：古式社会中交换的形式与理由》，汲喆译，商务印书馆 2016 年版，第 27 页。
③ [法] 马塞尔·莫斯：《礼物：古式社会中交换的形式与理由》，汲喆译，商务印书馆 2016 年版，第 27 页。

第二章 上古礼仪的符号形式与意义表达

"亚洲象的南迁大致可分以下几个阶段：最初移至淮河流域，然后移到长江以南，最后越过南岭。"① 上述三者普遍被视为财富与私有物品，牛、猪的数量是计算农业家庭是否富裕的标志，象骨和象牙是珍贵的原材料，古人常用其制作精美的工艺品与宗教礼仪用品，在三星堆的祭祀坑中就有大量象牙出土。同时，牛、猪、象在殷商晚期均接受驯化，牛、猪的养殖自新石器时代晚期已开始，商代中国境内的象为亚洲象，该物种较为温驯容易驯养，商人甲骨文当中已多有驯化的记载："其中（甲骨文）还有许多关于驯养象的记载，如'贞令象若'、'象令从侯'等，意思是贞（贞人）问指挥象是否顺利。这些使用象的卜辞告诉我们，当时不仅有野生象，而且有捉住野象并加以驯养的情况。"② 这样牛、猪、象均为当时商人熟悉的物种，是商人日常生活的所有品，商人对其具有"物主"的支配关系。其次，从功能上看，湖南地区动物形尊多用于祭祀，尤其是对于山林川泽的祭祀中。如湖南醴陵象尊的出土："器物出土在距山顶10多米的山坡上，离地面15厘米左右。经实地调查，未发现同时期的文化遗物和地层关系。但根据象尊出土的位置和有关情况分析，可能是属于当时奴隶主贵族祭祀名山、湖泊、河川时掩埋的器物。"③ 又如衡阳出土的青铜牺尊："牺尊出土于距市区约3公里的包家台子，台子东西长约200米，南北宽约100米，地势较周围高约1.5米。牺尊埋在地下约1米深的黑褐色土中，周围未发现古墓葬痕迹，也无其他文化遗物。牺尊头部朝东，距蒸水河的辖神渡口约1000米，很可能是当时奴隶主贵族祭祀山川时有意掩埋的。"④ 湘潭豕尊："豕尊距现在地表1.5米左右，周围为径1

---

① 李浩：《亚洲象在黄河流域生活过吗?》，《大自然》2011年第6期。
② 李浩：《亚洲象在黄河流域生活过吗?》，《大自然》2011年第6期。
③ 熊传薪：《湖南醴陵发现商代铜象尊》，论文收入《湖南出土殷商西周青铜器》，岳麓书社2007年版，第108页。
④ 冯玉辉：《湖南衡阳市郊发现青铜牺尊》，论文收入《湖南出土殷商西周青铜器》，岳麓书社2007年版，第110页。

米的圆坑，器物置于圆坑底部，坑内填满疏松的山沙。同湖南出土的大多数商周青铜器一样，没有共存的遗物。"① 从上述特征可见，除材质有所区别之外，湖南兽尊在造型原则与使用场合两方面均与史前长江流域动物形器保持一致，这说明两者在属性上的一致——均为祭祀品。同时，兽尊多使用在对自然神的祭祀当中，以求得山川、河泽的庇护，这种礼仪承袭史前礼仪中"交易"的基本原则，它所参与的礼仪带有"报——答"性质。从《礼记》记载来看，古人已认识到这是早期礼仪的突出特色：

> 社，所以神地之道也，地载万物，天垂象，取财于地，取法于天，是以尊天而亲地也，故教民美报焉。家主中霤而国主社，示本也。唯为社事，单出里；唯为社田，国人毕作；唯社，丘乘共粢盛，所以报本反始也。②

以报为宗旨的礼仪需要在献祭品与献祭对象之间建立联系，从《礼记·郊特牲》的记载来看，祭品可分两种，一为牛犊类的牺牲，二为器物类的容器。然而，不管外形如何，二者均需服从一个原则：即与祭祀对象属性相似，如祭天牺牲用牛犊，理由在于"犊者，诚悫未有牝牡之情，是以小为贵也"。③ 以牛犊的幼小纯洁对应天的客观、纯净品质。又祭祀器皿用陶器，陶用天然的泥土烧制而成，器本出于自然，"象天地之性也"，物与对象之间理据关系的生成促使礼仪中巨大象征语义网络的出现。但就湖南及长江流域所出青铜动物尊器的实际情况而言，兽尊本身与祭祀对象山川、河流等自然神圣物之间尚未

---

① 冯玉辉：《湖南衡阳市郊发现青铜牺尊》，论文收入《湖南出土殷商西周青铜器》，岳麓书社2007年版，第110页。
② 李学勤主编：《礼记正义》（标点本），北京大学出版社1999年版，第788页。
③ 李学勤主编：《礼记正义》（标点本），北京大学出版社1999年版，第766页。

形成如此的比附关系，它自身对写实性的强调，暗示出此地礼仪的象征性并不占据主导，"报——答"关系这时还几乎纯粹地体现为契约关系。在这种礼仪系统当中，物、祭祀对象各自均不突出自身个性，而双方的交流关系则更为本质、构成礼的实体。青铜兽尊在礼仪运用过程中虽被符号化，但它的能指层与所指层的信息是相等的，载体与意义之间是任意性联系，这种符号属于标识类，是不增添任何附加意义，与现实实体等值的纯符号。

然而，中原地区出土兽尊则与之不同。鸮尊是商代安阳地区妇好墓中出土的兽尊，与南方所出动物形尊一样，它也采取动物为造型对象。然而，与湖南地区兽尊通常铸造的家畜类（如猪、牛、羊等）以及象等不同的是，它将本民族的图腾物"鸮"作为表现对象："殷墟出土的大批鸱鸮文物，可以看作太阳崇拜或图腾崇拜的产物。……在殷墟时期，这种鸱鸮崇拜达到非常隆盛的地步。"[①] 对家畜类动物或对图腾类动物的选择，虽都是以动物为主体进行器物造型，但体现的意义与礼器属性却大相径庭。南方兽尊以写实性表达物体自身，铜牛、猪、象等是其现实实体的写照，它以尊的形式埋藏在墓中，礼器属性中的象征含义较弱，随葬意义则较浓，但鸮尊则不同，对于商人来讲，鸮具有光明含义，"商民族正是崇拜太阳，以玄鸟为图腾的民族。'玄鸟生商'的神话，就其内涵看，也可以称作'太阳生商'的神话，因为其中的鸟崇拜是同太阳崇拜合一的"[②]。玄鸟，即鸱鸮。鸮尊与其他鸮形陪葬物，如"殷墟玉鸮"一起置于妇好墓，既象征着作为商王武丁之妻的妇好在世所拥有的荣誉与权力，是王权与至高地位的标志物，又作为冥间指引死者进入光明世界的导引物，具有辟除黑暗与死亡的

---

① 王小盾：《中国早期思想与符号研究——关于四神的起源及其体系形成》，上海人民出版社2008年版，第544—545页。
② 王小盾：《中国早期思想与符号研究——关于四神的起源及其体系形成》，上海人民出版社2008年版，第544页。

神力。鸮意义的生成，是从它的自然性——夜行飞鸟，引申出象征义——黑暗使者，因此它具有了自然与人为的两层含义，符号所携带的意义较之南方兽尊更为丰富了。换言之，长江流域出土的动物形尊尚且仅是器物，最多表示礼物，而殷墟鸮尊则修改了兽尊原有的单纯性，使之成为一个精神化与象征化的符号了。从这一点来看，有学者认为，商代南方器物多突出造型，这反映了本区域处于表现领域内的初级阶段："造型是形式表现中第一位的因素，也是层次最低的一个因素。湘江下游的青铜器显然处于造型表现为主的阶段。与中原青铜器处于纹饰、造型并重，或以纹饰表现为主的阶段，有明显差别。在更深的层次上，二者体现着文化发展水平上的差异。湘江下游地区发展水平低于中原地区，它们的拥有者应当是土著而不是商人。"① 以造型为主或以纹饰为主，是否真能判断两种文化发展程度的高下呢？倘若这一观念成立，则意味着湖南兽尊处于符号系统中的较低层次，而殷墟鸮尊则占据符号系统中的较高层。是否前者的发展确实落后于后者，后者为前者的高级形态呢？我们可以从两者的交流、接触以及对后世文化的影响上客观地得出结论。

符号类型的区分，可作为长江流域区域文化与中原文化区别的一个标志。以湖南为代表的长江流域晚商祭祀类礼器特征在于体现纯粹的置换功能，而受中原文化影响的祭祀器物则不同程度地对礼器进行了象征含义的添加。因此，在这两种文化进行交流与接触时，对对方核心表意符号的接纳程度，与对自身文化原生属性的坚持与放弃的程度是相一致的。同为湖南地区出土的两件象尊，吉美博物馆象尊（图2.16）与醴陵象尊（图2.17）各自所代表的南方青铜文化却处于不同的层面上，同时也体现着南北审美传统的对立与交流。

首先，吉美博物馆象尊通体采用平面纹饰，醴陵象尊则饰以浅浮

---

① 黄曲：《湘江下游商代"混合型"青铜器问题之我见》，《江汉考古》2001年第3期。

雕纹饰。前者的写实性明显强于后者。平面纹在湖南出土的豕尊、衡阳牺尊等兽尊上被广泛采用，模拟动物自身体表光滑的特点。醴陵象尊不仅对器身主要纹饰进行浮雕处理，在象尊的象鼻、象尾等部分还突出了棱角，这一表现手法显然是受到了中原商晚期大口方尊等器物"扉棱"样式影响。

图 2.16　吉美博物馆象尊　　图 2.17　醴陵象尊

其次，对兽面纹的表现上，吉美博物馆象尊腹身两侧各饰以一个大兽面纹（图 2.18）。但除兽面"巨目"特征外，兽鼻、口、眉已极度变形，与中原盛行的标准饕餮图案相去甚远："中间原本应是兽面的部分也成了狭长形的构图，尽管在其中间有两个非常像兽目的装饰，但极度的变形已使人看不出兽面纹的本来面目了。"[①] 醴陵象尊腹部仍饰以兽面纹（图 2.19），却是兽面的侧身状，眉、眼、口清晰，两者相比较，前者兽面纹异化程度更高，它在原本眉、鼻、口唇等处均填以云纹，突出了装饰性，对兽面纹原来所携带的意识形态信息有所丢弃。兽面纹是来自商代中原文化区域的典型造型，对它接纳度的高下，折射出对商代中原文化传统、审美习惯、信仰对象的认可程度。再则，

[①] 周亚：《论法国吉美博物馆收藏的象尊》，论文收入《湖南出土殷商西周青铜器》，岳麓书社 2007 年版，第 542 页。

在本地图纹的处理上,吉美博物馆象尊较多使用鳞纹,这是一种湖南商器特有的装饰图案:"象尊的双耳、长鼻、背上口沿的周边,腹底和四腿都装饰有鳞片形的纹饰。这种纹饰是长江流域中部地区出土的青铜器上常见的一种装饰。"① 同样大量使用鳞纹的,还有湖南湘潭船形山出土的豕尊,在该器物的整个腹部,均大面积饰以鳞甲纹,成为其最主要的纹饰。在同样出土于湖南的醴陵象尊上,鳞纹则仅运用于象鼻部分,对本地图纹的采纳的多少,也决定着两件器物本土化程度的强弱。

图 2.18　　　　　　　　　图 2.19

吉美博物馆象尊与醴陵象尊是晚商南北青铜文明交流的鲜明个例。前者体现出原生原质的本土文明,对外来文化因素保持排斥或异化姿态,体现出强大的文化个性,后者则表现出对两种文化接触之后并存的状态。值得注意的是,南北文化尽管共生并行,但双方均不曾放弃自身文化内部的核心因素,因此醴陵象尊身上,既有代表南方文明写实性因素的鳞纹图案,又有表示北方文明象征性的饕餮纹。来自中原的强势文化并未完全征服南方,看似弱势、低层的南方审美传统具有强大生命力与独立个性。

从铸铜技术的传播情况来看,代表早商文化的二里岗时期铜器是

---

① 周亚:《论法国吉美博物馆收藏的象尊》,论文收入《湖南出土殷商西周青铜器》,岳麓书社 2007 年版,第 542 页。

目前我国境内所见同期青铜器的"范本",日后各地出土的商代铜器,在形制与工艺上均表现出明显的二里岗铜器特征。进入殷墟安阳之后,商代文化发展至中晚期,除中原地区外,各地的青铜器制作显露出逐渐强烈的地域色彩,由此多中心的青铜文化兴起:"青铜礼用容器及其相关的金属工艺在二里岗时期曾随着商朝势力的扩张由中原向外传播;安阳初期,商朝的政治力量退缩,就使各边沿地区得以发展起各具特色的本地青铜业。"① 由此可见,铸铜技术率先在中原成熟后向周围推进,但这种接受逐渐成为有选择性的。二里岗时期各地出土青铜器物的一致性说明此时是中央意志的输出阶段,商代中原政权对地方区域具有较大控制力,同时各地对于铜器的认知,是将其视为远方强大势力的代表与新奇的工艺品,处于接纳与认可的状态。但进入晚商时期,来自中原的铸铜技术在各地已高度成熟,它已可为本地意识形态、思想观念进行代言,表达地方个性化的审美习惯。长江流域所出青铜兽尊正是这一转变的代表:南人将中原文化的代表符号置于弱势,大力发展本地特色造型,以服务于当地礼仪习俗。"在南方,从器壁四角突起的四个大山羊代替了安阳方尊肩上四个姿态雅致的小鸟,这种做法一方面显示出南方铸工无视于安阳铸铜作坊微妙的建筑般的造型审美,同时也表现了他们对动物雕塑的强烈兴趣。这件精美非凡的器物证实湖南的铸铜业对于安阳最新出现的浮雕纹饰风格和器形设计有着充分的了解,但在器物设计上自己极具创造性,工艺上也与安阳的最高水平相当。类似的例子还见于以后阶段,如宁乡出土的一件纹饰独特、年代约在安阳末期的方鼎。这件鼎的断代可与北方铜器比较而得,因为它的器型并无特异之处,但它用人面代替饕餮的做法暴露了一种很不限于北方的宗教信仰或起码是一种很不相同的情感。"②

---

① [美]贝格立撰:《长江流域青铜器与商代考古》,任汶译,《南方文物》1996 年第 2 期。
② [美]贝格立撰:《长江流域青铜器与商代考古》,任汶译,《南方文物》1996 年第 2 期。

从南北青铜文明的传播与发展来看，工艺与技术的交流往往是率先发生的，而思想意识的移植则更为缓慢与艰难。所谓交流，往往是在形式层面互动，而内容层面的融合、接纳则困难重重。在殷商时代的中国，以中原地区为代表的北方是传统所认可的文明中心，然而，从南北两地在商代晚期由青铜器所表现出来的差异而言，长江流域的南方地区在吸收北方铜器制作经验之后，又逐渐背离了中原传统，将本民族长期以来的审美趣味表现得淋漓尽致，一定程度上又超越了北方保守、规矩的象征主义作风，发扬出自然、写实的新风格，成为同时期与安阳同等重要的铸铜中心。由此推测，此时中国文明并非一向认为的以中原地区为中心，也不仅仅是由安阳殷墟一带向周边辐射，成为放射性的中心—扩张形式，而是具有多个中心同时共存，每一中心都体现各自原生文化，这种文化的内核是难以改变的，在时空中具有较大幅度的稳定性与影响力。

三　南方青铜文化与西周审美趣味

湖南所出土的兽尊强烈的写实倾向，来源于对祭祀礼仪中"赠与—获得"本质关系的认知。这种献祭习俗起源甚早，在世界范围内大多数文明的初始时期均存在这种现象。例如，在东北亚、北欧大陆、北美地区等原始部落群中便存在"夸富宴"的前礼仪形式：

> 在东北西伯利亚的诸社会中，在西阿拉斯加的爱斯基摩人白令海峡（Behring）、亚洲一侧沿海诸社会中，夸富宴所产生的效果，不仅涉及那些无比慷慨的人，那些被交换、被消耗的物，涉及那些与竞赛者同名从而也参与了夸富宴的先人亡魂，而且也涉及自然，人们相信，互相交换礼物并与"同名者"（namesakers）

和以各种精灵命名的人交换礼物，能够促使死者、诸神、事物、动物以及自然的种种精灵"对它们慷慨大方"。①

从祭礼的深层意义来讲，献祭始于人意识到祭祀主客体之间的对立—支配关系（主体：祭祀者，客体：祭祀对象），这种交换是有着沟通、联系的目的。但从安阳殷墟妇好墓等王族墓葬披露的情况来看，虽然祭祀的基本模式仍然存在，但整个礼仪的重心有所转移，来自王权阶层所拥有的主体意识日益上升，使其将客体置于一定的高度后给予忽视，从而专注于创造围绕自身的符号话语系统：从礼仪的角度来讲，这是以祭祀主体为中心的礼仪建构；从信仰的角度来讲，这是新的造神运动。两者比较来说，前者处于原始、广泛传播的民间心理机制——被庇护和延续的需要，后者则来自一种官方传统——强大与权威化的倾向。从表面上看，凝聚着官方意识形态的象征性符号体系似乎在保持和延续自身特性上更有优势，但事实却是商代之后的周代青铜铸造，除少量器物由前朝直接继承而来外，周人自己铸造的铜器几乎完全抛弃了殷商时期中原典型的造型风格："到了周代中期以后，青铜器已将商代遗留下来的棱脊装饰淘汰净尽，打破了他所界划的方方块块，于是环绕器物周身的二方连续纹样代替了商代的单独纹样，同时废弃了细密的云雷衬底。环带纹、窃曲纹、鳞纹、瓦纹等二方连续纹样成为周代流行一时的样式。"② 在商代中原地区并不多见的兽尊，此时复兴在周代青铜铸造的行列中。据容庚先生在《商周彝器通考》中记载，西周时期动物形尊有守宫鸟尊、遽父己象尊、羊尊、牛尊等③，以上尊器

---

① ［法］马塞尔·莫斯：《礼物：古式社会中交换的形式与理由》，汲喆译，商务印书馆2016年版，第25页。
② 李飞编：《中国古代青铜器纹饰图典》，浙江古籍出版社2008年版，第8页。
③ 容庚先生将动物形尊中一二、一三例，分别命名为"象尊""夔纹象尊"，经查证，这两件器物分别是吉美博物馆所藏象尊与湖南醴陵象尊，现一般认为成型于商代晚期，故不将其列入西周器中。

均带有南方兽尊的特质——高度写实性。首先从兽尊的选取题材来看，多为象、羊、牛等，与长江流域出土兽尊相同，避免选择本族图腾；其次，西周兽尊进一步淡化想象型动物图案，如遽父己象尊通体饰以鳞纹，羊尊也同样如此，而鳞纹正是湖南动物形器装饰纹案中的代表者。值得注意的还有，西周兽尊在器物的功能性方面还有所增强。如象尊将尾部弯曲与腹身相连，呈銎状，象鼻缩短，弯曲度降低，这些细节的改变使得兽尊更便于持握或倾倒。羊尊的两个大羊头也便于抬举。从这些方面来讲，兽尊的造型虽与殷商晚期长江流域器物一致，但在使用场合上或许有所不同。后者在祭祀自然神灵时使用，以形象性为主，几乎不突出器物本身的功能性，而前者在注重形象性的同时巧妙地将功能性结合起来，提示出西周礼仪从静态走向动态。静态的礼仪以礼器的呈现与欣赏为主，动态礼仪则将发挥器物功用性，为礼仪干预现实生活开辟了前提。

周代虽然是殷商中央王权的直接继承者，但周原文明与中原上古文明之间呈现出一种断裂，而与南方青铜文明表现出亲缘关系，以兽尊为代表的写实性原则，经湖南向长江中游推进，后进入四川盆地，三星堆青铜人面具、铜鸟铃等均是这一原则的延续与再创造。从四川进入陕西平原，即周人领地，在周地出土的商代铜制品中，也有与三星堆类似的青铜人面具出现，反映出西南地区的铸铜中心对周边文化强大的辐射力："四川以北是周人的地域。……先周青铜器是安阳器物的笨拙仿品。直到克商以后，周人的品味才在纹饰繁富瑰丽、器形雄壮、工艺精良的铜器中表现出来——这时周朝的铸铜作坊似乎大量吸收了南方的观念。周人的文明程度无疑没有他们自己或后代的代言人要人们相信的那样发达。"[①]

与周人对南方青铜文化接受伴随而来的是西周文化对于南方文明

---

① [美]贝格立撰：《长江流域青铜器与商代考古》，任汝译，《南方文物》1996年第2期。

形态的认可:"有一些西方学者提出,在安阳晚期,南方青铜文化对陕西境内的青铜文化产生了影响,并对西周青铜文化的形成与发展起到了重要作用。因而如果不能很好地理解南方的青铜文化,就不能很好地理解西周文化。"① 商代长江流域文明较强的生命力,一方面来自南人对于客观世界的观照、模仿能力的习得,他们将客体世界作为新鲜的审美对象,由于铸造目的的单纯性——面向祭祀;表现手法的自然化,整个创造过程呈现出与中原地区有别的去象征性,这也是此时民间审美趣味与体会自然之美的兴起。另一方面,湖南兽尊与中原兽尊所代表的写实与象征风格,反映出符号体系内的两个层级:自然的与意向的。前者体现物的本性,奥古斯丁将其归纳为:"自然符号是那些既无意向,又无表意愿望,但除了食物自身之外还能自动地了解别的东西的符号。如烟之于火,动物的踪迹,人的脸。"② 意向符号则是有倾向的意识活动的外显形式:"意向符号指所有生物用来尽可能地相互表达心灵活动,即他们所感到或想到的东西的符号。"③ 两套符号构建方式的区别,决定着在进入艺术创作领域内再现型艺术与表现型艺术的分流。从周代铜器对南方再现传统的延续来看,周人对主观精神领域的强烈表达欲望较之中原商人有所削弱,对客观世界的观照与审视能力增进了,周人致力于将主体纳入客观对象中,将自我融入最高存在之中。因此,从周代开始,青铜器王权象征属性逐渐剥离,它造型层面的形象性、生动性、艺术性日益凸显分量。在造型领域内的转变折射出一场深刻的思维变革,而这一观念上的转向,对其哲学思想、礼仪体系和文学言说传统的形成,无疑都有着深远的影响。

---

① 转引自 Bagley, Robert W., *Shang Archaeology*, *The Cambridge Ancient Chinese History*, London, Cambridge Press, 1999, p. 212。
② [法]茨维坦·托多罗夫:《象征理论》,王国卿译,商务印书馆2004年版,第43页。
③ [法]茨维坦·托多罗夫:《象征理论》,王国卿译,商务印书馆2004年版,第43页。

第四节 西周祭祖礼仪中的符号生成与文本结构

《论语·八佾》:"周监于二代,郁郁乎文哉!吾从周。"意思是周代的社会制度,从夏、商二代继承而来,并发展完善至更为丰富复杂的结构,周代社会面貌已完全脱离了夏商时期的原始质朴,充分社会化与人文化,因此呈现出"文"的形态。周"文"的集中体现,就是周代的礼制。周礼虽以夏礼、商礼作为基础,但它更庞大全面地覆盖了社会生活,是周代文化的表征。周礼繁荣的背后,蕴含着周人精神信仰、思维阐释方式等多方面的巨大变革,占据周礼中心的祭祖礼,便充分体现出周代对于前代礼制的承袭与改革,周代礼仪的新变,预示着中华文化开始了新的阶段,走上了独具自身特色的发展轨道。

一 周代礼仪重心转向

祭祀,伴随着人类文明的开始和发展,在进入国家形态后,祭祀以"吉礼"的形式出现。《周代·春官·大宗伯》:"以吉礼事邦国之鬼、神、祇。"吉礼对象大致可分为二:一是以天为中心的自然神,一是以祖灵为重心的宗族神。孙星衍《尚书今古文注疏》:"祖者庙主,社者社主。"祭祀次序上二者一直发生着不断的演变,也昭示着原始宗教发展的不同阶段:"我们把原始宗教的一般发展过程划分为相应的三大阶段,即以天(自然异己力量)、人(社会异己力量)浑一崇拜为特征的'图腾崇拜'阶段(母系氏族公社早期和中期),以天人分立崇拜为特征的'自然崇拜'和'祖先崇拜'独立并存阶段(母系氏族公社晚期和父系氏族公社时期),以天人合一崇拜为特征的'天神(帝)崇拜阶段(稳固性村社部落联盟至阶级社会的封建地主制时期)'。"① 从夏文化遗址来看，在夏墟二里头遗址中发掘出土的一号宫殿与二号宫殿，二者在建制上并无太大区别，均为廊庑绕内殿的闭合建筑形制，不同之处在于一号宫殿基址上发现众多以牛为牺牲的祭祀品，二号宫殿则无类似现象发生。《尚书·甘誓》："用命赏于祖，不用命戮于社。"表明祭天时对祭祀品有所要求。《礼记·郊特牲》"郊特牲而社稷大牢"，郊者，祭天之名。说明祭天使用牛犊作为牺牲，是一直以来的惯例，由此可判断二里头一号宫殿应为祭天场所，从古代"左祖右社"建筑习惯推测，二号宫殿或许是祖灵庙堂，仅从目前有限的考古材料还无法判断夏人对"天""祖灵"各持怎样的看法，就祭祀牺牲不同而论，只可说明夏人吉礼体系中应存两条线索，祭天与祭祖礼应在此时萌芽，并存。

殷商初期，吉礼中的祭天礼与祭祖礼，均各自得以空前的兴盛。商人相信上天具有赐福降灾的能力，通过祭祀能与上天这一"绝对意志"进行沟通："当时祭祀的方式可谓名目繁多，无以复加。殷人以为天帝之外，凡天象皆有神（如日神、月神、云神、星神等等），一律祭祀。"② 除此以外，对先王祖先之灵的祭祀也达到了极盛的规模，据殷墟卜辞可知，殷王祭祀祖先分为两类，一是主要在祖甲和帝乙、帝辛时代盛行的周祭，一是周祭之外自武丁至帝辛各代都实行的一些不成系统的祭祀典礼。值得注意的是，商代进入晚期之后，祭天与祭祖逐渐归到一个系统中来，成为禘祭，即天神"帝"与祖先"灵"合二为一，共同成为商族的主宰者和保护者："商代末期的上帝是一个极具族群独占的守护神，而不是普遍的裁判者，至上帝与祖灵的结合，实为禘祭的特点。"③《礼记·大传》："礼，不王不禘，王者禘其祖之

---

① 于锦绣、于静：《灵物与灵物崇拜新说》，宗教文化出版社2006年版，第66—67页。
② 陈戍国：《中国礼制史·先秦卷》，湖南教育出版社1991年版，第132—133页。
③ 许倬云：《西周史》增补二版，生活·读书·新知三联书店2012年版，第116页。

所自出，以其祖配之。"由此可见，最迟至商代末期，中国境内已出现原始宗教的最高形式："到了原始社会末期，祖先崇拜和自然崇拜又开始相互结合，在社会上层出现了早期天神（帝）崇拜，这是自然异己力量和社会异己力量在阶级开始分化的基础上出现的高层次的再度统一，是原始宗教发展层次的最高形式，也是末期形式。"① 一方面，它仍以小地域和小族群为基础，商代的祖先神所庇护的仍是本族后人；另一方面，它将"天"的属性与祖神品格结合，天在哲学层面上具有的泛族群属性有可能突破祖灵崇拜区域性的局限，因此，商代信仰一方面具备了原始宗教完备的属性，另一方面又蕴含着打破原始宗教界限，走向大族群、泛血缘的人为宗教的可能。

周代继商而来，完成原始宗教向"人为宗教"②转化的期望顺应地落在了周人肩上，然而历史的发展却并非如此。首先，天神、祖灵合一的禘祭并未在此时期延续下来，陈戍国在《中国礼制史》（先秦卷）中介绍到《逸周书·世俘》当中同一天举行的"祭天"与"祭祖"两场礼仪，认为两者至少有以下两个不同点：（1）祭祀地点不同："祭天宗上帝不在宗庙，当在郊外；祭王室先人自在庙中"；（2）所奉祭物不同。"所用礼物并非都是凡祭天祭祖可通用的。"③ 祭天与祭祖之间的区别，说明两种礼仪开始拥有了各自明确的祭祀目的。这与夏商时期祭天配祖的禘祭，或祭天与祭祖目的相似或经常混杂的情况是不同的。周人对禘祭冷淡态度的背后，伴随着对"天"内涵的重新诠释和理解，提出"天命靡常，惟德是依"的新思想。周人认为，天不再是单一族群的庇护者，而是"苍天之义"，是公正的裁判者："脱开祖宗神性的天帝，以其照临四方的特性，……是公正不偏的裁判者，决

---

① 于锦绣、于静：《灵物与灵物崇拜新说》，宗教文化出版社2006年版，第58页。
② 注：人为宗教的概念与原始宗教相对，其内涵包括三个层面：大区域的，大群体的，人为性的。
③ 陈戍国：《中国礼制史·先秦卷》，湖南教育出版社1991年版，第225页。

定地上的统治者中孰当承受天命。"① 然而，在承认天的公义性后，周人却否认了它的主宰性，认为它不再是"主宰之天"，而是"义理之天"，将天悬置起来，不再追究其内涵，进而将"德"视为它的表现形态，尚德便是敬天，因此，对天本身的祭祀已不再重要。周代的祭天之礼，在规模和频率上也大大减弱，不如前代。

与祭天礼衰颓发展态势对应的是本时期祭祖礼的繁荣。《尚书·洛诰》记载了西周初年的一次祭祖活动："戊辰，王在新邑，烝祭岁，文王骍牛一，武王骍牛一。王命作册，逸祝册，惟告周公其后。王宾，杀禋，咸格，王如入太室裸。王命周公后，作册逸诰，在十有二月。"将祭祖活动写进象征国家典册的《尚书》中，足以显示祭祖礼在一切礼仪活动中占有显赫的分量。西周早期的祭祖礼与商礼呈现出明显的承袭关系。刘源对商周二代祭祖礼之间的关系做了较为详细的研究。认为周代从祭祀祭名、金文与甲骨文中祭祀动词的相似度等形式方面都具有明显的前后相继性。然而，周代虽模拟商代祭祖礼之式，但又增添其制，祭祖礼在周代取得了不同于前代的内涵。

王国维在《殷周制度论》中谈道：

> 欲观周之所以定天下，必自其制度始矣。周人制度之大异于商者，一曰立子嫡之制。由是而生宗法及丧服之制，并由是而后又封建子弟之制，君天下臣诸侯之制。二曰庙数之制。三曰同姓不婚之制。此数者皆周之所以纲纪天下。

王国维所言"庙数"之制，正与前《礼记》所提到的周庙数"七"相吻合，与前代比较起来，呈现出扩大化的趋势。《礼记·王

---

① 许倬云：《西周史》增补二版，生活·读书·新知三联书店2012年版，第122页。

制》:"天子七庙,三昭三穆,与太祖之庙合而为七。"郑玄注:"此周制。七者,太祖及文王、武王之祧,与亲庙四。太祖,后稷。殷则六庙,契及汤与二昭二穆。夏则五庙,无太祖,禹与二昭二穆而已。《礼纬》'夏无太祖,宗禹而已,则五庙。殷人祖契而宗汤,则六庙。周尊后稷,宗文王武王则七庙。'"① 说明以祭祖礼为主的庙祭在周代受到越来越多的关注,成为当时最重要的祭祀礼仪,"西周王室对祖先的祭祀,就文献记载的整个情况而言,其频率,其热情,远在对天神地祇的祭祀之上"。周代对祭祖礼重新高涨的热情,使商代高度完备的原始宗教形态遭致解构,天神—祖灵的统一信仰由合一走向分离,周人重新回到以祖灵信仰为重心的原始宗教早期形态,回归到小血缘、小族群的限制范围之内。周人在信仰上的"倒退",证明商周文化的异质,周代虽承商而来,但并未完全接纳商人的信仰习惯与精神旨趣,而是保持自身文化的原生性,这种对异族文化"强势"的态度,为周代统治的合理性奠定基础。

二 立尸的兴起——从意义到符号

西周祭祖礼,是在殷商庙礼基础上发展而来,《礼》《诗》《春秋》《国语》等对之均多有记载,使其面貌较之前代礼仪更为清晰地呈现出来。《仪礼》记载祭祖礼形式大致分三类:一为特牲馈食礼,"为诸侯之士祭祖祢"②;一为少牢馈食礼,"诸侯之卿大夫祭其祖祢于庙之礼"③;一为有司彻"大夫既祭傧尸于堂之礼"④。这三种形式的祭祖礼,在上古五礼中属吉礼。从《仪礼》记载来看,上述礼仪流程大致

---

① 李学勤主编:《礼记正义》(标点本),北京大学出版社1999年版,第383页。
② 李学勤主编:《仪礼注疏》(标点本),北京大学出版社1999年版,第837页。
③ 李学勤主编:《仪礼注疏》(标点本),北京大学出版社1999年版,第897页。
④ 李学勤主编:《仪礼注疏》(标点本),北京大学出版社1999年版,第932页。

如下，现以特牲馈食礼为例：

> 筮日（决定祭祀时间）——前三日，筮尸——宿尸——拜尸——宿宾——祭前一日，主人"视濯、洗牲"——祭日清晨，杀牲、烹煮，按方位摆设礼器——主人迎宾入席——祝入——主人升，入位——祝迎尸于门外——尸升，入——尸坐，主人拜尸——尸祭，告旨——飨尸，告饱(前后三饭共三次)——酳（饮）尸——主人退，听嘏（等待祝福）——尸以菹豆亲嘏主人——主人以酢献祝——主妇献尸、献祝——宾三献，燔尸——主妇致爵于主人——主人致爵于主妇——宗妇献主人、主妇——主人拜宾，献宾，宾答拜——宾献爵主人，主人答拜——主人之嗣举奠拜尸——兄弟弟子献酳长兄弟，长兄答拜——主人出，立于户外西南，祝东面告礼成——尸谡、祝前，主人降——祝反，主人复位，撤席出庙，设于西序——主人拜宗人及长兄弟——祝告礼成，宗人告事毕——主人送宾于门外，拜宾，宾不答拜。

从祭祖礼仪的形式来看，无论是规模较大的天子大夫"特牲馈食礼"，或者规模略小的诸侯大夫"少牢馈食礼"，在结构上具有相似之处。其中最为突出的特点是"尸"在祭祀活动中的参与，因此《仪礼》还专列一篇《有司彻》以突出尸的重要地位。尸，指代死者受祭之人。男者，以孙辈为尸，女者，以异性孙辈之妇为尸。祭祀立尸，相传始于夏、行于商，至周代立为制度，是周代祭祖礼的典型特征。

夏代祭祀有尸，仅为一则文献所提及，《礼记·礼器》"夏立尸则卒祭"，郑玄注："夏立尸有事乃坐。"疏："夏祭乃有尸……若不饮食时，则尸倚立以至祭竟也。"《礼器》虽有言及，但毕竟是成书于战国年间文献，不足征信。从相关出土材料来看，河南偃师二里头夏文化遗址中出土一、二号宫殿，均为中有内室、周围绕以廊庑的建筑。一般认为，一号宫殿为祭祀天地的社坛，二号宫殿则为祭祀祖灵的宗庙，二者形制相似，意味着祭祀内涵上的共性。祭祀天地，无形无相，无须立尸；祭祀祖神，脱离形体，与天地同义，也尚未开始立尸。

商代祭祖礼中是否立尸，是一个有争议的话题。有学者认为，西周以前均无立尸，也有学者认为甲骨文中有少数几则提及尸，可能是最早的立尸实证，如：

癸巳卜，大贞，王宾⺈，岁，亡尤

甲午卜，大贞；王宾阳甲，岁，亡尤（《天》28）

代表神灵之相的尸字，在甲骨文中写作⺈，如端坐的人形。然而卜辞中的尸字出现比例不高，尸在商礼中的具体职责也不尽清晰，可以判断，即使商代祭祀中有尸，但此时立尸制度与观念也尚未成熟。西周礼制体系不仅将祭祖礼位置升至最高，同时也明确祭祖必然立尸，并说明立尸意义，确定立尸原则。后世《礼》典纷纷采录，所言一致。因此，将立尸视为西周祭祖礼的新兴特征，并无不妥。"周代社会中的立尸相神现象就显得格外突出。立尸礼对周代宗教生活的影响普遍而又深刻，成为周代祭祀所特有的标志。"[①]

从夏商至西周，祭祖礼仪经历了"立尸"逐渐确立的过程。尸的从无到有，代表着符号形态从虚到实的转变过程，这与三代先民对祖灵属性的理解相关，同时也反映出符号设立思维的发展。

《礼记·郊特牲》："有虞氏之祭也，尚用气，血腥爓祭，用气也。殷人尚声，臭味未成，涤荡其声。乐三阕，然后出迎牲。声音之号，

[①] 胡新生：《周代祭祀中的立尸礼及其宗教意义》，《世界宗教研究》1990年第4期。

所以诏告于天地之间也。周人尚臭，灌用鬯臭，郁合鬯，臭阴达于渊泉。"《礼记》中的有虞氏所指的是殷商之前，国家仪式形态的初始阶段。与传世文献的夏代，考古遗存中的夏文化具有重叠关系，在夏文化时期，夏人对于天地、祖灵的理解并未形成具体的内涵，而是一种抽象认知，认为其处于时空之外，与现实现世相对，本体虚空，创生万物。总而言之，天地、祖灵是一种自在自为的存在，内涵抽象，形式自由。因此在起源时期，祭祀中配享形上概念的礼仪符号是气，气超出五官直接感知范围，是对事物内在共性的深层体认，有虞氏时期以气为天地、鬼神等观念的符号标识，气高度抽离实体，不具备具体外形，但却可被感知，是一种非物质的意义载体，它的发送与接收是以直觉——体物的方式完成表意的。以气祭祀，跳出有形局限，正好迎合祭祀对象为理念之物的无形属性。

殷商时期，对绝对理念的理解有所不同，突出表现在对最高概念本身加以限定。殷人以声音配享神灵，对神灵属性有了"阴阳"方面的划分："魂气归于天，形魄归于地，故祭求诸阴阳之义也。殷人先求诸阳。"[1] 殷人认为，鬼神在于天地之间，发而为外的属性为阳，声音亦飘荡在天地之间，是容易感知的符号。作为符号，与气比较，声音的辨识度更高，体现出表意对象属性的具体化。西周承袭殷商而来，周礼因袭商礼而变之，继承的部分来自周代对绝对理念的限定性认识仍然没有改变，而转变的部分在于限定的内容以及程度发生了变化。首先，从内容上讲，"殷人先求诸阳，周人先求诸阴"[2]，周人认为神灵属性首先是阴性的，因此以鬯、臭为礼仪符号。鬯液灌地，臭随之下达阴界，从上述三则礼仪配享实例来看，代表绝对理念的天地、神灵，是礼仪系统中的意义层。对意义层的限定越多，表意符号则越具

---

[1] 李学勤主编：《礼记正义》（标点本），北京大学出版社1999年版，第817页。
[2] 李学勤主编：《礼记正义》（标点本），北京大学出版社1999年版，第817页。

体，反之，当表意符号越容易被感知接受，对意义的获得则越清晰。总而言之，抽象的理念本身无法用具体符号给予表达，符号自身"物"的属性决定表达中对意义无限性的剥夺。以空对空，以实喻实，是早期礼仪符号生成的根据。

商代认识模式中去理念化趋势，在西周得以发展强化。首先，随着祭天礼仪地位的下降与祭祖礼仪地位的提升，周人将祭祀祖先看作是"溯本求源"的终极致思，在礼仪体系中占据了根本位置。从这一点上看，周人完成了从抽象意义到具体意义的转移，天地属性神秘而不可知，但祖先则与自身有着亲缘联系，这也成为周代思想的主要特色。"先秦时代的殷周两族在文化性格上有着明显的差异。殷人特别迷信鬼神和其他各种超自然的力量，他们的精神世界上笼罩着一层浓重的神秘气氛。极度频繁的占卜活动，按先王日名与位次轮流致祭的'周祭'制度，就是这种精神气质的反映。而周族相对来说却现实和理智得多，他们在信仰鬼神的同时，更注重人事的价值和道德完善的意义。将这种差异完全归结为历史的发展是片面的，因为殷、商两族的文化本来就有所不同。"①

尸的设立，与周人思维模式是相应的。在夏商祭祀体系中，祭祀对象在时空当中均无物质实体的表现，体现为空的形式，周人则人为制造出尸来代表祖先，体现出在时空中生成意义载体的强烈诉求。尸创立的内在动因，在于"主意"。郑玄在《仪礼·士虞礼》中解释得很清楚："尸，主也。孝子之祭，不见亲之形象，心无所系，立尸而主意焉。"又《白虎通义》云："祭所以有尸者何？鬼神听之无声，视之无形，升自阼阶，仰视榱桷，俯视几筵，其器存，其人亡，虚无寂寞，思慕哀伤，无可写泄，故座尸而食之。毁损其撰，欣然若亲之饱，尸醉若神之醉矣。"尸是随着礼仪发展而设立的，是由表意诉求驱使

---

① 胡新生：《周代祭祀中的立尸礼及其宗教意义》，《世界宗教研究》1990年第4期。

而创立的标志性礼仪符号,代表本时期表意思维的新走向。一方面,它是理念的具体形态,祖先已逝,处于时空之外,祖先逐渐脱离实体,成为观念之物。但尸则是祖灵的替身,使之重新返回时空之中,并可与行礼者进行直接的交流。《礼记·郊特牲》:"尸,神象也。"另一方面,它是主体意念投射物。周人认为祖先已逝,表情达意失去对象,发出信息没有回应,无法形成对话,立尸则使意念有了具体的投向。因此"尸,主也"①(原文作"陈",郑玄注释已指出"陈"为讹误,当作"主")。

从符号生成的角度看,作为能指——尸的符号载体,与意义之间具有理据联系。在尸的选择与确立上,周人遵守两大原则,一是同姓,二是同昭穆。同姓,即尸的候选人必须与祖先同出一族:"扮演者与所祭祖先必须同姓同族,这是立尸方面最基本的规定。原始宗教观念中有一种对生命统一性的坚定信仰,即认为生命在时间上具有'永不间断的连续性,上一阶段的生命被新生生命所保存,祖先的灵魂返老还童似的又显现在新生婴儿身上。'"② 同昭穆,即尸的排列辈分需要与祖先同昭或者同穆。因此,尸一般从祖先的孙辈中选出。《礼记·曾子问》:"祭成丧者必有尸,尸必以孙,孙幼则使人抱之。"即使在祭祀远祖如文王、武王时,因时间久远,孙辈无处可寻,也必须挑选与之同昭或同穆的人选充当"公尸"。《诗》《公羊传》中常有以卿为天子尸的公尸情况出现:"这些充当'公尸'的卿大夫,在昭穆序列上与其代表的祖先也是相同的。"③ 同姓与同昭穆原则确保尸与祖灵之间保持充分的逻辑依据,即在能指"尸"与所指"祖灵"之间具有高度的吻合性,前者是后者的"像似符号","一个符号代替另一个东

---

① 李学勤主编:《礼记正义》(标点本),北京大学出版社1999年版,第818页。
② 胡新生:《周代祭祀中的立尸礼及其宗教意义》,《世界宗教研究》1990年第4期。
③ 胡新生:《周代祭祀中的立尸礼及其宗教意义》,《世界宗教研究》1990年第4期。

西，因为与之像似"。① 尸与祖灵之间的像似度，不是由于视觉类同，而是源于感觉上的一致性，使前者在特定的场域内替换为后者，成为其替身与代言者。由于能指与所指之间理据关系的确立，使得尸成为礼仪当中的稳定符号，携带上集体意识与记忆，成为一个文化阶段的标识。

立尸，是周代表意思维具象化的结果。从原始族群的思维发展历程来看，早期族群往往以具体事物作为思想内容，而抽象之思则发生在较高文明层次与较强意识形态语境之下。从这一点来看，周族的思维模式并不比夏商二族更为进步，相反，它似乎回到原始质朴的氏族早期阶段。这不仅使我们联想到周人的思维模式，与它本起源于边缘的西部一支小族的历史身份是有所关联的。

三　祭祀礼仪文本结构

将礼仪视为文本，因为礼仪是一系列符号的集合体。各个符号均携带意义，进入系统之后则成为意义的整合——文本。符号文本的特色在于："一些符号被组织进一个符号组合中，此符号链可以被接受者理解为具有合一的时间和意义向度。"② 作为文本的礼仪体系由各个符号构成意义单元，进而形成集合的表意单位，夏、商、周三代的祭祀礼仪中，符号设立的区别，造成礼仪文本结构上的不同。

夏、商二代的祭祀礼仪，以祭祀天地、神灵为主要对象。在祭祀体系当中，祭祀对象并未取得稳定的具象符号，而以"非实体性符号"代之，这从根本上影响了夏、商二代礼仪的结构图式。由于文献的缺乏，现今很难了解当时礼仪的具体形式，但从考古遗存中，仍能

---

① 赵毅衡：《符号学原理与推演》，南京大学出版社2011年版，第78页。
② 赵毅衡：《符号学原理与推演》，南京大学出版社2011年版，第43页。

对当时礼仪发生的实际情况进行一些推测。

从新石器时代晚期到二里头文化遗址时期,中国境内有过祭祀的考古遗址中,常有祭坛遗址出现,其中具有代表性的有以下三类:

(1) 红山文化牛河梁遗址群"祭坛":"在第二号冢以东2米处。坛体为正圆形,由石块砌出三重圆的石桩界,直径分别为22米、15.6米和11米,形成三层台基。每层台基由外向内,以0.3—0.5米的高差,层层高起。坛的内层顶面铺石,较为平缓,从而形成一个完整的圆形坛体。"①

(2) 陶寺类型大型墓仓形器:其形制是古老的天坛或其象形。

(3) 夏墟二里头遗址中一号宫殿:一号宫殿被认为是夏文化祭社之坛。社,后世文献中一般训为土神。一号宫殿是否单纯祭祀土地还不太清楚,但基本可以确定它是祭祀与祖先相对的自然神灵的祭坛。理由在于"一号宫殿庭院中甚至院落附近,发现若干瘗埋着人、兽肢体的祭祀坑",《周礼·春官·大宗伯》:"以血祭祭社稷、五祀、五岳",《书》:"用命赏于祖,不用命戮于社",说明祭祀需要杀戮牺牲,以血气祭祀。一号宫殿形制"台基面大体平整,高出当时地面约0.8米,东、西、南三面的台基折棱处呈缓坡状,表面有路土层"。②

上述祭坛的共同特征在于均为平地之上的高台建筑,具有向上延伸的空间通透性,它从平面上凸起,象征现实世界对于彼岸世界的向往,是对自身限定性的剥离,因此祭坛常常为人神交通的场所。在与中国文明异质的希伯来文明中,也多次提到祭祀中的祭坛:《旧约·创世记》:"挪亚为耶和华筑了一座坛,拿各种洁净的牲畜、飞鸟,献在坛上为燔祭。"又《创世记》第35章:"神对雅各说:'起来!上伯

---

① 郭大顺:《红山文化》,文物出版社2005年版,第64页。
② 中国社会科学院考古研究所编:《偃师二里头1959年—1978年考古发掘报告》,中国大百科全书出版社1999年版,第138页。

特利去，住在那里，要在那里筑一座坛给神，就是你逃避你哥哥以扫的时候，向你显现的那位。'"

祭坛在东西方文明中的广泛存在，揭示出与之相连的祭坛礼仪的一种深层共性，该类礼仪均用于祭祀主观意志之外的绝对理念，祭祀自在、自为、自由的至高所在，这一对象物内涵的无限性，决定其没有与之匹配的符号载体，即没有能指，仅存所指。因此以之为中心的礼仪结构呈现出一种指向性：这类礼仪以集中表达对象物的属性特征为主，礼仪文本内的符号构成，本是由具体符号"行礼主体"与表达意义"行礼对象"构成，由于礼仪结构强烈的意向性，造成前者对后者的完全陷落，前者作为次生意义，完全服从于后者的原生意义，因此礼仪文本结构呈现出中心抬升，边缘开放的状态，这使得对礼仪对象的表现成为最重要的言说任务，中心占据了不可替代的位置，而位于边缘的符号意义则被消解了。

几乎所有神圣空间的重心都有祭坛、教堂、十字架、世界圣地、宝石、拟人化的宝藏等标志，中心本身在很大程度上决定着整个神话诗歌空间的结构，从而构成"神圣场"；在该神圣场的垂直切面中，标有一个最神圣的"空间点"，它是"世界轴心"的边际，这个边际绝对在上方，有时则是北极星。轴心本身是作为神圣中心的价值刻度而分布在垂直空间中的；另一种情形是，神圣中心就位于"世界轴心"处而进入地下，这时，该中心就与地平面中心相吻合只有在少数神话诗歌中（如阿尔泰和西伯利亚神话中）才涉及"上"、"中"、"下"等三维空间。此时，垂直轴心最具实物的等级结构——死者、先辈的灵魂、魔鬼和凶神等都处在下层，人与动物在中层，飞鸟、天使、神（包括上帝本人）则在上层，而地平面中心则是如上所说的教堂等。通常情况

第二章　上古礼仪的符号形式与意义表达

下，神话是把一年之中的主要仪式安排在最神圣的空间点上，即在时间上旧年与新年的交替时刻。①

在这类礼仪文本空间中，由于中心的抬升，使得意义表达集中而不分散，这一结构因而是相对单一的，它内部充满统一性与整体感，因此，祭祀绝对理念的礼仪在多数文明形态中的表现均相似而简单，该类礼仪构型的人为干预色彩并不突出。夏、商祭祀礼都共同体现为"向心"模式，处于中心的则是不以具象在场的祭祀对象（天地、神灵等）。对象"形"的缺失，在祭祀语境中却凸显出"意义"的存在。《论语·八佾》："祭如在，祭神如神在。"

西周祭祖礼替代祭天礼仪代表礼仪的最高规格，也开辟出一种新的礼仪结构。首先，礼仪呈现出中心与次中心形态。从反映西周祭祖的特牲馈食礼和少牢馈食礼来看，尸占据礼仪中心地位是无可置疑的，尸的确立经历了占卜（选择尸的扮演者）、宿尸（祭祀前，尸从一般人群中分别出来），祭祀过程中又围绕尸展开了迎尸、拜尸、飨尸、饮尸、送尸等活动，突出其尊贵地位，显示了祭祀目的，但是，祭祖礼仪结构并不仅止于此。尸作为实体符号使祭祀意向得以落实，在于其是能动接受与反馈的符号。尸不仅可以接纳崇拜，享受祭品，还能示意告饱，发出祝嘏。在祭祀主体（主人）与客体（对象）之间形成双向交流。"以活人扮神使人们得以按照自己的愿望在祭礼中加入神祝福人的仪节，从而使祭祀具有人享神和神赐人的双重意义。祭祀不再是单方面贿赂神灵和无条件地使神欢愉，它同时又是直接接受鬼神赐福的一种仪式，把看似空虚的祈求变成有着落的接受，把人对神的

---

① 赵爱国、姜宏：《从"文本空间"到"神话诗歌世界模式"——托波罗夫艺术文本符号学思想评介》，《俄罗斯文艺》2012年第2期。

单向供奉变成人与神的双向互惠。"① 因此，由于尸符号载体的性质，获得了双重的指向意义。在尸与主人之间，二者先后成为礼仪中心。不仅如此，在祭祀神尸告一段落之后，礼仪并没有宣布结束，而在祝、主妇、宾客、兄弟等赞祭群体中展开。上述群体虽非礼仪的第一中心，却是协助礼仪完成不可缺少的环节和祝福涉及的对象之一。因此围绕这一群体，礼仪开始了第二轮的献礼与答拜。在这一层面的仪式上，祝、主妇、宾客、兄弟等都按时间顺序，在礼仪流程中依次成为意向投射中心，生成为礼仪结构中的多个次生中心。多中心的存在，分散了礼仪意义的单一性，使其在整体的统一性中显示出多义性。确实，敬拜赞祭人群的意义与祭祀神尸不同，它增添了团结亲友、条辨昭穆、礼尚往来等人伦意义，使礼仪文本空间呈现出多个层次，富于张力。

　　礼仪之所以能称之为文本，在于它是人为的结构组合，不是一般的自然行为，而是带有特定表意内涵的行为集合。以文化符号学对符号系统的划分来看，礼仪结构属于"第二模式系统"："所谓第二模式系统是在具有直指语义的天然语言基础上加以组织的，具有天然语言结构以外的'附加结构'，也就更为复杂。"② 西周祭祖礼仪文本空间内的多层次，具有精心设计的平行模式与重叠效果。祭祖礼仪可分两个群体，其一为祭礼的实施群体，即现实中有祭祀要求的人群。核心人物为"主人"，之下有主妇、宾、兄弟等；其二为祭礼的指向者，即处于彼岸世界的神灵群体，其代表为神尸；次要者协助祭祀展开的助祭群体，如祝、赞者等，首先祭祀者向受祭者依次致礼：主人↔尸、主人↔祝，在完成对受祭群体的依次致礼与还礼后，主人向本群体（祭祀方）内成员再依次致礼，分别为：主人↔主妇、主人↔宾、主人↔兄弟等。至此，祭礼第一层次结束。第二层次则由祭祀方的第二

---

① 胡新生：《周代祭祀中的立尸礼及其宗教意义》，《世界宗教研究》1990年第4期。
② 李幼蒸：《理论符号学导论》，中国人民大学出版社2007年版，第638页。

位向受祭群体行礼,再向本群体各成员依次行礼。即主妇↔尸、主妇↔祝、主妇↔主人、主妇↔宗妇(有性别上的区别,故主妇不向宾客行礼)。第三层则由宾客向受祭方献礼,再向本群体献祭方致礼,仍按双方的主次地位,按顺序而行。因此,整个礼仪环节内部充溢平行关系,主与从,亲与疏等关系绝不会有所错乱,而是以次序的方式在整个文本内部显明各自的地位。在这个结构当中,中心的地位不会被无限拔高,而边缘的意义也不会完全缩减,两者都处于一种牵制关系当中,没有明显的一极存在,从而在文本内部营造出意义的丰富和价值的多元。同时还值得注意的是,在每一平行层面上所展开的内容具有很大程度的相似度,即是一种互动关系的反复出现,祭祀中的这种互动关系表现为献祭与回应。在整个礼仪的每一层次上,这一关系均被重复显现,使其成为整个文本所指向的主体,而文本结构则设计这一主题在不同层面上不断被重复讲述,这使我们意识到,在周人建构的礼仪结构中,符号与意义已不再是单个的能指与所指,周人开始对系统和功能进行认识。周礼并不指向某个符号与其所携带的意义,而是指向由多个符号在互相关系中生成的意义。

因此,可以总结为,相比夏商二代精诚专一,遁出有形、纯然致思的形上认知模式,周人以形制意、条辨关系、统于结构,前者是自然、自在的形态养成,后者则是人为、理性的艺术构建。周人对于符号形式、结构、意义的认知,为其积极的言说欲求打下基础,并将之带进周人的语言书写实践当中,在西周文学文本《诗》中,我们很容易找到固定的意向、复沓的句型、重复的主题,而这与另一种艺术形式——行为仪式的实践是分不开的。

第三章 从上古礼制到文论思想：
话语溯源与跨界

在讨论了礼制遗存与时代审美的外显风格上的统一性，礼仪内部符号建构与表意机制对诗学思维成熟的促进作用之后，上古礼仪与文论思想的相关性已有感性与理性层面的论述。然而，上古文论中某些具体话语的生成，是否与礼制环境之间存在着不可分割的联系？礼仪能否为抽象的文论思想提供动力源泉？本章将试图分析周代最重要的理论命题之一"中"的生成与其时礼制背景之间的内在联系；同时探讨礼仪中的"礼质"的形态如何演变为文论话语中的"理扶质以立干"之意义。并通过对古礼之"苞苴礼"意义建构的探讨，梳理礼制体系及文艺美学系统内的意义生成方式。因此，本章主要是文论思想的溯源及礼制话语的跨界研究。

第一节 "质"的起源形态及审美传统形成

在"三礼"研究的传统中，对于"礼文"的阐释，一直是礼学研究关注的重点。"礼"在古代社会中具有广泛的存在领域，体现为社会制度、次序、伦常乃至士及以上阶层的生活细节。而行礼过程具有仪式性，行礼者需要态度恭敬，仪容肃穆。礼具有的条理次序，区别亲疏，美化装饰的特征与中国古代"文"的概念尽相吻合。所以"礼"与"文"常常等同起来。《论语·学而》："行有余力，则以学文"；《雍也》："博学于文，约之于礼。"此处以文代礼，说明在古人的观念当中，当涉及礼的外在形式，功用价值时，常与文连用。从礼和文的最初起源来看，古代学者对此两者的解释具有一致性：

《礼记·礼运》：是故夫礼必本于太一，分而为天地，转而为阴阳，变而为四时，列而为鬼神。其降曰命。其官于天。

《春秋左传正义》：礼之可以为国也久矣，与天地并。

《文心雕龙·原道》：文之为德也大矣，与天地并生者何哉。夫玄黄色杂，方圆体分，日月叠璧，以垂丽天之象。山川焕绮，以铺理地之形。此盖道之文也。仰观吐曜，俯察含章，高卑定位，故两仪既生矣。惟人参之，性灵所钟，是谓三才。为五行之秀，实天地之心，心生而言立，言立而文明，自然之道也。傍及万品，动植皆文。

从以上文献的记载来看，礼的起源同文一样，与天地并生，乃是古人自然观中亘古永在，不生不灭的永恒存在；诞生在自然的起源之初，绵延在时间和空间的长河里。除起源古老一致以外，礼与文的相通之处还在于自身状态的类同：

《礼记正义序》：夫礼者，经天纬地，本之则太一之初；原始要终，体之乃人情之欲……礼者，体也，履也。郁郁乎文哉！三百三千，于斯为盛。纲纪万事，雕琢六情。

《文心雕龙》：龙凤以藻绘而呈瑞，虎豹以炳蔚而凝姿；云霞雕色，有逾画工之妙；草木贲华，无待锦匠之奇。夫岂外饰，盖自然耳。

故上文所示，礼与文同，在于两者天生具有装饰性，两者皆属于自然的一部分，带有从自然本身而来的条理、次序、文绘："物生自然而有尊卑，若羊羔跪乳，鸿雁飞有行列，岂由教之者哉！"① 在归属于自然这个角度来讲，礼属文而文中有礼。礼与文均共有相似的装饰性、等级性与文绘性，这些共性成就了中国古代文论中礼文的概念。礼文的密切关系奠定了中国礼乐文明的基础，正因为礼文具有同样的属性，它在这一方面所具有的辨等级、正伦理、重纲常的特征才为古代中国几千年的帝国统治所采纳，以君君臣臣、父父子子的礼仪制度构筑了社会的稳定和谐，礼文共生的社会秩序，充满威仪，又蕴含人情，社会生活中富于形式感和象征性。而对于礼学研究来说，建立于礼文基础上的对礼的微言大义的阐发便成为三礼学研究的一个中心。这不仅体现为礼学著作中义理之作的兴起，如以王安石《周礼新义》为代表的寄托个人政治理想之书，更参与到中国学术思想史中阐发天人关系，解释社会结构和为人立身之道的知识与话语的背景中去："从思维模式上看，中国古代很早就形成了'尚文'的意识，这是在礼乐文化知识谱系与历史语境中，与'三才'，阴阳五行思想的结合而得以不断丰富，并通过与'象喻'思维，'尚和'思维不断融合，构成了一个文义斑斓、涵义广阔的思想谱系。在这个思想谱系中，我们不但以'文'概括一切自然创生，涵括一切人文创造，更以'文'为一切历史文化之总括，为其存在之大本大原，由此形成了极富民族色彩的文化传统。"②

---

① 李学勤主编：《礼记正义》，北京大学出版社1999年版，第4页。
② 夏静：《礼乐文化与中国文论早期形态研究》，中华书局2007年版，第211页。

然而，正如中国古代思维中存在各种各样的对应关系一样，礼的特征不单单体现在文，也有与之相对的质的一面。礼有文、质，是后世讨论一朝一代尚文或尚质的前提。在"礼同于文"而"文以比德"的中国传统文论语境下，礼文的产生，流传及影响已经在中华思想史上留下了深刻的印迹："周监于二代，郁郁乎文哉，吾从周。"在礼文的影响下，礼更多的表现出德的品格，从而上升为治国、立身的大纲大领。但"礼质"作为礼另外一方面的属性，对于它的研究和应用，则主要是礼学学者所涉及和钻研的范围。换言之，礼质只有在治礼之人讨论礼的起源形态时才被提及，丧失了像礼文一样转换成为一种公认的知识背景和文明模式的机会，而转变为礼学这门专业之学中的一个研究命题。礼的文、质两方面不同的特征和发展道路是礼学乃至中国思想文化研究中一个令人深思的问题。

一 质本义与礼"本"

《说文》中，关于文质字本义的说解，是有所区别的。《说文·文部》："文，错画也。象交文。"又《说文·贝部》："质，以物相赘。"明显能看出，对文本义的解释是名物的解释，而对"质"的解释则是对动作行为的解释。文因画而起，转而成象，再而代礼，进而表示德，这是礼与文的意义重合与更叠的过程。与之相应，礼与质在古代文论的语境下，也常有意义相互呼应的地方。《论语·雍也》："子曰：'质胜文则野，文胜质则史。文质彬彬，然后君子'。"刘宝楠正义："礼有质有文。质者，本也。礼无本不立，无文不行，能立能行，斯谓之中。"① 质之于礼，是立礼之本。又《礼记·曲礼上》："行修言道，礼之质也。"郑玄注曰："质犹本也，礼为之文饰耳"，孔颖达义疏进一

---

① 刘宝楠撰，高流水点校：《论语正义》，中华书局1990年版，第233页。

步明确到:"质,本也,则可与礼为本也。"由此看来,礼文强调的是礼犹如文一般具有的文饰性、象征性,是表象而召显于外的,以教化功能为主;礼质则强调礼不是无本而成,外在的文饰需要攀附在内在的本质上。所以礼是由内而外的两方面的同一。对礼质的思考可以帮助我们了解古人对于礼的形成根源性的、内在性因素的探求与解释。

各种文献当中关于礼质乃行礼之本的记载,需要研究者进一步了解在古礼语境下,质如何被赋予了本的含义。在《说文》当中,质的解释与文不同,质,《说文》释为:"以物相赘。"段注曰:"以物相赘,如春秋交质子是也。"[1] 故可以推断,在春秋时期,质的本义是以物换物。这也是质属贝部的原因。贝是古代的货币标志,也是以物易物的象征。质属贝部,表示它也有物品交换的起源意义。以物换物,并在交换过程中形成一套完整而复杂的仪式程序,是古代社会普遍存在的现象,也是礼的源头之一。此一观点,在杨向奎的《宗周社会与礼乐文明》一书中阐述得很清楚:

> 在交换领域内,更可以看出自奴隶社会到封建社会初期,许多人世间的礼仪交往都和原始社会的物品交易有关,在原始社会之所谓礼品交换实际是商业交易行为;或者我们说当时的交易行为是用礼品赠与和酬报的方式进行,即《礼记·曲礼》所谓,"礼尚往来,往而不来非礼也;来而不往亦非礼也"。其实这也可以追溯到物品交易的对等原则。这种交换的事实可以帮助我们理解中国古代礼仪的起源、演变和发展中的若干问题,礼品和商品在当时只是不同时间的不同称谓罢了。[2]

---

[1] 段玉裁:《说文解字注》,上海古籍出版社1981年版,第281页。
[2] 杨向奎:《宗周社会与礼乐文明》,人民出版社1997年版,第244页。

为进一步证实礼的形成与物品交换有关，杨先生还举出"贾人"的例子加以说明："郑玄注《聘礼》云：'贾人在官知物价者。'贾懂得物价行情，这是专门业务，尤其是圭玉，一般人没法估计它的价格。礼品的价格必须明确，因为'礼尚往来'，彼此的礼品价格必须相当。贾人在场可以免去偏差。"① 贾人的存在是礼仪起源时所具有的实物意义的有力说明。

实物交换是上古社会中存在的客观事实，并且有专职人员为之作出是否等值的价值衡量，随之而来的是物品交换中一系列的规则、仪式，逐渐成为礼形成的源头之一。在各种场合，人们交往时随着物品的呈上，礼的各种规范也逐渐诞生。而此时在交往中的物品，便脱离了最开始的实际意义，继而成为行礼的象征物。对于这一问题，《礼记·表记》的记载也能证实这个观点："无辞不相接也，无礼不相见也。"郑玄注："辞，所以通情也。礼，谓挚也。"② "挚"指手持着物品献上。"当时贵族彼此初次相见，或者有要事而相见，来宾都要按照自己身份和特定的任务，手执一定的见面礼物，举行规定的相见仪式。这种手执的见面礼物，叫做'挚'，也叫质。"③ 古人对于礼古义的解说之一便是"持物献上的动作"。而质之所以与礼的起源有关，一方面因其字本义它代表的是以物换物的含义，另一方面它与挚具有相同发音而在古代文献中可以互相替代。《盐铁论·褒贤》："负孔氏之礼器，诗书，委质为臣。"张之象注曰："质，即挚也。古字假借。"④ 又《国语·晋语》"臣委质于翟之鼓"，韦昭注："质，贽也，士贽以雉，委质而退。"交换礼物在最初是具有物物交换、相互取利的实际意义的，但礼物逐渐演变为礼的象征符号。接受礼物，既代表宾客对于主

---

① 杨向奎：《宗周社会与礼乐文明》，人民出版社1997年版，第252页。
② 李学勤主编：《礼记正义》，北京大学出版社1999年版，第1471页。
③ 杨宽：《西周史》，上海人民出版社2003年版，第790页。
④ 王利器：《盐铁论校注》，中华书局1992年版，第241页。

人的尊敬，也说明主人接纳了来宾，对其实行礼遇，《仪礼·士相见礼》："士相见之礼。挚，冬用雉，夏用腒。"郑玄注："挚，所执以至者，君子见于所尊敬，必执挚以将其厚意也。"在相见礼中采用挚（质）的本质目的在于表达"厚意"。《仪礼》中还常见献质还质的记载，《仪礼·聘礼》："君使卿皮弁，还玉于馆。"又《仪礼·士相见礼》："主人复见之，以其挚，曰：'乡者吾子辱，使某见，请还挚于将命者。'"挚即质也，献质还质，事实上宾主双方都没有实质上的礼物献出与得到，而注重的是通过礼物"质"所引导展开的礼仪程序。质虽仍以实体的形式存在于古代交往的过程当中，但已从具体的意义抽象出来，而被符号化了。在质存在的行礼过程中，它起到的作用乃是引导礼和预示礼的。在文献中屡次被谈及的质乃礼本，追根溯源，讲的就是庞大恢宏的礼制，与一种看似简单的献受仪式有关。

二　尚质传统的形成

质作为礼物的含义，常常出现在上古文献当中，是古代相见礼仪中，必须具备的因素，《孟子·滕文公下》："出疆必载质"，赵岐注："质，臣所执以见君者也。"既能应用于以下见上的君臣接见当中，也能适用于身份平等的阶层相见的场合：《孟子·万章下》："质者，士执雉，庶人执鹜，相见以自通也。"能作"质"的物品，在不同场合和不同阶层中间分别是：

诸侯朝见天子，或诸侯相见用瑞玉：

《周礼·春官·大宗伯》：以玉作六瑞，以等邦国，王执镇圭，公执桓圭，侯执信圭，伯执躬圭，子执谷璧，男执蒲璧。

卿大夫士相见用皮帛或禽：

《大宗伯》：以禽作六挚，以等诸臣。孤执皮帛，卿执羔。大夫执雁，士执雉，庶人执鹜，工商执鸡。

如果和其他行礼过程中所献上的礼物作一番比较，则可以看出，相见礼当中用"质"来指代礼品，数量和种类上都稀少而单一。诸侯朝天子时所献之质仅为玉圭而已，而士人相见所执之禽，也均为轻便幼小的动物，《尔雅·释鸟》："二足而羽谓之禽"，邢昺疏："禽者，擒也，言鸟力小，可擒捉而取之。"① 与其他行礼中经常出现的礼物相比，"质"所指代的礼物都是极小极轻的，如享献之礼中："享献必先献轻者，如束帛加璧，后献重者，如马匹或虎豹皮等，这类礼品，均陈列于庭，故称庭实。"② 享献礼中所献上的礼物数量和品种都更为繁多，以至于足以放在庭中陈列，又如朝聘之礼，《礼记·郊特牲》："虎豹之皮，示服猛也。束帛加璧，往德也。"相比之下，献质的礼物是多么微薄，然而却并不能借此认定相见礼乃等级低下之礼，正如前文论述过的，质的起源乃是礼仪发生之初的实物交换方式，后逐渐脱去其物质的具体意义，成为礼仪开始的象征之物。相见礼当中，质的使用在礼而不在于物。质在行礼过程中更重要的应用是代表宾主双方的接触，从而为礼的展开进行铺垫。它本身既小而轻的特征并不阻碍其在礼仪环节当中充当媒介物的身份。除相见礼之外，质也广泛地体现在古代大礼——祭祀礼的发生过程中。对祭祀中质的存在的认识和研究有助于我们了解古人思维中对接神、享神的独特观念。

---

① （晋）郭璞注，（宋）邢昺疏：《尔雅注疏》，中国书店据咸丰六年刻本影印。
② 钱玄：《三礼通论》，南京师范大学出版社1996年版，第259页。

"礼有五经，莫重于祭"，① 祭祀属吉礼，在五经中占首要位置。凡祭均有献。《礼记》中涉及祭祀的条文繁多，专门谈论的篇章就有《祭法》《祭义》《祭统》，以及与祭祀相关的《礼器》和《郊特牲》篇。在祭礼中所献之物和献祭方式，均体现出献质的特征。

首先，从牺牲上看，《礼记·郊特牲》："扫地而祭，于其质也。器用陶匏，以象天地之性也。于郊，故谓之郊。牲用骍，尚赤也。用犊，贵诚也。"观察祭祀中的牺牲，乃是"骍犊"，即纯色的小牛。此供奉之物形体弱小。与此相同的是，"大报天而主日也"，郑玄注："天之神，日为尊。"② 在以祭日为主的祭天活动中，牺牲的采用也是如此："孟冬大蜡之时，又祭日月，故《月令》孟冬'祈来年于天宗'，……此二祭并祭日月，共在一处，则祭日于坛，祭月于坎。坛则实柴，坎则瘗埋也。其牲皆用犊。"③ 又《礼记·祭法》："燔柴于泰坛，祭天也。瘗埋于泰折，祭地也。用骍犊。"

又从数量上讲，"牛羊豕三牲，谓之大牢，亦谓之一牢；二牲曰少牢；一牲曰特"，④ 上文《礼记》中的《郊特牲》篇，即为"特"，指献上的牺牲，仅为一头而已。《郊特牲》解题："郊者，祭天之名，用一牛，故曰特牲。"

但在祭天之外的其他祭祀中，牺牲的数量却有所增加，《礼记·祭法》："埋少牢于泰昭，祭时也"，"时，四时也，亦谓阴阳之神"⑤，在祭祀四时、寒暑、王宫、夜明、幽宗、雩宗、四方、山林、川谷、丘陵等之神物时，"其祭用少牢"⑥，即为二牲。又如在祭祀社稷之时，《礼记·王制》："天子社稷皆太牢，诸侯社稷皆少牢"，所以除祭天以

---

① 李学勤主编：《礼记正义》，北京大学出版社 1999 年版，第 1345 页。
② 李学勤主编：《礼记正义》，北京大学出版社 1999 年版，第 795 页。
③ 李学勤主编：《礼记正义》，北京大学出版社 1999 年版，第 795—796 页。
④ 何休注：《春秋公羊传 桓八年》。
⑤ 李学勤主编：《礼记正义》，北京大学出版社 1999 年版，第 1296 页。
⑥ 李学勤主编：《礼记正义》，北京大学出版社 1999 年版，第 1296 页。

外，别的祭祀活动中祭品的数量均比祭天所采用的要多。

然而，在上古祭祀体系中，祭天的地位却是最高的。昊天乃垂象之天："古代对祭天神，地祇比宗庙祭人鬼更重视。因为祭天地是君主特有的权利，可以借此显耀自己的权威。"① 但在对天神的祭祀中，以极小极轻的祭品，配给在礼仪规格中占有最高地位的祭天礼，不仅不会削弱它的神圣性，反而突出了上天最为庄严，不可亵渎的特殊性。《通典》中对前代祭礼中的这一点便有所强调："天地共犊，牺牲尚约。"② 古人是以献质的形式对于至高无上之所在给予了独特诠释。

《礼记·礼器》："礼有以少为贵者。天子无介，祭天特牲。"孔颖达疏曰："天子无介者，为宾用介，而天子以天下为家，既不为宾客，故无介也。祭天特牲者，特，一也。天神尊，尊质，故止一牲也。"③ 孔疏中提到的天神因尊而质，意味着在地位极尊贵的祭祀中，所采取的方式应为质。因此，在古人的思维里，质是用以体现崇高和独一无二的。

《郊特牲》是《礼记》篇中专门谈论祭天礼中牺牲使用问题和原则的篇章。"郑云：'以其记祭天用骍犊之义也。郊者，祭天之名，用一牛，故曰特牲。'"④ 其中便深入地解释了为何在祭天这样的大礼时刻，要使用少而小的祭品，即重视质在行礼中的作用。该篇从以下几个方面来讲：

一是"笾豆之献，水土之品也。不敢用常亵味而贵多品，所以交于神明之义也，非食味之道也"。不敢用常亵味而贵多品："言所荐之物，不敢用常亵美味，贵其多有品类，言物多而味不美也。"⑤

---

① 钱玄：《三礼通论》，南京师范大学出版社1996年版，第486页。
② （唐）杜佑：《通典》，中华书局1988年版，第1172页。
③ 李学勤主编：《礼记正义》，北京大学出版社1999年版，第727页。
④ 李学勤主编：《礼记正义》，北京大学出版社1999年版，第795页。
⑤ 李学勤主编：《礼记正义》，北京大学出版社1999年版，第807页。

二是"先王之荐,可食也,而不可耆也。卷冕,路车,可陈也,而不可好也。《武》壮,而不可乐也。宗庙之威,而不可安也。宗庙之器,可用也,而不可便其利也。所以交于神明者,不可以同于安乐之义也。"此乃"总明祭祀之物,不可同于寻常安乐之义"。①

上述两者均表明,祭祀天神之物,与世俗生活所迎合的东西截然不同。而不同的主要原因在于要符合"交于神明之义"的要求,即用于交接神明。

用于交接神明的物体,在古人礼学阐释体系当中,以物多为不美,以安乐为不享:"交接神明,取恭敬质素,非如人事饮食美味之道也……不可以统于所安乐之义也"②,贵质尚本的东西,才会"交于神明之宜"。所谓"贵质尚本",则是:"酒醴之美,玄酒、明水之尚,贵五味之本也"③,祭神之酒用"玄酒,明水":"玄酒,谓水也,明水,司烜以阴鉴所取月之水。"④ 此处祭祀所用是水而非酒,却在"众酒之上"。

"黼黻、文绣之美,疏布之尚,反女功之始也。莞簟之安,而蒲越、稿鞂之尚、明之也。大羹不和,贵其质也。大圭不琢,美其质也。丹漆雕几之美,素车之乘,尊其朴也。贵其质而已矣",孔颖达疏道:"此一句包上酒醴以下诸事,言祭祀之时,不重华饰,唯质素而已。故用玄水,疏布,稿禾之属。"⑤

又《通典》当中记载:"五齐之名,一曰泛齐。""注曰:'五齐之

---

① 李学勤主编:《礼记正义》,北京大学出版社1999年版,第807页。
② 李学勤主编:《礼记正义》,北京大学出版社1999年版,第808—809页。
③ 李学勤主编:《礼记正义》,北京大学出版社1999年版,第808页。
④ 李学勤主编:《礼记正义》,北京大学出版社1999年版,第808页。
⑤ 李学勤主编:《礼记正义》,北京大学出版社1999年版,第808—809页。

中，泛齐尤浊重，古贵质，故于大祭用之'。"① 只有至素至简的祭品，才为神明所享，祭神之物贵质，为我们揭示出古人所特有的通神方式和上古观念当中神灵的存在形态。

三 礼质传统的审美演化

礼仪中的献质，就其本质而言，是符号能指与所指之间的配置关系问题。礼物以质为特征，是人为色彩、人工记号的减少，使物脱离象征意义，回到"物性"本身。然而，这种回归代表着一种更高意义上的存在——无形层面上的象征与对应。在抽象思辨的层面上，存在或先在之物的属性是以对一切形体的超越来得以定义的。因此，质所喻意的场合，正与文所指示的有形世界的可见性与丰富性相对，它多使用在无形无相的本体描绘之中，是中国古代抽象思维的物质性实现。借由它本身虚空、静观、抱形守神而来的是中国审美的新境界。

首先，质被定义为通向彼岸之国与彼岸之物的标准。中国古代思维中，人是有方法和途径可以通神的。神的国中正公平，厚施仁义，"天欲义而恶不义"②，人若能内心洁净，正直无过失，便能接近神的品质，进而与神同行："古者民神不杂。民之精爽不携贰者，而又能齐肃衷正，其智能上下比义，其圣能光远宣朗，其明能光照之，其聪能听彻之，如是则明神降之，在男曰觋，在女曰巫。"③ 巫咸是古时认为可以通神的人，因其品性类似神明，所以他具有沟通人神的特殊能力。巫咸通神，有专门的途径和场所，《山海经》中记载："大荒之中，有山名曰丰沮玉门，日月所入。有灵山，巫咸、巫即、巫盼、巫

---

① （唐）杜佑：《通典》，中华书局1988年版，第1166页。
② 张纯一：《〈墨子〉集解》，成都古籍书店1988年版，第175页。
③ 左丘明：《国语》，上海书店出版社1987年版，第203页。

彭、巫姑、巫真、巫礼、巫抵、巫谢、巫罗，十巫从此升降，百药爰在。"① 所以《离骚》中诗人欲入神国，需先受到巫咸的帮助和邀请："巫咸将夕降兮，怀椒糈而要之。"② 中国古人所认定的神性是光明、洁净、仁义、公正，巫咸正因为具备了这样的品质因而可以通神，除巫咸这样专门的神职人员之外，其他人若想敬神，则不能直接与神交通，而必须凭借祭品这样的媒介之物，达到沟通人神的目的。祭祀之物则也相应地需要具备神灵所拥有的美好、光辉、洁净的属性，方能为神灵所悦纳。如《楚辞·离骚》中，诗歌中主人公将从尘世间挣脱出来，进入神的国度时的准备："灵氛既告余以吉占兮，历吉日乎吾将行。折琼枝以为羞兮，精琼爢以为粻。"③ "琼枝"和"琼爢"均以其美好的身份，作为进入神国的引导之物。又1971—1974年在长沙马王堆汉墓出土的帛画上所显示的，带领着墓主从人间走入天国的，正是一只绘于太阳当中的金鸟。它也以其象征光明的特性，起到了沟通人间天上的作用。所以，降神时总需要具备一定的媒介物帮助人完成和神的沟通，而这一媒介之物则必须具有神灵及其神灵国度所拥有的某种特征。中国古人赋予神灵很多诸如光明、洁净、完美、庄严等属性，总的来说，神的国度最明显的特征便是它远远地脱离世俗，尽可能地远离现实物质需要，因而祭祀中所献与神灵之物，也以远人情世俗为美。《礼记·礼器》："君子曰：礼之近人情者，非其至者也。"指的就是礼以"近人情者亵，而远之者敬"。④ 又祭祀所献上的物品，越是至高至尊的神灵，便越是迥异于常人生活所用。郑玄注曰："血腥爓孰远近备古今也"⑤，"血腥爓孰"均为祭祀之物，但在世俗的使用频

---

① 郝懿行、栾保群：《山海经笺疏》，巴蜀书社据还读楼校勘影印。
② 金开诚等校注：《屈原集校注》，中华书局1996年版，第159页。
③ 金开诚等校注：《屈原集校注》，中华书局1996年版，第131页。
④ 李学勤主编：《礼记正义》，北京大学出版社1999年版，第747页。
⑤ 李学勤主编：《礼记正义》，北京大学出版社1999年版，第746页。

率上，以"血"最少："血于人食唊最远"，而以"孰"为最多："饮食既孰，是人情所欲食唊"，"天神尊严，不可近同人情，故荐（血），远人情者以为极敬也"。① 这等级分明的祭品使用制度证明为神灵所享用的东西必须完全地摆脱人间习俗，因此，以质为主要特征的祭祀之物，便是应上述规范而生，如礼神时，牲用一犊，犊为小牛，用犊，"贵诚也"，因"诚悫为有牝牡之情，是以小为贵也"。② 所以祭神所用的牺牲也需要保持幼稚时期的纯洁状态，与成年后的"牝牡之情"隔离开。同时，前面提到的祭神之物"不敢用常亵味而贵多品""不可同于寻常安乐之义"等规定也正是为了符合祭祀需要绝对地超越世俗物质的中国古代思维范式。

　　同时，向神献质这一行为活动也与中国古人对于天神的理解密不可分，中国古代以天来指代至高无上的神秘力量，是万物的创造者和掌握者。而传统文化中天本来的性质也可以用质来表示。《礼记·郊特牲》："祭之日，王被衮以象天。戴冕璪十有二旒，则天数也。乘素车，贵其质也。"孔颖达疏义道："乘殷之朴素之车，贵其象天之质也。"③ 即可知天自身特征也为质，朴素而无须纹饰。又《淮南子·原道》："所谓天者，纯粹朴素，质直皓白，未始有与杂糅者。"对于天质的解释，属于古人思维中本体论的范畴。在明确天质观念以前，学者更多关注的是天德的内涵。认为昊天上帝是以仁义为特征并以此管理世间万物的。如果德的提出，对于天的理解尚停留在情感的、拟人性和政治性的层面，那么天质的观念则上升到一个抽象的、概念的和哲学性的层次上了。天是以自在自为的方式存在，无物可以比拟，也无物可以企及它的高度。《说文·一部》："天，颠也，至高无上。"对于天所

---

① 李学勤主编：《礼记正义》，北京大学出版社1999年版，第747页。
② 李学勤主编：《礼记正义》，北京大学出版社1999年版，第766页。
③ 李学勤主编：《礼记正义》，北京大学出版社1999年版，第800页。

拥有的特质，具备的能力，是人的智力所难以完全掌握的，所以在祭祀天及其以它为中心的神灵系统时，也无须多余的祭品或牺牲。因为物质的祭祀乃为有限，而祭祀的对象则是无限的。所以"扫地而祭，于其质也。器用陶匏，以象天地之性也"，郑玄注曰："天下无物，无可以称其德。"① 古代祭祀讲究配享，祭品的层次要对应相应的祭礼等级。天在整个祭祀中处于最高级，无实物可以与之对应，只能采用最具有天本身特质的祭品用以祭祀。所以，在古代祭祀与信仰系统中位居最高地位的天拥有着质的内涵，以最简单、朴素、原始的中心特征衍生着生生不息的变化。

其次，质引申成为世道运行与个人修养的内在守则，它内涵扩展的根据在于：从起源上讲，它具有事物或事件的内在规约性，是众多表象之后的共性，具有"恒常"属性，这赋予质"本"的内涵，成为事物发展的内在动因。《论语·雍也》："质胜文则野，文胜质则史。"刘宝楠正义："质者，本也。"又《文选·陆机〈文赋〉》："理扶质以立干"，吕延济注："质，犹本根也。"质是事物生成演变的内因，当一事物或世界完全自然发展，由内在动因推动时，则呈现出原始天然的样式，即"野"。与质相对，文则是外在的，人为的干预性因素，故而"文胜质"时，社会呈现出"史"的形态，即文化性、社会性，在解释个体存在、个人遭境时，质由"本"的根源特征，附着上了"性"的品格，成为人的内在持守。《逸周书·大匡》："昭质非朴"，朱右曾集训校释："质，性也"，同样释质为"性"的还有韦昭注《国语·齐语》："聪慧质仁"，王逸注《楚辞·九章·惜颂》"恐情质之不信兮"等。"天命之谓性"，性是绝对意志的下降，是最高存在的变格，质释为性，体现出它在审美内涵上的演进：从礼仪关系的替代物到以空喻空的符号所指，再到虚无、静观的审美风格和内在持守的美

---

① 李学勤主编：《礼记正义》，北京大学出版社1999年版，第796页。

学属性，质走过了一条从实体之物到理念之思的发展之途。

"质"作为礼的另一方面特质，虽然不如"礼文"一样，在礼乐文明为核心的古代思想领域中占据话语的核心地位，但是，它却成为一代又一代治礼之人心中所认定的真真正正的礼的核心与本质。正因为礼拥有质的一面，它才提示我们礼的起源与原始先民们对于自身之外的天的理解，以及由这种理解而来的礼仪活动是息息相关的。据《四库全书总目提要》记载，礼学史上大量的学术成果均来自对礼制，仪式的研究而非礼义的说解阐发。这再次证明浩瀚庞大的三礼之学不仅仅涵盖着社会政治、伦理的内涵，也具备非常丰富的世界观思想和哲学、宗教学思维。

第二节　西周礼"文"建构与"中和"审美形态发生

在以"中"进行自我命名的古代中国，中的概念具有极高的政治意义与哲学意义。中是中国传统政治建构的标志性话语，《尚书·洪范》云："皇建其有极"，意思就是君王要以中正之道治国理政。中进入哲学语境则体现在《礼记·中庸》篇。据载，本篇为孔子之孙子思所作，以"昭明圣祖之德也"。① 中庸，意思为"中和之为用"。本篇提出两个重要的理论主张：一是中乃天地之道性，"天命之谓性，率性之谓道，修道之谓教"，确立了中在本体层面的地位；二是从事物内在之中，延伸出外在之"和"的审美维度："喜怒哀乐未发之谓之中，发而皆中节谓之和。中也者，天下之大本也。和也者，天下之达道也。"（《礼记·中庸》），至此，中庸之道，成为儒家哲学体系中的"天下之至道"，"中庸其至矣乎"（《礼记·中庸》）。中和之美，为儒家至高之审美理想，"致中和，天地位焉，万物育焉"（《礼记·中庸》）。《中庸》篇本为孔

---

① 《十三经注疏》整理委员会整理：《礼记正义》，北京大学出版社1999年版，第1422页。下文所引出自该版本，一律在文中注明篇名。

门七十二后学的思想提炼，代表着战国至西汉时期儒家哲学的发展走向，因该篇对中"道性"的阐释和对"中和"之美的建构补足了先秦儒家哲学重人伦，轻思辨的缺陷，成为儒家思想全面完善的标志性论著。

《中庸》篇经典化走过了一个漫长的历程。本篇先由子思撰成，录入《礼记》，汉代郑玄注经，即发现其关涉"天人之奥"，但未给予充分的重视与阐释，认为该篇于五经无所属，于名物制度无所发挥，故将其纳入礼书中"通论"篇。《汉书·艺文志》中收有《中庸说》二篇，颜师古注："今《礼记》有《中庸》一篇，亦非本《礼》经。"后梁武帝曾作《中庸》义疏，录于隋志，其书已不存。自宋代心性之学大兴，宋人对《中庸》篇倍加重视，"宋儒研求性道，始定为心传之要，而论说亦逐日详"。[①] 南宋时期，朱熹反复沉潜，"敢会众说而折其衷"[②]，将《中庸》篇条分为三十三章，引证串讲，发挥经义，撰成《中庸集注》，《中庸》篇地位得以全面提升，从《礼记》中单篇独出，与《大学》《论语》《孟子》合称"四书"，纳入十三经范畴，其深远影响延续古今。《中庸》篇与《礼记》，经历了一段由合到分的过程，从一开始在《礼记》中的尴尬地位，到最后独出列为经典，治礼之人始终认为本篇与礼仪主旨及具体实践关系不大，而专研《中庸》篇的古今学者，也多从春秋战国时期儒家思想的内涵发展入手进行研究，或重视该篇的"天性"，如《四库全书总目提要》著录宋儒研治该篇，多从中之为性与"庸"之为道入手，结合本时期程朱理学思想进行阐发；或重视本篇中之为用，即修道，如明人赵南星撰《学庸正说三卷》，四库馆臣赞其"说中庸，不以无声无臭虚论天性，而始终归本于慎独"。[③] 可见，明人将中庸主旨落实于躬行实践；或如清代学

---

① （清）永瑢等：《四库全书总目提要》，中华书局1965年版，第1194页。
② （清）永瑢等：《四库全书总目提要》，中华书局1965年版，第1195页。
③ （清）永瑢等：《四库全书总目提要》，中华书局1965年版，第1202页。

者，说解章句，格物致知。至于当今学者，也十分关注"维精维一，允执厥中"背后的哲学内涵："《中庸》之道源自《易经》，它在哲学史上完成了《大易》刚健中正的道德哲学体系，这种道德哲学是儒家的'本体论'。本体是恒量，表现在中华民族性格上，它是'极高明而道中庸'；表现在个人身上，它也是完整的中庸之道。"① 然而，对于思想命题的生成研究，从内在的理论发展逻辑去认识固然重要，但从孕育思想的外部环境来考察也具有不可忽视的意义。事实上，中庸思想的提出，以及在此基础之上中和美学话语的全面成熟，都与此前西周礼制的行为实践、话语生成与理论体系息息相关，可以认为，周礼不仅为中庸思想的产生提供了外部环境，也为其理论品格的成熟提供了思考范式上的借鉴。

一 中之为用：前理论话语时期的礼仪实践

《礼记·中庸》篇所论之中，并非时间之中点或空间之中心，而是一个脱离具体形态后的抽象概念。究其理论内涵，大致有三：第一，它与天地根本大道相关，《中庸》篇开篇即论："天命之谓性，率性之谓道，修道之谓教。"孔颖达疏解："明中庸之德，必修道而行；谓子思欲明中庸，先本于道。"性，天命所降，具有先在性；道，统领天性，通达于万物；修道之教，从个人之性，体悟天地之道，以合于己身，通达天下，修道之教化是联系个体与大道的中介，所修的过程是对道的参透体悟，而道之内在根本，即为"中"的状态。第二，中，为个体内在生命最本来之面目。"喜怒哀乐未发之谓之中"（《礼记·中庸》），此为《礼记·中庸》对人性的新释。继战国孟、荀二家人性"善""恶"之争后，《中庸》篇提出人性为中，即个体生命最初始、

---

① 杨向奎著，李尚英整理：《杨向奎学述》，浙江人民出版社2000年版，第96页。

最恒久的状态是未受各样情感影响的平静、内敛、稳定之态。这一解释，开战国末年至西汉时期人性"天生而静"的理论先河。第三，中，是万事万物的共性提炼。《中庸》篇借孔子之名赞誉先君舜王，指出其成就在于"隐恶而扬善，执其两端，用其中于民"（《礼记·中庸》）。这里执两用中的核心，并不是折中善恶，而是指舜善于体察民众中的两端：知者、愚者，并在其中寻找共性，以求得各方面的普遍接纳："舜能执持愚、知两端，用其中道于民。"（《礼记·中庸》）因此，中作为理论命题，涉及天道、人性、万物，从隐至显，从一而多，表达道性、人性、物性之基本状态，具有高度抽象性与思辨性，实为中国儒家哲学阐释体系的核心概念之一。

然而，中抽象致思理论品格，虽在战国时期正式形成，事实上却历经了漫长的前理论话语时期酝酿阶段。上古先民对于实体之中的切身实践，逐渐将中剥离物质层面内涵向宇宙境界描述话语转向，西周礼制全面形成，更直接催生了中和理念的成熟完善。

（一）原始社会时期的"中之为用"

中在获得其哲学性理论话语身份之先，已走过了一个漫长的从实体之中到理念之中的发展历程，中的体认，最早伴随着先民的身体感觉，先以自身为中心，后才有四周概念出现。从个体到世界，中逐渐形成一元、向心的结构图式，最典型的体现，表现在上古礼制性建筑——宗庙建筑结构当中。从新石器时期开始，在红山文化、龙山文化等考古遗址中，便有祭坛建筑出现，成为祭祀礼仪的主要场所。河南偃师二里头文化遗址，被认为是可靠的夏晚期都城遗址，"它不仅是我们探索夏史和夏文化的关键性遗址，也是探讨我国国家和文明起源极其重要的遗址"[①]。其中披露的宫殿——宗庙建筑遗址，尤其突出

[①] 中国先秦史学会、洛阳市第二文物工作队编：《夏文化研究论集》，中华书局1996年版，第66页。

了一元中心的结构模式。

　　二里头遗址中二号宫殿由东、南、西、北四面墙壁组合，形成一个闭合空间。墙体四周均有柱洞存在，证实墙体以外还有廊庑，该宫殿应是一个由廊庑环绕屋室组合而成的进深空间。二号宫殿属于二里头遗址三期，同属于三期遗存的还有一号宫殿，其外围宫殿建制同样也是这种正室外围绕着廊庑的构造："大门夯土基址的南北边缘发现13个柱洞或柱础石（依照现有遗迹复原，总共应有16根柱子），应该是檐柱所在。由此推知大门的上面罩有屋顶。按照《汉书·窦婴传》颜师古注'廊，堂下周屋也。庑，门屋也'之说，可将一号宫殿南大门这个'门屋'称为'庑'，面阔7间。"① 此外，在比一、二号宫殿更早的类似建筑中，即在二里头三期之前的宫殿建筑群遗存当中，也有类似的形制发现。《偃师二里头遗址研究》发掘报告中，还发现有第3号夯土基址，它是迄今为止二里头文化最早的具有规模的夯土基址，二号宫殿即在它的基础上再次填平夯筑修建而成。发掘结果表明："该基址系一规模较大的夯土建筑，基址坐北朝南，由三重庭院组成。在发掘区内的南北总长度已逾40米，东西宽度逾15米，且庭院仍向南、北、东三面延伸。"在《二里头遗址宫殿基址群》一文中对三号基址再次进行补充："位于2号基址庭院下的中院主殿夯土台基宽6米余，其上发现有连间房屋和前廊遗迹。"②

　　综合上述特征，可以总结出二里头宫殿遗址从早期至晚期均拥有廊庑环绕殿宇这样的建筑结构，同时，这种结构也影响到早商时期的宫殿建造，如《河南偃师二里头早商宫殿遗址发掘简报》中报告，于1960年在遗址的中部，即第五工作区发现一组早商时期的宫殿遗址。其基本特征为："宫殿的四面廊庑，外面起墙，里面立柱，是一面坡

---

① 杜金鹏、许宏主编：《偃师二里头遗址研究》，科学出版社2005年版，第508页。
② 杜金鹏、许宏主编：《偃师二里头遗址研究》，科学出版社2005年版，第801页。

的形式。南北两面的廊庑中间起墙,两面立柱,是两面坡的形式。"①这一四围有廊庑,中有台基,台基上有堂的宫殿建筑形制从二里头文化时期开始出现,并奠定了古代宫殿的基本造型,该建筑结构的影响意义是深远的。

二里头宫殿类建筑的主要特征,在于营建出一种"中心投射"结构。由廊庑环绕的闭合内室,既是被隔离的所在,又是被投射的对象,整个建筑实体体现出刻意为之的对封闭感和纵深感的追求。宫殿周围的廊庑使其与外界隔开,形成一个独立的空间,在廊庑之外只能看见高大的宫墙却无法了解内部的细节,这一隔绝造成宫殿建筑的威严感、神秘感。倘若进入宫中,从廊庑到内室需要经过漫长的甬道来跨越中庭,随着宫室神圣核心的相对遥远,无法立刻接近,但又逐渐趋近,宫殿内部出现与外围不同的另一种空间效果。宫殿外是靠廊庑来营造出封闭、独立的效果,是视觉上的中断,从而制造出心理上的神秘性与向往感;宫殿内则是通过对空间的不断拉长和遮盖(使内室不被直接发现),而制造出等待、紧张、压抑、凝重的心理情绪。内外两重空间的重点都是以宫殿内室为核心的。它既是被隔离、被特殊化的对象,同时也是被聚焦,被向往的目标。内室在整个宫殿结构中处于顶点位置,预表其在观念层居于最高等级。

正如前面所说的,宫殿建筑实为礼制建筑,其建造目的不仅是提供居所,更是思维观念物质化的表达。夏文化宫殿遗址结构是聚合型的而非发散型的,宫殿整体都围绕内室构成,体现出夏人的思维模式也是向心型的。这种中心诉求型思维模式旨在提供解释的起点与行动的指向,一旦中心状态保持永恒、永在,其衍生的概念、行为便均被赋予了以中心为旨归的存在价值与意义。中心型思维正是形而上概念思维的特有方式,张隆溪在《道与逻各斯》中解释为,不管是以表音

---

① 杜金鹏、许宏主编:《偃师二里头遗址研究》,科学出版社2005年版,第607页。

为主的西方拼音文字还是表意为主的汉字体系,都存在这样的中心与次极:"按照德里达的说法,形而上的概念化总是依靠等级制进行的;'在古典哲学那里,我们涉及的并不是面对面的和平共处,而毋宁说是一种粗暴的等级制。两个术语中,一个统辖着另一个(价值上统辖,逻辑上统辖),一个对另一个占据上风。'"①从夏宫殿遗址所体现出的思维结构来看,对中的空间体悟与建筑构型已为其形而上层面的抽象提升准备了实践基础。

(二) 中与宇宙生成图式

从实体之中的空间内涵里抽象出的"中心""一极"意义,还体现在上古中国一种古老而流行甚广的宇宙观念描述上。《史记·天官书》:"北斗七星,所谓'璇、玑、玉衡以齐七政。……斗为帝车,运于中央,临制四乡。分阴阳,建四时,均五行,移节度,定诸纪,皆系于斗。'"②中国古代天文学认为,北斗七星是天之中极,斗柄指向不同,以提示季节更迭。北斗斗柄自转,统领群星,诸星之转,绕北斗而行。《论语·为政》:"子曰:为政以德,譬如北辰居其所而众星共之。"③北斗运行覆盖的区域,被认为是天的穹隆,《史记》索隐引杨泉《物理论》云:"北极,天之中,阳气之北极也。极南为太阳,极北为太阴。日、月、五星行太阴则无光,行太阳则能照,故为昏明寒暑之限极也。"④在这穹隆之中,还有"天极星"的存在,代表天的中心与顶极,《史记·天官书》:"中宫天极星,其一明者,太一常居也。"⑤极星是整个天空的最中心,在《周髀算经》中,极星所处位置,叫作"璇玑",《周髀算经》卷下:"欲知北极枢,璇周四极,常

---

① 张隆溪:《道与逻各斯》,江苏教育出版社2006年版,第41页。
② (汉)司马迁:《史记》,三家注本,中华书局1959年版,第1291页。
③ (清)程树德:《论语集释》,中华书局1990年版,第79页。
④ (汉)司马迁:《史记》,三家注本,中华书局1959年版,第1289页。
⑤ (汉)司马迁:《史记》,三家注本,中华书局1959年版,第1289页。

以夏至夜半时北极南游所极，冬至夜半时北游所极，冬至日加酉之时西游所极，日加卯之时东游所极，此北极璇玑四游。正北极，璇玑之中，正北天之中，正极之所游。"因此，天极的概念，不仅指"天极星"这一固定天体，同时也是由北斗位移所划分出的专门区域，天极，作为宇宙中极，其状态在《周髀算经》中也有详尽的描述，《晋书·天文志》引蔡邕曰："所谓周髀者，即盖天之说也。其本庖牺氏立周天历度，其所传则周公受于殷高。周人志之，故曰周髀……其言天似盖笠，地法覆盘。天地各中高外下。北极之下为天地之中，其地最高，而滂沲四𬯎，三光隐映，以为昼夜。"① 中极黑暗寒冷，万物不生、不息不死、亘古永恒，以恒定、不变的模式支配了万千事物生生不息的轮回，是宇宙、社会、人事运转的终极动力源头。

从礼制建筑"中心"型空间模式构造到天之"中极"宇宙结构营造，中国古人对中的体认，逐渐经历了从有形之物向观念之物的转变。这一思想的形成与发展，正是在上古礼仪制度的召唤背景中发生的。二里头宗庙建筑为礼制建筑，服务于祭祀礼仪，体现敬天敬神思想，而上古礼仪本身要求从"上天垂象"中进行模仿，在结构设计与意义述求上均对宇宙图式的生成与形态有所期待。因此上古礼制作为广泛的思想与文化背景对"中"概念的提出与提升起到了催化与促进作用。

二 "中和"建构：礼仪实践与话语形态的双重启发

中庸思想的核心是中之为用，即注重中的为用之法，可见中本为体，是本质之物的内在状态。中国古典哲学对中道的高妙多有阐发，认为这是人事活动的最高准则："孔子曰：'过犹不及。'又曰：'中庸不可能也。'《尚书》亦曰：'允执厥中。'释氏炼妙明心，归于一乘妙

---

① （唐）房玄龄等撰：《晋书》第一册，中华书局1974年版，第278页。

法;道家九转功成,内结圣胎,同是一'中'字至理。盖超凡入圣,自有此神化境界。"① 中的化用,是由内而外的,是本质之物内在端正中直向时空维度的显明,中从悬置抽象性质,转体为用,在当下世界显明自身,即表现为"和"的形态。恰如《中庸》篇言:"喜怒哀乐未发谓之中,发而皆中节谓之和。"和是中的外显形态,它的出现,使中从形而上的哲学属性转向审美形态,成为事物状态、伦理道德的理想向度。中和之美,是儒家中权克让之道的美学呈现,中在内,和发而为外,一体一用,两者构成内外互文关系。中与和之所以能形成平衡的概念关系,在于从中到和的内外转化过程中,要受到"节"的调控。节,使内在之中向外发散的过程中,始终保持克制与均衡,维持了中天生而静,正直恒定的理论品格,同时促进外在情感与行动向度上"和"的生成:"无所偏倚,故谓之中。发皆中节,情之正也。无所乖戾,故谓之和。"② 中和推行至极致,则天地有序,万物生长有时。"致中和,天地位焉,万物育焉。"(《礼记·中庸》)如果说中在虞夏文明时期的礼仪场域中得以哲学化的概念演绎,中和作为审美形态的提出则与西周全面庞大的礼乐文明形式有着密不可分的联系。

  首先,西周礼仪的形式构造使节的观念得以充分演绎。节在礼仪中形成张力,化为形式,使礼仪形式审美获得发生的可能。周代礼仪的根本特征是"经礼三百,曲礼三千",周礼渗透入上层社会的方方面面,等制度、条秩序,使人的行为严格遵守礼制规定,各就其位,序而不乱。社会全面礼制化的结果是人的行为充满形式感,而礼制化的发生推行,则需拳拳服膺于礼仪之道来"节制"人心恣意散漫之情。因此,《仪礼》与《礼记》中记载孔子与弟子谈礼、习礼,多以

---

① (清)朱庭珍:《筱园诗话》卷一,见《丛书集成续编》第158册,上海书店出版社1994年版,第189页。

② (宋)朱熹著,王华宝整理:《四书章句》,凤凰出版社2016年版,第18页。

克己复礼为核心。如在情感表达上,《礼记·檀弓下》:"礼有微情者,有以故兴物者,有直情而径行者,戎狄之道也。礼道则不然,人喜则斯陶,陶斯咏,咏斯犹,犹斯舞,舞斯愠,愠斯戚,戚斯叹,叹斯辟,辟斯踊矣。品节斯,斯之谓礼。"礼对人的情感宣泄既有限制,又有疏导。"微情":微,杀也,意思是克制情感的过度发泄,如对丧亲后哀伤之情的克制:"言若贤者丧亲,必致灭性,故制使三日而食,哭踊有数,以杀其内情,使之俯就也。"相反,对于情感冷漠者,礼又有引导、提倡的作用:"兴,起也。若不肖之属,本无哀情,故为衰绖,使其睹服思哀,起请企及",毫无节制地放纵感情,任意而为,被认为是戎狄行为,不符合礼仪节制要求。又如在行为动静上,人的一举一动,均不可随意而行,均需以一定的准则予以规范。《礼记·曲礼下》中就记载以佩戴玉饰来提示、辅助人的日常行动:"立则磬折垂佩。主佩倚则臣佩垂,主佩垂则臣佩委。"郑玄解释道:"倚,谓俯于身。小俯则垂,大俯则委于地。""立则磬折垂佩",站立本是自然姿态,但由于行礼人均有佩玉,因此可从玉的垂挂方式不同来规定行礼人的站姿不同。主佩倚,"倚,谓俯于身",即君主站立时需保持佩玉与身体保持贴合,因此必须挺立站直;臣佩垂,"小俯则垂",臣需保持偻折的姿态才能使佩玉悬垂于地。这种姿态如同"磬之背",被称为"磬折"。当君主佩玉悬垂之时,臣所佩之玉则需"委","委"需要臣摆出"大俯于地"的姿态。由此可见,在西周礼仪体制下,没有随心所欲的情感宣泄,也没有动静随意的行动举止,人的行为与表情达意,均需以与礼义合宜的规定性方式表现出来,礼仪对节的强调,使得社会呈现出一种整饬、有序的形式美感,而这种形式在古人的理想中是合于礼仪大道的,因此这种秩序也符合天地之理想状态。可以说,礼仪中对节的把握和实践,激发了中和审美形态的出现,这是在典型外围环境中所孕生的必然之美的理想。

第三章 从上古礼制到文论思想:话语溯源与跨界

其次,西周礼制不仅为中和之美提供了外部环境刺激,其礼制内在的话语形成模式也为中和互文阐释提供了思维范式。孔子谈及周礼,以"郁郁乎文哉"概之,"文"是周代礼仪的表征,是对周礼内涵与形式的全面表达。周代"礼文"的建立,标志着本时期除言语符号之外重新构建了另一套独立、完善的表意符号系统——礼仪符号系统。

礼文,即礼仪形式,虽是以意义表达为目的而人为形成,但古人却将其存在提升到先在的高度,认为文是本体的昭明,礼与文之间形成"互文"阐释结构:"文之为德也大矣,与天地并生者何哉?夫玄黄色杂,方圆体分,日月叠璧,以垂丽天之象;山川焕绮,以铺理地之形;此盖道之文也。"① 这样,礼文的出现和存在才具有根源上的合理性:"礼文之制的全部奥秘,就是以文物声明的量化方式建构其全社会权利分配的控制网络。其社会地位的高低贵贱,政治权力的等级大小,社会秩序的整理与构成,都以文化享受权利的差额分配方式固定下来,昭示出来,因此整个社会无论是在体制运作的细节上,还是体制建构的宏观形态上,都无不表现为一种文物构型的社会组织形态。"②

礼文具有构型性。文的形式,虽同于礼之大道,但它是礼的外在呈现形式,使导于抽象虚无的"礼"的内涵,以垂象时空的姿态显明自身。"夫礼本于太一",礼内在于本源之物。《礼记·仲尼燕居》:"礼者,理也。"《韩非子·理老》:"理者,成物之文也。"③《礼记·乐记》:"礼也者,理之不可易者也。"文是礼由本体层面进入世界后的呈现样式,它是自然而然的,未发为礼,发而为文,"是故大人举礼

---

① (梁)刘勰著,范文澜注:《文心雕龙注》,人民文学出版社1958年版,1962年4月第4次印刷,第1页。
② 彭亚非:《中国正统文学观念》,社会科学文献出版社2007年版,第50页。
③ (清)王先谦著,钟哲点校:《韩非子集释》,中华书局1998年版,第146页。

乐，则天地将为昭焉"。文是礼的天生属性，是其最重要的特征。(《礼记·乐记》）礼文的演进过程，首先是文"明"，其次为文"化"。礼制设立作为文的昭明，代表其作为表意符号的阐释体系的建立，《礼记·曲礼》："鹦鹉能言，不离飞鸟；猩猩能言，不离禽兽。今人而无礼，虽能言，不亦禽兽之心乎？夫唯禽兽无礼，故父子聚麀。是故圣人作，为礼以教人，使人以有礼，知自别于禽兽。"在古人看来，礼是人的本质属性，带有质的判断。礼制在整个社会权力层面的覆盖，象征着礼的"文化"，代表着礼仪表意符号体系的能动运作，成为与言语符号平行的独立庞大的意义生成与传递体系，如《礼记·乡饮酒义》，"乡饮酒之义，立宾以象天，立主以象地，设介僎以象日月，立三宾以象三光"。该礼仪中宾、主、介的设立都具备宇宙论层面的象征意义，建立了完满的符号表意体系，而对礼仪的不断实践则使其意义自明、扩散，礼仪践行与展开使得社会焕发出整饬的形式感与丰富的意味性，礼文并举的概念构型，表达出抽象概念的逐渐显明，礼，本是先在层面概念，与道平行共生，具有本原性；文，是礼在时空中的显现与化生，是礼进入时空后可观可感形式，使礼的观念变为可理解和可接受的实在。礼文，内外同构，互为表里，它的提出，标志着礼从观念到实体"导虚入实"阐释历程的发生，礼与文之间的互文关系，表现在可以互相解释，礼与文之间的体用关系，表现在其从不可见抽象本体之物向可见的形象感知层面的转化。

这种概念意义上的内外同构，言说上从抽象到具体的构思模式，为"中"从中庸之道向中和之美的转化提供了良好的思考范式。"中"最重要的理论品格，在于它是本源内在特征的描述，是其内部平衡协调并维持长久恒定的结果，《论语·尧曰》："允执其中"，皇侃疏："中，谓中正之道也。"① 《中庸章句集注》开篇朱熹引程颐言中庸

---

① （清）程树德：《论语集释》，第1731页。

"中者，天下之正道。"进而注解"其书始言一理，中散为万事，末复合为一理。放之则弥六合，卷之则退藏于密"①，可见，"中"在儒家正统阐释视域中，与道的理论品格有相通之处，均是隐匿于事物背后的本源，又发散在弥纶天地之间，但终归是隐而不显，可领悟而不可言传，因此，中的内在性得以明确。同时，这一内在状态蕴含着向外转化呈现自身的必然性——由内部关系的平均带来"正"的感觉，进而向外延伸，展现为世界平稳、恒定的现实图景，即中的外化"和"。中、和构成了"中"概念的内外两个层面，中在内，即为正，发于外，则显为和，和是中的"道"性在德的层面上的表现，和使中具备了时空层面的可解性，这样，中与和的概念具有了互文关系，把握了内在之"中"，行为必然是"和"，而外部呈现的"和"的状态，必然蕴含"中"的支撑。中和概念互为阐释，互相补足，故《礼记·中庸》篇提出"中也者，天下之大本也。和也者，天下之达道也"。中之为体，是由于本源内在的均匀状态而带来长久稳定，并为其向外延伸提供动力；和之为用，则是本源进入世界之后的显明方式，这一方式不仅使中成为可感知与可理解的，同时也为人事活动提供了规范。中、和内外连理，生成周代"中和"美学话语，中和之美，是内部正直而焕发出来的协调之美，是事物以内在品格之端正而自觉处于可控制、可协调的状态之下。

东周至春秋战国年间，一系列内外互文的理论命题纷纷出现，如道与德，性与命等，中和命题也位列其间，这些话语共同的构思机制，都是将悬置的、不可言说的抽象命题进行言语演绎，使其进入阐释体系之中。在上古先民使用语言建立意义能指之先，西周完善的礼制已以"郁郁乎文"的充沛形式来阐释礼之终极宏旨做出了实践示例。

---

① （宋）朱熹：《四书章句集注》，第17页。

三 诚的介入——礼乐文明形态与中和美学的内涵修正

《礼记·中庸》下篇的核心，是在上篇对中和之美的阐释基础上，引发出"诚"的新命题。中和的立足点在社会形态建构，多以明君圣贤为例，诚则将重心放到个人立身处世上来，从切身角度讨论中和理想之美在个体人格上的投射与实现。《中庸》下篇提出，诚首先是"人之道"。诚者可以从容履行中道，亦可持守善道。其次，至诚，是人之本性："自诚明，谓之性；自明诚，谓之教。诚则明矣，明则诚矣。唯天下至诚，为能尽其性。能尽其性，则能尽人之性。"（《礼记·中庸》）再则，诚者能使万物完善，道理通达，能促使天地万物呈现和谐恒久之态："博厚所以载物也，高明所以覆物也，悠久所以成物也。"（《礼记·中庸》）最后，人若欲成为诚者，应谨守中庸之道，精神专一，克己复礼，方可为"至诚"。"故君子尊德行而道问学，致广大而尽精微，极高明而道中庸，温故而知新，敦厚以崇礼。"（《礼记·中庸》）《中庸》篇对"诚"命题的开拓，打开了"中和"美学的新向度，体现了儒学思维重心从外部世界伦理维度向个人内在情感心性的转向，将社会整体审美形态糅合为个人自觉之道德律，提升个体生命意义，是中之为用及中和之美在具体的人生形态层面的实现，将中的理念演化为广义的行为准则。诚作为中庸命题的新向度，还成为品评人性真伪，关涉艺术活动情感深浅的衡量尺度。《周易·乾·文言》："君子进德修业。忠信，所以进德也；修辞立其诚，所以居业也。"[①] 程颐谈到"诗三百"创作态度时提及："思无邪者，诚也。"[②] 金人元好问就诗与诚的关系谈道："故由心而诚，由诚而言，

[①] （清）李道平：《周易集解纂疏》，中华书局1987年版，第48页。
[②] （宋）程颢、程颐：《二程集》，中华书局1987年版，第106页。

由言而诗。三者相为一，情动于中而形于言，言发乎迩而见乎远。同声相应，同气相求，虽小夫贱妇孤臣孽子之感讽，皆可以厚人伦、敦教化，无他道也。故曰不诚无物。"①那么，能否将诚看为中庸思想形成之后新的理论话语呢？事实上，诚从中庸母题中衍生而出，也经历了西周礼乐文明社会形态的综合影响，可以说，在西周礼制社会中，诚的意义和作用就已获得反复的实践和体悟。

《礼记·礼器》："经礼三百，曲礼三千，其致一也。"郑玄注："致之言至也。一，谓诚也。"诚是行礼始终追求的态度，是主体内在状态描述。"君子之于礼也，有所竭情尽慎，致其敬而诚若，有美而文而诚若。"《礼记·乐记》篇也强调"中正无邪，礼之质也。……致礼以治躬，则庄敬，庄敬则严威"。诚，是行礼时主体所应身处的正确姿态，是心灵行为的高度统一。这一点，在西周祭祀礼仪中体现得尤为突出。西周礼仪仍以祭祀礼仪为核心："礼有五经，莫重于祭"（《祭统》），祭祀的动因出于人心之所需："夫祭者，非物自外至者也，自中出生于心也。心怵而奉之以礼，是故唯贤者能尽祭之义。"（《祭统》）祭礼既然从心而出，必追求竭心尽力，《论语·八佾》："祭如在，祭神如神在。子曰：'吾不与祭，如不祭。'"②《礼记·祭义》："君子反古复始，不忘其所由生也。是以致其敬，发其情，竭力从事，以报其亲，不敢弗尽也。"西周社会以血缘关系为纽带，建立了庞大的宗法社会网络，将祭祖礼的地位空前提高，在祭祖过程中完成个人内在情感倾述，并以此和睦宗亲，团结族人。西周祭祖礼仪还将"立尸"作为自身标志性特征，为完成后人对祖先的报答回馈之情，采取从与祖辈同昭同辈的孙辈中选择"尸"作为祖灵替身的形式，迎其回来，供以饭食，尽心尽力致以孝子情义，《仪礼·士虞礼》："尸，主

---

① （金）元好问：《杨叔能〈小亨集〉引》，见《遗山先生文集》卷三十六，《四部丛刊》本。
② （清）程树德：《论语集释》，第79页。

也。孝子之祭，不见亲之形象，心无所系，立尸而主意焉。"① 因此，诚在西周祭礼中，表现为祭祀者对于祭祀对象的高度信任与崇敬，在祭祀对象面前，个体生命毫无遮蔽地完全敞开，《说文·言部》："诚，信也。"《礼记·郊特牲》"币必诚"，孔颖达疏："诚，谓诚信也。"扩及整套西周礼制，诚则体现为对于礼仪意义、过程、形式的完全接纳，将看似繁文缛节的外在行动规范内化为个体必然的生命情感诉求，使礼仪中因对中和之美的审美追求而必然要求的节情行为成为主体自觉服从的行为选择。诚在礼仪中的重要意义，使得高度形式化的礼仪制度具备了长久延续、合情合理的人性支持。因此，诚是礼文形式的介入与修正，维护其运行发展的可能性，西周礼仪社会的存在形态，充分认知诚对礼的实现拥有决定性的意义，因为礼必然将从抽象之概念导入人伦，而这一体悟无疑对中庸之道和中和之美的现实转化提供思路，诚也将为两者在时空中的实现架设桥梁。

西周社会对于诚的认识、习得，不仅发生于行礼主体的内在状态上，在礼制社会建设过程当中，周人已开始对礼制本身进行反思和修正。周代礼仪制定者在弘扬礼仪等级感与秩序感的同时，也意识到繁缛复杂的行为规定对人内在性情有较大抑制，而在集体社会生活中过分强调礼仪等级区分功能虽能使人各就其位，但也使人与人被隔离开，《礼记·乐记》："乐者为同，礼者为异。同则相亲，异则相敬。乐胜则流，礼胜则离。"因此，西周礼制事实上是礼与乐的组合，是礼乐共生的综合体系，周人以乐的音乐情感功能，补足了单纯礼制的偏差，礼乐文明是一种内外双生的文明样式，乐对礼的充溢和补充，是从内向外的，乐的构思原则，是人心所出："凡音者，生人心者也。情动于中，故形于声，声成文，谓之音。"乐是人心状态的天然化成，人心真情真性，乐的产生原则也是诚实无伪，"是故情深而文明，气盛

---

① 《十三经注疏》整理委员会整理：《仪礼注疏》，北京大学出版社1999年版，第803页。

而化神,和顺积中,而英华发外,唯乐不可以为伪"(《礼记·乐记》)。作乐者情有所动,听音者心戚戚然,音乐从内在情感向度上起到感化、和同人群作用,弥补消解了单纯礼仪制度带来的人心阻隔,礼乐配合,一静一动,一理一情,使得西周礼制不仅具有存在本体层面的深刻性,也具有认识情感层面的真实性,礼乐协同的世界,在西周审美观念中,既获得最根源的存在意义,又具备生命流动之美:"穷本知变,乐之情也。著诚去伪,礼之经也。……是故大人举礼乐,则天地将为昭焉。天地欣合,阴阳相得,煦妪覆育万物,然后草木茂,区萌达,羽翮奋,角觡生,蛰虫昭苏,羽者妪伏,毛者孕鬻,胎生者不殰,而卵生者不殈,则乐之道归焉耳。"(《礼记·乐记》)可以看出,《中庸》篇中对"诚"这一命题的体认,已经历西周社会对诚在礼乐文明形态中重要性的实践,诚在成为中和之美的道德命题之先,已拥有生命审美形态之前身。

从中国儒家美学的最高理想与核心命题——中和概念的诞生、发展过程来看,理论话语不仅是抽象思辨、逻辑推演的结果,也经历了其时社会政治、文化、制度等外围环境的多方面影响塑形。中国先秦礼制社会形态对后来社会的发展影响是巨大的。这一影响,不仅体现在文物制度方面,如创造出重要的礼仪用品青铜器、玉器之属,建造了特殊的礼制性建筑如宫廷、宗庙,更为重要的是,礼制的存在,影响并在一定意义上决定了中国古人的思想方式,礼仪概念的演绎,内外双生的言说模式,体现着辩证思想在上古社会的成熟。

第三节 从苞苴之礼看上古礼义之生成方式

在"苞苴之礼"的阐释史上,一直与《诗经·国风》中的一首诗歌有着密切的联系:

《诗经·召南·野有死麕》
野有死麕，白茅包之。有女怀春，吉士诱之。
林有朴樕，野有死鹿。白茅纯束，有女如玉。
舒而脱脱兮，无感我帨兮，无使尨也吠。

如同《诗经》中其他爱情诗一样，本诗的爱恋主题，在此后两千多年的《诗经》学研究史上，也经历了一番艰难的确认过程。汉代开始，《毛诗序》将该诗的主题确定为"礼制诗"，认为本诗是针砭乱世时期，男女交往无礼，"言恶无礼也。天下大乱，疆暴相陵，遂成淫风。被文王之化，虽当乱世，犹恶无礼也"。[①] 自此，经学家对本诗的主题分析引入政教化的"以礼说诗"阐释模式。如唐代经学家孔颖达疏义："言凶荒则杀礼，犹须礼以将之，故贞女欲男于野田中有死麕之肉，以白茅裹之为礼而来。"[②] 南宋王质《诗总闻》："女至春而思有所归，吉士以礼通情，而思有所耦，人道之常。"[③] 清人王先谦在《诗三家义集疏》中提到："韩说曰：'平王东迁，诸侯侮法男女失官昏之礼，《野麕》之刺兴焉。'"[④] 历代解经家都自觉或无意识地忽略了本诗的爱情主题，而将其归为"说解古礼大义"，直至民国时期新文化运动兴起，本诗的真实情感才得以正视。值得注意的是，从西汉延续至清代，经学家们均将本诗的主题归纳为"刺"诗——以全刺偏，针砭其时礼崩乐坏，男女逾礼。《国风》中将爱情诗归为"刺"诗的诗歌很多，如《国风·郑风》，孔子就贬其为"郑声淫"，但《野有死麕》

[①] （汉）毛亨传，（汉）郑玄笺，（唐）孔颖达疏，（唐）陆德明音释：《毛诗注疏》，上海古籍出版社2013年版，第133页。

[②] （汉）毛亨传，（汉）郑玄笺，（唐）孔颖达疏，（唐）陆德明音释：《毛诗注疏》，上海古籍出版社2013年版，第133页。

[③] （宋）王质：《诗总闻》，影印文渊阁四库全书，第七十二册，经部，台湾商务印书馆2008年版。

[④] （清）王先谦：《诗三家义集疏》，中华书局2011年版，第111页。

诗中男女自由开放的爱恋行为则不仅不是经学家斥责的对象，反而是其表彰的典范，理由在于诗中男主人公——吉士的行为恪守了某项古礼的规定，那么，是什么礼仪具有如此灵活的意义阐释能力，使得经学家借此掩饰原本使其尴尬的情诗主题呢？

一 "礼"为何礼？

在上述经学家的阐释中，都认为《野有死麕》中男子之所以能成为正面典范，是因其守礼，如孔颖达"白茅裹之为礼而来"，王质"吉士以礼通情"，经学家这里所理解的礼，究竟是何种礼仪呢？从众多阐释来看，都指向"婚姻"之礼。如王先谦"诸侯侮法男女失官昏之礼，《野麕》之刺兴焉"。婚礼，属古之嘉礼范畴，具有调和阴阳、理定人伦、顺天地人性的礼仪大义。那么《诗经》中吉士的行为为何与婚礼有所关联？对此《毛诗注疏》解释道："昏礼，五礼用雁，唯纳徵用币，无麕鹿之肉也。此由世乱民贫，故思以麕肉当雁币也。"[①]孔颖达将吉士所献上的"麕肉"理解为婚礼中重要的环节"纳采、纳徵"中使用的雁币，这原是婚礼中固定的礼物，被称为"挚"，并借用古礼中"杀礼"的原则进行解释，当遇到灾难或不可阻挡的困难时，行礼者可以相应地变换礼仪中礼物的种类或数量，这种仪式上的调整并不影响礼仪意义的表达，故《礼记·礼器》："礼不可不省也。礼不同、不丰、不杀。"因此麕肉等同于"雁币"，执行着与之相应的礼物功能。

然而，孔颖达的解释事实上存在很多可以质疑的地方。首先，世乱民贫、遭遇荒年，但捕获麋鹿并不比获取大雁更为容易。"野有死

---

① （汉）郑玄注，（唐）孔颖达疏，龚抗云整理，王文锦审定：《礼记正义》，北京大学出版社1999年版，第133页。

麕，群田之，获而分其肉。"从常识上讲，雁可单人射取获得，而麋鹿则需群体集体捕获，从劳动强度上讲，后者比前者更为不易。其次，古礼的"杀礼"原则，一般是朝"减"的方向努力，如数量减少、规格降低等，但麋鹿较之大雁，在体量上有"增"的趋势。再次，婚礼中纳采用雁，纳征用币，在挚礼上具有严格的区分，前者代表婚礼的开始，后者代表婚姻关系的正式缔结，二者之间还需通过"问名"与"请期"的环节，素无两者合二为一，省略中间过程、合送一礼的惯例。最重要的是，雁在婚礼过程中具有"阳倡阴和"象征含义，而这是麋鹿所无法取代的，因此经学家本人对此都难以自圆其说，只能将话语重心转移到礼物的包裹方式上，借此确立意义。孔颖达疏："及野之中有群田所分死鹿之肉，以白茅纯束而裹之，以为礼而来也。由有贞女坚而洁白，德如玉然，故恶此无礼，欲有以将之。"

可以看出，对本诗"礼"的主题阐释，事实上有两个维度，经学家致力于从婚姻中挚礼的角度为本诗提供合乎正统政教的解说，却又不得不从吉士行礼的特殊方式"白茅包之"上进行阐发。而这两个解释维度，背后的依据事实上是两种不同的礼仪形态：以象征意义为主导的挚礼，与以日常行为为基础的苞苴之礼。二者也代表着古礼意义构建的两种途径。

经学家对《野有死麕》的内涵期待与解读努力，显然是倾向于挚礼的。挚礼是古代相见礼重要的实现形式，"士以职位相亲，始承挚相见"[1]，具体表现为手持礼物前往见面，礼物具有固定的种类，《周礼·大宗伯》："以禽作六挚，以等诸臣。孤执皮帛，卿执羔，大夫执雁，士执雉，庶人执鹜，工商执鸡"等，有区分等级之意，在诸侯朝见天子及互相见面、卿大夫相见、士相见、士面见卿大夫等场合，持不同

---

[1] （汉）郑玄注，（唐）贾公彦疏，彭林整理，王文锦审定：《仪礼注疏》，北京大学出版社1999年版，第110页。

礼物而来，代表各自所属的阶层，也从礼物上折射出自身所具有的品格。郑玄注解道："皮帛者，束帛而表以皮为饰，皮，虎豹皮。帛，如今璧色缯也。羔，小羊，取其群而不失其类。雁，取其候时而行。雉，取其守介而死，不失其节。鹜，取其不飞迁。鸡，取其守时而动。"① 可见每种礼物与各等级人的身份特征是相符合的，诸侯执皮帛，虎豹皮与玉色丝帛，都是最为贵重之物，象征君主至高的地位。卿执羔，群而不独，代表着利益核心集团的向内一致性与向外排斥性。大夫执雁，雁候时而行，象征大夫群体追随君王，听其召唤，随其东西。士执雉，雉鸟性情耿介，守节而死，象征士人坚贞不屈，为君死节的节操。庶人执鹜，庶人是一般百姓，普罗大众，鹜是鸭的古称，鸭不善飞远，庶人执鹜，象征安土重迁，眷念故土。工商执鸡，随机而动，善于经营。

挚礼还要求呈现礼物的方式需要显明性，使人一目了然。《仪礼·士相见礼》贾公彦疏："凡以挚相见之法，唯有新升为臣，及聘朝，及他国君来，主国之臣见，皆执挚相见。"② 所挚之物不可遮挡，是个人身份、社会等级地位的象征符号，在礼仪中清晰地传达意义。《仪礼·士相见礼》："士相见之礼。挚，冬用雉，夏用腒。左头奉之。"《曲礼》"执禽者左首"，孔颖达疏："禽，鸟也。左，阳也。首亦阳也。左首谓横捧之也。凡鸟皆然……客以鸟首授之。"③ 有时为携带或装饰之便，也会加以覆盖包装，但通常会在包裹上标出记号，显示出内含何物，一目了然，如"饰羔雁者以缋。缋，画也。画布为云气，以覆羔雁为饰以相见也"。这是挚礼中虽掩犹显的献礼行为。

经学家试图将"麋鹿"视为婚礼中的"雁币"，是因为雁币在婚

---

① （汉）郑玄注，（唐）贾公彦疏，赵伯雄整理，王文锦审定：《周礼注疏》，北京大学出版社1999年版，第476页。
② （汉）郑玄注，（唐）贾公彦疏，彭林整理，王文锦审定：《仪礼注疏》，北京大学出版社1999年版，第117页。
③ （汉）郑玄注，（唐）孔颖达疏，龚抗云整理，王文锦审定：《礼记正义》，北京大学出版社1999年版，第72页。

礼中的给出方式,正是通过行"挚礼"来完成的。上古婚礼仪式中,需行六礼:纳采、问名、纳吉、纳征、请期、亲迎。在以上仪式中,最为关键的两个环节是纳采与纳征。纳采礼中,男方请媒人将大雁送至女方家,以示求婚之意,大雁,代表婚姻关系,雁顺时气而动,代表婚姻关系中阴与阳的相生相长:"用雁为挚者,取其顺阴阳往来。"① 纳征又名纳币,代表婚姻关系的确定,"征,成也。使使者纳币以成昏礼。"② 男方向女方奉上一定数量的玉璧锦帛,除此之外,还要加上俪皮,即鹿皮两张。"两皮为庭实",此物要陈列于朝堂之上,公开展示。这两个环节完成后,代表着事实上的婚姻关系已经建立起来了。经学家希冀以"麇鹿"代表"雁币",来表示吉士与女子婚姻关系的确立,因此两人的接触在合乎礼法的婚姻关系中,不仅不是负面例子,反而是顺天地之意,合人伦之美了。

然而,经学家在"野有死麇,白茅包之"这一记载上始终阐释无力,挚礼的核心要求,第一是礼物要具有象征性,第二是礼物的呈现方式应公开、明确。而这一诗句正好违背了挚礼的两个关键性的要求,以致以"杀礼"为借口也无法掩饰,经学家才不得已从白茅"包裹"的外形上阐释意义。这一解释中的困境正提示出本诗句的记载并非随意为之、毫无意义,而是对另一礼仪古制的如实反映——上古苞苴之礼的存在形态。

二 苞苴之礼内涵考察

"野有死麇,白茅包之",这一看似朴素的行为背后揭示出在上古

---

① (汉)郑玄注,(唐)贾公彦疏,彭林整理,王文锦审定:《仪礼注疏》,北京大学出版社1999年版,第60页。
② (汉)郑玄注,(唐)贾公彦疏,彭林整理,王文锦审定:《仪礼注疏》,北京大学出版社1999年版,第68页。

相见礼的行礼模式中,除挚礼外,还有一种隐藏礼物,包裹赠予的行礼方式,即苞苴之礼,起初其仅作为行礼手段之一种,所赠之物较为日常,难以赋予宏大的礼经意义,因此在礼经中只是偶尔提及,甚至未曾获得固定的礼仪名称,常以"苞苴"称之。苞苴之礼,即以苞苴方式进行礼物赠予。在历代礼书中,有关苞苴之礼的内涵解释都是零星的,但"包裹"常作为物品的呈送形式出现在吉、凶、军、宾、嘉五礼当中。如《曲礼》中记载:"赐果于君前,其有核者怀其核。御食于君,君赐余,器之溉者不写,其余皆写。"《曲礼》是记载士人生活中细枝末节事项的礼仪。此处经文中的"君",可以视为尊者——如位高者,年长者等,发生的礼仪背景,正是长者与少者、尊者与卑者相见时的场面,属于宾礼范畴。曲礼中的这条记载,是相见时分,尊者赐食物给下属的礼仪规范,尊者赐果实时,不能随意丢弃果核,尊者将未食尽的饭食赐予属下,是对属下的一种礼遇,那么当下属领受这样的饭食时,如果是用可以洗涤的器皿如陶器,漆器等盛放,则可以直接就着该器物进食,如果是以不便洗涤的器物如萑、竹类装盛,则需倒出食用,以免时间过长,食物污染器物,清洗不易,损坏了属于尊者的器物。在尊者赐下的食物当中,提到有可溉者,即可以洗涤的陶器、漆器,以及不可洗涤的"其余者",如萑、竹类。可见尊者所赐食物都是以器皿装盛,以保证食品清洁卫生。此外,在盛放或运输肉类食品的时候也需要包裹起来,这一方面是出于清洁的考虑,另一方面也便于搬运或携带,如《礼记·礼运篇》:"及其死也,升屋而号,告曰:'皋某复!'然后饭腥而苴熟。"孔颖达疏义解释"苴熟":"至欲葬设遣奠之时,而用苞裹孰肉,以遣送尸,法中古修火化之利也。"[1] 这里提到丧礼中用苞苴裹熟肉,进献给象征亡灵的"尸"享

---

[1] (汉)郑玄注,(唐)孔颖达疏,龚抗云整理,王文锦审定:《礼记正义》,北京大学出版社1999年版,第666页。

用，象征上古时期人们告别生食后，在生活中以火煮食的习俗。《仪礼·士昏礼》："腊必用鲜，鱼用鲋，必殽全。"婚礼中使用腊，本为干肉，但为取新婚夫妇日新之义，腊替换为新鲜的牺牲肉类。风干的腊肉可直接呈放，对搬运和保存没有大的影响，新鲜的肉类则需要苇草包裹以便收纳，鲋鱼就是鲫鱼，无论是鲜肉还是鱼类，都需要使用没有腐败与破损的，所以必要的包裹对保持鱼、肉的完整清洁是很有用的。《礼记·内则》："炮取豚，编萑以苴之，是编萑苇以裹鱼及肉也，亦兼容他物。"《尚书·禹贡》："厥包橘柚，"苞苴之礼是以天然草本植物苇叶，将肉类或蔬果类包裹起来，既使物品清洁卫生，又方便携带。它具备了两方面的信息，首先，以苞苴行礼的礼物多为可消耗的食品；其次，礼物的呈现形态是被包裹掩盖着的，即在进献时是隐蔽的。这两者都与挚礼的内容与形式形成了鲜明对比。

苞苴之礼的这两个特征，使其在古礼体系中长期处于次要和随从的地位。原因在于，第一，古礼是一套内涵丰富的表意话语体系，它所具有的象征意义是第一位的，如《乡饮酒礼》其中宾主坐位，都具有严格的规定性与对应意义，"宾主，象天地也。介僎以象日月，立三宾以象三光也。让之三也，象月之三日而成魄也。四面之坐，象四时也"。象征意义的建立，必然要求稳定的物质符号作为载体，如挚礼中对礼物严格的规定性。但苞苴礼中所奉礼物，种类较多，变化也较为频繁，可以是蔬果、肉类、主粮等。第二，在象征性符号体系中，人们重视的是符号所指向的意义，而非符号的物质本身。但苞苴作为具体的献礼行为，使人们将关注重心放在苞苴之物，以及对物的消费上，因此它的现实功用性较为突出，使其居于较次要的意义行列之中。第三，挚礼与苞苴之礼虽均为相见礼仪的两种形式，但在行礼过程中所居的时间节点是不同的。挚礼位于礼仪的开端阶段，在相见环节行挚礼，显示来者的身份和礼仪的开始。《礼记·表记》："无辞不相接也，无礼不相见也，欲民之勿相亵也。"又如上古婚礼第一环节"纳采"开始时，先由求婚一方所派出的媒人向女方赠予挚礼——大雁。若女方接受大雁，则婚礼流程继续向下进行，如拒绝则到此为止。再如《仪礼·士相见礼》："宾对曰：'某不以挚不敢见。'主人对曰：'某不足以习礼，敢固辞。'宾对曰：'某也不依于挚不敢见，固以请。'"《仪礼》中主人与来宾的对话显示挚是相见礼仪开展的依据。对于求见的宾客来说，挚代表着充满敬意的请见，郑玄注："见于所尊敬而无挚，嫌大简。"对于主人来讲，接受挚礼前需要推辞一番，表示谦让。因此，挚礼的授收，意味着一系列复杂的礼仪活动随之拉开了序幕。人类学、民俗学的研究都认为，礼物在早期人类社会出现时，有代表人际交往中相互馈赠和交换的含义，礼物的交换是礼仪起源，演变和发展的源头①。有关苞苴之礼出现在礼仪的进行环节中，《礼记·少仪》有这样的记载："笏、书、修、苞苴、弓、茵、席、枕、几、杖、琴、瑟、戈有刃者椟、策、龠，其执之，皆尚左手。"以上诸物，左手在上执之，右手在下承之。在挚礼之后，更多礼物继续呈上，这里所列之物，多为日用之物，苞苴位列其中，显示其所含之礼物也与日常用品同类，为消费品，不如挚礼所献之物那样具有重大的象征含义。可以看出，在全面建立礼制及其阐释体系的西周时代，在一个以象征含义为最大价值追求的礼仪体系面前，苞苴之礼以其具体而细致的行为方式，只能是在行礼中充当辅助与从属的功能，是协助礼仪大义建构的细枝末节。

三 后礼制时代之苞苴礼意义新释

象征性礼仪体系具有稳定的阐释模式，但也具有一定的潜在风险，

---

① 注：参见法国学者莫斯（Mauss）关于原始社会物物交换的学说。[法]马塞尔·莫斯：《礼物：古式社会中交换的形式与理由》，汲喆译，商务印书馆2016年版。

当礼仪体系赖以依存的社会文化语境消失之后，原有的表意符号也随之丧失意义。因此，当两周礼制逐渐瓦解之后，挚礼相对固定的物质载体也开始失去表意功能。进入春秋时期后，人们也开始注意到，在时空范围内相对独立的，除固定的物质形式外，还具有共通性的行为模式。因此，苞苴之礼从另一个角度重新回到礼仪视野中。苞苴行礼的重要行为模式，在于无论内含何物，均需要以"包裹"的形式将其装束起来。因此，当包裹完成之后，实物被隐藏，显现出新的外在形式。这一行为本身与所呈现的外形为苞苴礼的意义重构提供了又一话语空间。

"野有死麕，白茅包之"，这一句看上去无意的记载，事实上具有深刻的历史内涵。首先，从包裹物的选择上看，使用的是白茅。李时珍在《本草纲目》中对"白茅"进行了解释："茅有白茅、菅茅、黄茅、香茅、芭茅数种，叶皆相似。白茅短小，三四月开白花成穗，结细实。其根甚长，白软如筋而有节，味甘，俗呼丝茅，可以苫盖，及供祭祀苞苴之用。"① 在《诗经》中象征着女子的纯洁品行的白茅，是上古时期广泛运用于祭祀等重要场合而起到包裹之用。《左传·僖公四年》管仲对曰："昔召康公命我先君大公曰：'五侯九伯，女实征之，以夹辅周室。'赐我先君履，东至于海，西至于河，南至于穆陵，北至于无棣。尔贡包茅不入，王祭不共，无以缩酒，寡人是征……"可见，以茅包之是春秋时期献礼常用的做法，白茅还因此列于贡品行列。《小雅·白华》："白华菅兮，白茅束兮。之子之远，俾我独兮。"这里白茅是裹束之用。白茅叶片细小，易腐损，不可能用其叶进行包裹，其颜色为绿色，即使包裹，也不可能呈现出"洁白"的质感。从古籍记载来看，古人利用的是白茅根部，进行捣练沤麻，提取纤维进

---

① （明）李时珍撰：《本草纲目》卷十三《草二》"白茅"条，页四十七，清光绪十一年（1885）合肥张氏味古斋重校刻本。

行纺织。具体的做法可以参考陆玑《毛诗草木鸟兽虫鱼疏》中的记载:"可以沤煼,亦麻也,科生数十茎,宿根在地中,至春自生,不岁,种也。荆杨之间一岁三收,今官园种之,岁再割,割便生剥之,以铁若竹刮其表,厚皮自脱,但得其裹,韧如筋者,煮之用缉,谓之徽,今南越布皆用此麻。"① 白茅根制麻布似为上古时期较为主流的织物形式,《周易》"藉用白茅,无咎"。《太平御览》卷第五二六记载更为具体:"凡欲招致神,当于帛上书诸神名,如法祭之。齐事六日见形,六十日一祭,合诸神祭之。祭法:脯长一尺,广三寸,白茅为藉,编以青丝;藉长二尺四寸,广六寸;饼枣粟并脯置藉上,杯皆黑中。"② 《山海经》:"自招摇之山,以至箕尾之山,凡十山,二千九百五十里,其神状皆鸟身而龙首。其祠之礼:毛用一璋玉瘗,糈用稌米,一璧,稻米、白菅为席。"白菅是白茅的别称,几处文献都提到祭祀中收纳祭祀品,多盛放在白茅麻席之上。以将其制作成席的形式,置于祭祀品之下。因白茅织布色泽较为洁白,有洁净之意,目的在于使祭祀品更为干净,同时,也使祭祀品与日常空间有所隔离。《史记·孝武本纪》:"于是天子又刻玉印曰'天道将军',使使衣羽衣,夜立白茅上,五利将军亦衣羽衣,立白茅上受印,以示弗臣也。"要使使者和将军能够在白茅上站立,必定先需将白茅制成织物,从文意推测,此站立之物也应为白茅席。从上述文献看,在上古祭祀、礼仪中,都存在大量使用白茅织物的场合,白茅本为野生植物,生长周期较快,但因对纺织物的巨大需求,还需有专人耕种白茅,用以织成麻布。那么,重新审视"野有死麕,白茅包之",可以发现,白茅根所织的麻布是上古珍贵而重要的包裹物,将其包裹麋鹿肉,不仅清洁卫生,便

---

① (吴)陆玑撰:《毛诗草木鸟兽虫鱼疏》,"白茅包之"条,《丛书集成初编》本,中华书局 1985 年版。

② (宋)李昉等编:《太平御览》卷第五二六《礼仪部五·祭礼下》,中华书局 1960 年版,第 2389 页。

于携带，而且赋予礼物优美的外观形式，较之麋鹿肉本身，这种外在洁白的礼品形式更能表达送礼人的深情厚谊。孔颖达在说解此句意义时，也注意到这一包裹的外形带给观者强烈的视觉感受："及野之中有群田所分死鹿之肉，以白茅纯束而裹之，以为礼而来也。由有贞女坚而洁白，德如玉然"，虽他极欲将该句作婚礼中的"挚礼"解读，但客观而言，也不得不承认此诗句所反映出上古苞苴之礼特有的处理礼物方式。苞苴之礼以织物、器皿等包装礼物的形式，本为清洁、便利的实用性功能考虑，但与挚礼相反，它恰好遮盖了物本来的样式，使其形式逐渐显得比内容更为重要，苞苴之礼的流行，为礼仪发展提供了新的可能。在礼仪起源阶段，以物易物是礼仪的核心，献出礼物为的是换回同等的价值，遵循的是平等交换原则，而苞苴之礼则提供了"礼尚往来"的行为模式，即礼物本身不再是礼仪中心，而伴随物建立起来的人际关系网络和情谊流动成为新的礼仪目的。

以《卫风·木瓜》为例，在《诗经》注释中，这是一首明确提及苞苴之礼的诗歌，孔颖达疏："《孔丛子》云：'孔子读《诗》自《二南》至于《小雅》'，喟然叹曰：'吾于《二南》，见周道之所成；于《柏舟》，见匹夫执志之不易；于《淇奥》，见学之可以为君子；于《考槃》，见遁世之士，而无闷于世；于《木瓜》，见苞苴之礼行；于《缁衣》，见好贤之至。'"① 《孔丛子》中孔子论诗，谈及苞苴之礼时是有深意的。孔子在谈《诗经》中《二南》《柏舟》《淇奥》《考槃》《缁衣》等篇时，都从中领悟到了君子修身、立命、为人、处世的大道理，唯独于《木瓜》一诗，孔子悟到的是——"苞苴之礼行"，倘若如郑玄注中所释"以果实相遗者，必苞苴之"，将其理解为一种包裹物品的方式，那么孔子对其他诗篇的理解与对《木瓜》一诗的理

---

① （汉）毛亨传，（汉）郑玄笺，（唐）孔颖达疏，（唐）陆德明音释：《毛诗注疏》，上海古籍出版社2013年版，第336页。

解,将不在一个层面上,其他诗作均领会到其诗歌背后的哲理,唯独《木瓜》,读出的是一种献礼行为?前者谈精神,后者谈物质,这显然是不对称的,因此孔子对《木瓜》中"苞苴之礼"的理解,应该另有深意。

在《木瓜》一诗中,礼物赠予的过程是很特别的,获赠木瓜、木桃、木李,回报以琼琚、琼瑶、琼玖。前者是植物果实,后者是稀有美玉,从价值上判断,后者比前者要贵重很多。《诗经》解题中解释为,《木瓜》一诗是卫国人赞美齐桓公美德的诗篇,当狄人入袭卫国时,为齐桓公所救,并赠以车马器服。卫人思及齐桓公厚德,欲厚报之,故作《木瓜》。因此,本诗中的礼物交换既突破了原始礼仪交换中以物易物的等价原则,也不再遵循挚礼中礼仪代表身份、地位、行礼意图等象征原则,而表现出重德行、重仁义的道德原则。苞苴之礼在行礼过程中,对礼物进行了遮盖,因此礼物本身所具备的价值不再是第一位的,馈赠礼物的真诚心意则成为最重要的,所以《木瓜》诗中反复强调:"匪报也,永以为好也。"答报本来是礼物交换的根本原则,《礼记·曲礼上》:"太上贵德,其次务施报。礼尚往来,往而不来,非礼也;来而不往,亦非礼也。"答报的依据在于等价值,但此时礼仪双方永远友好的愿望使得道德感情胜过了利益考量,成为君子馈赠的新标准,苞苴之礼借其包裹的外在形式,不拘于礼物的轻重,而成为感恩图报,情谊沟通的载体,是孔子所感叹的君子交往的更高标准。所以苞苴从一种具体的行礼方式,发展成为儒家人际交往的审美理想,超越了原始礼仪物物交换的功利性,礼制社会等级分明的阶级性,使礼从实用主义禁锢中完全解放,表现出一种去利、存义等尊卑亲疏的大和大同精神向度,完成了儒家礼仪的终极意义构建。

然而,苞苴之礼所体现出来的这种审美理想,在礼仪发展的过程中,只是昙花一现,很快就消失了。正如"大礼与天地同节"是儒家的礼教理想，而事实上礼仪是一种严格的社会行为规范、形而上的精神意志，与形而下的现实始终处于割裂之中，苞苴之礼也重新回到送礼行礼的具体行为之中，并且经过战国"礼崩乐坏"的社会变革，它甚至成为夹藏重金、私下贿赂的行礼手段，《荀子》一书中已有记载："汤旱而祷曰：'政不节与？使民疾与？何以不雨至斯极也！宫室荣与，妇谒盛与？何以不雨至斯极也！苞苴行与？谗夫兴与？何以不雨至斯极也！'"①汤王将干旱不雨的原因归纳为政不节，宫室荣与苞苴行，可见这三方面均具有负面意义，杨倞注释为"货贿必以物包裹，故总谓之苞苴"。苞苴之礼的自我解构，正是从它建构意义的方式而来，包裹形式本来是对物质内容的覆盖与超越，但此时却为利益收授打开方便之门。苞苴行礼在战国时期的流行，随之而来的则是自身古义的沦丧。古代礼仪所具备的精神向度、象征符号，意义述求与价值标准也为这日渐膨胀的功利主义思想所逐渐蚕食，苞苴之礼以日常行为方式建构起自己宏大意义的同时，也遭到来自同一维度的解构，意义终归消解。

精神道德已被践踏，具体的行为准则也遭漠视，"下臣事君以货，中臣事君以身，上臣事君以人"。②当君臣上下，朋党之间均以利益作为价值取向时，传统礼仪的精神内核也不复存在，苞苴之礼有名无实，意义沦丧，最终消失在礼仪发展的长河中，它的命运，似乎也昭示着中国礼制社会的发展走向。

---

① （清）王先谦撰：《荀子集解》，中华书局1988年版，第504页。
② （清）王先谦撰：《荀子集解》，中华书局1988年版，第498页。

第四章　上古礼制语境与文体生成

在古代文论思想体系当中,文体理论自始至终占据着重要地位。从曹丕《典论·论文》开始,以四科八体为代表的辨体思想便进入古文论的研究视域。要对上古文体形态做综合、全面的考察,必然不能离开其时的礼制生态环境。礼仪中的功能应对与言说需求直接促进了文体的形成,当仪式情境变化后,上古文体又面对了从口头向书面的转向,并从中开始了形式自觉,而礼制与文体密切关系的背后,是作用于其中的显性集体意志与隐性集体无意识的审美沉淀。

第一节　赞体起源考

赞是一种起源很早,而后世存篇却极少的文体形式。刘勰在《文心雕龙》中,将"颂""赞"归为一类,认为赞乃是"颂家之细条"。并且还提出历代赞体所具有的两个共同特征——一是赞体是一种说明文体:"'赞'者,明也,助也",① 无论人物赞、史赞和画赞其共同特点都是解释性的;二是赞体本身的语言文字特征为短小押韵:"古来

---

① (梁)刘勰著,范文澜注:《文心雕龙注》,人民文学出版社1958年版,1962年4月第4次印刷,第158页。

篇章，促而不广，必结言以四字之句，盘桓乎数韵之辞。"① 赞体产生于虞夏之际，持续到清代仍有运用赞体写作的作品流传。但在如此漫长的传承过程中，它却从来不是古代文体学的主流，无怪乎刘勰叹曰："其发源虽远，而致用盖寡"；② 赞体特殊的发展轨迹：绵延千年却始终处于文体学发展边缘，在刘勰看来，原因在于其文体要求的难度巨大，需要"四字之句盘桓于数韵之辞"。从后世的文献来看，刘勰的说法是可以被证实的，传世赞体绝大部分是四字一句，声律严谨："义典则弘，文约而美"③，但同时，也是可以被质疑的：首先，四字为句同时也要求音律和谐的，不仅仅只表现为赞体，骈体同样具有上述特征。文体操作的难易可以是决定文体流行广泛程度的一个因素，但不是绝对的。赞体使用不广的原因不只在于它体式的严格要求。赞体自身及其流传过程中的特征形成需要从它起源的状态来加以深入的考察。

一 赞之本义考释

刘勰在《文心雕龙》中梳理出赞的发展所经历的三个阶段：第一阶段为"昔虞舜之祀，乐正重赞。盖唱发之辞也，及益赞于禹，伊陟赞于巫咸，并扬言以明事，嗟叹以助辞也。故汉置鸿胪，以唱拜为赞。即古之遗语也"；第二阶段："至相如属笔，始赞荆轲。及迁史固书，托赞褒贬，约文以总录，颂体以论辞，又纪传后评，亦同其名，而仲治流别，谬称为述，失之远矣"。第三阶段是"及景纯注雅，动植必

---

① （梁）刘勰著，范文澜注：《文心雕龙注》，人民文学出版社1958年版，1962年4月第4次印刷，第159页。
② （梁）刘勰著，范文澜注：《文心雕龙注》，人民文学出版社1958年版，1962年4月第4次印刷，第159页。
③ （梁）刘勰著，范文澜注：《文心雕龙注》，人民文学出版社1958年版，1962年4月第4次印刷，第195页。

赞，义兼美恶，亦尤颂之变耳"。① 可见，第一阶段乃为赞体最早发源阶段，第二阶段则演化出人物赞和史赞，第三阶段乃是以赞配图，也就是目录书中常常出现的"图赞"。而第一阶段中的赞明显与后两个阶段中所指有所不同。赞最早存在于祭祀或国家大事中，其明显的特征在于它是一种动作行为。所以对赞由"动作"向"文体"的演变过程中，对起源之赞"动作"原始特征的考释是很关键的。

在先秦典籍中，提及赞的相关资料数量虽不多，但仍散落在五经当中：

《左传·襄公二十七年》：襄公请公与免余为卿，公与免余请辞，荐文子（大叔仪），其辞曰："大叔仪不贰，能赞大事。"

《国语·楚语上》："问谁宴焉，则宋公郑伯；问谁相礼，则华元驷騑；问谁赞事，则陈侯蔡侯，许男顿子。"

《国语·晋语八》："叔向曰：'君子比而不别。比德以赞事'。"

以上三例，分别是"大叔仪"为"襄公"赞大事，"陈侯、蔡侯"赞事于君，君子以"德"赞事于王。此处赞字的训诂学解释，均为"辅佐，辅助"。可见在上古政体中，有德有才的臣子辅佐君王，觐见劝说的行为，可称为"赞"。赞的这一层面的意义，也是它在后世流传时被使用得最多的主要义项。然而，尽管所举文献年代甚早，仍有一个问题存在。《说文·贝部》："赞，见也。从贝，从兟。"许慎《说文》，解释的都是字本义，即字起源时的最初意义。释赞为"见"，指示着它起初所指乃是"见"的具体动作。这与上述资料中将赞释作"佐君""助君"之义，显然是从本义到引申义的过渡。这一现象表

---

① （梁）刘勰著，范文澜注：《文心雕龙注》，人民文学出版社1958年版，1962年4月第4次印刷，第158页。

明，在后世文献中解释赞字时所主要采用的意义是引申义而非字本义。从本义到引申义，从"见"这一"单指"再到"佐"君的"泛指"，都昭示着尽管在古籍训诂中"佐助"已成为赞的主要解释义，但赞起源意义的揭示，和本义到引申义的发展脉络的梳理对理解赞的原始存在形态及其后赞体的发展特征都很有裨益。

《说文》中赞属贝部："贝，海介虫也，居陆名猋，在水名蜬，象形，古者货贝而宝龟，周而有泉，至秦废贝行钱。凡贝之属皆从贝。"① 赞之所以隶属于贝部，据《说文·贝部》徐锴系传："赞，进见也。贝为礼也。"释赞为一动作，即古时求见者手执贝类请求相见，贝为相见时所献上的礼物。人类学、民俗学的研究都认为，礼物在早期人类社会出现时，有代表人际交往中具有相互馈赠和交换的含义，礼物的交换是礼仪起源、演变和发展的源头。② 杨先生还进一步解释道，中国古代存在的三礼也是由这种"原始的馈赠"演变发展而来。礼物为礼仪的产生奠定了基础，接下来发展成为开始行礼的象征之物。"贝"是上古礼仪馈赠或交换的常用之物，《说文》贝部各字均与礼物交换有关，而赞所具有的"执贝进见"的含义，就预示着它所代表的动作行为属于原始礼俗的范畴。

二 何时行赞与如何行赞

既然赞在起源之际是礼仪当中的一环，充分了解赞礼所具有的特征，不仅能清楚地把握它形成时期的最初形态，也能了解它在后期的不断发展，外延的不断扩大是从何而来。所以收集存在于三礼中所出

---

① （清）段玉裁：《说文解字段注》，成都古籍书店1981年版，第297页。
② 注：参见法国学者莫斯（Mauss）关于原始社会物物交换的学说。［法］马塞尔·莫斯：《礼物：古式社会中交换的形式与理由》，汲喆译，商务印书馆2016年版。

现的有关行赞作赞的资料,对认识赞在礼仪过程中的作用和价值,都是极为必要的。

(一) 祭祀大礼中的行赞

刘勰关于赞体历史的回顾当中,对于赞起源状态的追溯为:"昔虞舜之祀,乐正重赞。"说明最早的赞,出现在祭祀礼节当中。他的这一论断同样能为经世文献记载所印证说明。

在我国古代典籍三《礼》当中,对于当时社会生活的方方面面,诸如典章制度、祭祀神灵、军队征伐、婚丧聘娶、朝野交往、宾主相见等,都有系统而具体的要求和规范。秦蕙田在《五礼通考》中将古礼归纳为"五礼",即"吉、凶、军、兵、嘉"。基本能够涵盖古代社会的宗教生活、政治生活和世俗生活,构成了一个极为庞大的礼制系统。《艺文志》云:"帝王质文,世有损益。至周,曲为之防,事为之制,故曰:'经礼三百,威仪三千。'"[1] 可见整个体系的宏伟复杂。然而,正如五礼当中将祭祀神灵和先人亡灵的吉礼与凶礼放在最前面一样,在礼制体系中占最重要位置的一直是对诸天上帝,四方神灵和列祖列宗等超自然力量的崇拜。"凡治人之道,莫急于礼。礼有五经,莫重于祭。"[2] 在上古时期,以祭祀为主的宗教行为,是国君,诸侯及普通士人所关注的中心。《春秋传》曰:"国之大事,在祀与戎。"因此,整个三礼都表现出明显的以祭祀为中心的倾向。《礼记》中专门辟出"祭法""祭义""祭统"篇目,又有特别讨论祭祀中所献牺牲问题的《郊特牲》上下篇,和讨论礼器使用的《礼器》上下篇。《礼仪》也以七篇《丧服》的数量严格规定丧礼中如何服丧的制度。反映出对于与亡灵有关的凶礼的重视。《周礼》乃上古先人对于理想政体的设计。在这一纲领性文件当中,放在首篇的乃是《天官》篇。《天官》

---

[1] 张舜徽:《广校仇略·汉书艺文志通释》,华中师范大学出版社2004年版,第216页。
[2] 《礼记正义》,《十三经注疏》(标点本),北京大学出版社1999年版,第1345页。

所关注的均为祭祀上天神灵的宗教内容。由此可见，由对自然神灵和先人亡灵的尊重和崇拜而来的祭祀礼仪，是整个三礼中最核心的部分。而祭祀与赞的关系在于，在三礼乃至先秦五经当中，赞的出现率都不是很高。但涉及祭祀时，礼书中相关章节都明确提到有赞的参与，这对于考查赞起源时的形态特征，是重要的文献材料。如：

《周礼·天官·大宰》："及纳享，赞王牲事。及祀之日，赞玉币爵之事。祀大神示亦如之，享先王亦如之，赞玉几、玉爵。"

此处赞所出现的位置分别在：（1）"纳享"时分，即祭祀开始的清晨。"纳享，纳牲，将告杀。谓乡祭之晨，既杀以授享人"：赞所参与的乃是祭祀的最初环节；（2）"及祀之日"，郑玄注曰："日，旦明也。"贾公彦疏："及，犹至也。至祭日，谓质明。"从清晨的"纳享献牲"开始，到天明以后的正式祭祀，再到《周官·天官·膳夫》："王燕食，则奉膳赞祭"，"赞祭"，贾公彦疏曰："助王祭牢肉。"燕食："谓日中与夕"，即从白日到傍晚时分。所以，从清晨到傍晚，赞一直存在于整个祭祀的完整过程。"祀大神示亦如之，享先王亦如之"，表明无论是祭祀神灵还是敬奉先王，赞都自始至终在整个祭祀环节中发挥着作用。这也可以为其他文献材料所补充说明：

《周礼·天官·小宰》："凡祭祀，赞玉币爵之事，裸将之事。"

《周礼·天官·内宰》："大祭祀，后裸献，则赞，瑶爵亦如之。正后之服位而诏其礼乐之仪。赞九嫔之礼事。凡宾客之裸献、瑶爵，皆赞。"

除祭祀神灵以外，超度亡灵的丧礼也有赞的参与。《周礼·天官·大宰》："大丧，赞赠玉，含玉。"尽管丧礼中的行赞行为文献记载不多，但说明在面对上天神灵和死者亡灵的时候，古人在进行崇拜礼仪和安葬礼仪的时候都需赞的加入。

祭祀上天神灵、祖先亡灵，其对象都存在于中国古人的信仰领域。

在该领域所出现的行赞特征体现为它是祭祀中明显的助祭行为，《礼记·明堂位》："君卷冕立于阼，夫人副袆立于房中。君肉袒迎牲于门，夫人荐豆笾。卿大夫赞君，命妇赞夫人，各扬其职，百官废职，服大刑，而天下大服。"孔颖达疏曰："卿大夫赞君者，赞，助也。卿大夫助君，谓初牲币告，及终祭以来之属也。"

经文和注文说明在祭祀当中，主祭之人，如君、夫人都不能独立完成礼仪，需要助手参与。助手辅助的方式有协助牵迎牺牲，陈设礼器如玉、币之属。

《周礼·天官·大宰》："及祀之日，赞玉币爵之事。祀大神示亦如之，享先王亦如之，赞玉几，玉爵。"

在祭祀天地或宗庙的大礼之时，除行上述献玉币之事外，还需有"祼"：即以圭瓒酌郁鬯灌地以享神。《周礼·春官·大宗伯》："以肆献祼享先王"，郑玄注："祼之言灌，灌以郁鬯，谓始献尸求神时也。"同样，行祼时也需有赞，《周礼·天官·小宰》："凡祭祀，赞玉币爵之事，祼将之事。"

在祭祀中，需要他人协助主祭之人完成整个礼仪，这种协助被称为赞。祭天地或祭宗庙，主祭之人都为君王，身份最高。王以礼器祀上帝，他所完成的是"献上"的动作，而助祭者需要将礼器从案上拿起递给君王。这个"传递"的动作可被称为赞。"赞即辅助祭祀"，① 另外，在献"祼"时，君王的任务是将已盛满郁鬯的圭瓒灌于地下或献于尸前。而向圭瓒内酌酒的工作，也能被称为赞。总的来讲，君王或主祭之人是直接并单纯地面对上天大帝和先王神灵，而其他准备、铺垫等琐碎的事工则由助祭来完成。这一系列的预备并不直接和神发生联系，而是为了辅佐君王享神，《礼记·礼器》："太庙之内敬矣！

---

① 过常宝：《论〈尚书〉诰体的文化背景》，《北京师范大学学报》（社会科学版）2008年第4期。

君亲牵牲,大夫赞币而从。"孔疏:"大夫则赞佐执币而从君,君乃用币以告神。"此经文中涉及的大夫赞佐的工作乃是为君王亲自告神而做的准备和辅助。所以赞作为行礼中的一环,面对的都是具体的对象,以确保礼仪过程的顺利完成。

赞的辅助性特质可为礼仪中所运用到的一件礼器——"瓒"来进一步说明。瓒器形状一端有柄,另一端为可盛水的容器:"瓒,形如,容五升,以大圭为柄,是为圭瓒。"①《周礼·考工记·玉人》:"有瓒,以祀庙",郑玄注曰:"瓒如盘,其柄用圭,有流前注。"文献记载说明古时瓒器为礼器,用以导流祭祀中所需要的酒液。《诗·大雅·旱麓》:"瑟彼玉瓒,黄流在中。"指的也是在精致的瓒器里,盛着祭祀用的美酒。瓒从赞得声,古文字不仅形旁相同可以同源,声旁相同,也是同源。而赞、瓒同源的原因在于:和赞在祭祀中起辅助作用一样,瓒作为礼器,当祭祀中有祼礼时,便充当盛放和灌注郁鬯美酒的载体。"于圭头为器,可以挹鬯祼祭,谓之瓒。"② 在奉献醇酒给神灵时,瓒是这一礼节仪式中不可或缺的工具,它所起的作用,与赞在礼仪中的作用相似,都是辅助性的、功能性的。所以赞"佐,助"礼仪的特质,从瓒这件礼器上能够得一旁证。

(二) 世俗生活礼仪中的行赞

以上集中讨论的是发生在祭祀神灵时行赞之特点,赞虽较集中地出现在古人信仰领域的礼仪环节中,但也不仅仅局限于此。在日常生活的人伦关系上,也有诸多礼仪涉及行赞。《仪礼》是三《礼》中最古的经书,它是以士大夫的礼仪生活为核心,是三部礼经中更多关注世俗生活的一部经书。从《仪礼》篇目能反映出士阶层生活的方方面面。有宣告加冠成年的士冠礼到一聘一娶的聘礼和昏礼,以及有关团

---

① 《礼记正义》,《十三经注疏》(标点本),北京大学出版社1999年版,第937页。
② 《周礼注疏》,《十三经注疏》(标点本),北京大学出版社1999年版,第1123、537页。

契和教习生活的乡饮酒礼、乡射礼，乃至丧礼和服丧服制度的丧服礼。《仪礼》的经文规定具体到烦琐的程度：庞大的有关各种礼节的细枝末节不仅让它在流传的过程中让人望而却步，也使它处于整个三《礼》研究的边缘地带。但是三《礼》当中，《仪礼》最醇。正是在《仪礼》当中，赞大量地涌现于各篇并且都冠以"赞者"之称，以示行赞的专门化。如《仪礼·士冠礼》从冠礼的准备阶段起，赞者就要立于门外，等待礼仪开始："宾如主人服，赞者玄端从之，立于外门之外。"三揖三让以后，"主人升，立于序端，西面，宾西序，东面"。宾主位定，冠礼将行。首先是"赞者盥于洗西，升，立于房中，西面，南上"。贾公彦释曰：此乃"宾者之赞冠者……与主人赞者俱是执劳役之事，故先入房并立待事"。即赞者开始进入冠礼即将举行的房间，准备待命。仪式开始以后，先是来自主人（即为被冠者加冠之人）一方的赞者"布席"："主人之赞者筵于东序，少北，西面"，郑注："筵，布席也。"即在指定方位内由主人之赞者摆好冠礼中所需之席。将冠者出房后面向南方站立，此时又由来自将冠者一方的赞者"奠纚、笄、栉于筵南端"，即在刚才所铺之席上放上加冠时所需之物。将冠者坐下后，赞者"坐，栉，设纚"，此为赞者行赞的第一个环节。待加冠者第一次面对宾客之后，赞者继续为之行冠礼："坐如初，乃冠。兴，复位。赞者卒。"郑注："卒，谓设缺项，结缨也。"此为行赞的第二步。接下来，赞者为冠者"卒纮"。即将冠者结好的头发"纮"上系上一根便于系扎的带子。此为行赞之第三环节。接下来，主人一方的赞者将刚才所使用的器物撤走："彻皮弁，冠，栉，筵，入于房"，将稍后所举行宴会中需要的器皿洗涤干净："赞者洗于房中，侧酌醴，加柶，覆之，面叶。"到此，赞者的工作结束。冠礼完毕后，被冠者"见赞者，西面拜"，拜后赞者"东面而出"。[1]

---

[1] 《仪礼注疏》，《十三经注疏》（标点本），北京大学出版社1999年版，第30—38页。

从上述所举《士冠礼》一例可知，在整个礼仪的过程中，赞者的任务主要是完成礼仪中的具体而细小的事务，其地位是卑微低下的。除冠者礼成之后拜谢赞者以外，主人见赞者，只是作揖而已，说明"赞者贱，揖之而已"，不必拜。赞者的低下地位还体现于"劳役之事，赞者为之也"。① 赞者是服务于整个礼仪流程，使其顺畅进行的杂役人员，对此《仪礼·聘礼》中郑玄有更加明确的说明："宾觌，奉束锦，总乘马，二人赞。入门右，北面奠币，再拜稽首"，对于赞者郑玄明确解释道："赞者，居马间扣马也……赞者贾人之属。"强调赞者身份与礼仪中从事具体评估与衡量工作的贾人相当。与之相似，在《仪礼·特牲馈食礼》中也有记载："卒食，主人降洗爵，宰赞一爵"；《少牢馈食礼》"有司赞者取爵于篚以升，授主妇赞者于房户"等，都能体现出赞者在礼仪过程中，其所起的作用确实是辅佐协助的，与礼仪所指向的经天纬地的恢宏大意相去甚远。

无论是祭祀大礼还是在士阶层日常礼中，礼仪的展开和完成均离不开赞的辅助和参与。正因为赞在起源的时候所具有的这种辅助行礼的特征，所以后世训诂文献当中便将"助，明"之义作为释赞的主要义项，并将此特征赋予后来一种新的文体——赞体。

三 从"赞"礼到"赞"体

段玉裁在注释"赞"字时，对古礼中的行赞作了一番评介。

《说文·贝部》："赞，见也。"段注曰："彼此相见，必资赞者"，段氏不仅表明相见礼中有赞的存在，而且将其存在扩大到整个古礼范围。其曰："是凡行礼，必有赞。非独相见也。"《说文·贝部》徐锴系传："赞，进见也。贝为礼也。"从赞字起初的本义来看，在以贝为

---

① 《仪礼注疏》，《十三经注疏》（标点本），北京大学出版社1999年版，第32页。

礼物进行礼仪活动的相见礼中，赞的参与也说明该礼仪离不开其中执贝献贝的赞者。从至高之祭祀礼，到世俗之士冠礼，无论礼仪地位的高下尊卑，但行礼之过程都必然是由一系列的具体动作组织而成的，行礼中必然会用到礼器或其他有特定含义的物品。所以赞在礼仪中的参与是普遍而必然的。而它在礼仪中所起的辅助功能，虽看似低微，却实在是行礼中所不可缺少的。礼仪中赞的这一现象，促进了一种新的文体形式，即赞体的形成。

(一) 赞体之兴起与说明性文体之需要

《文心雕龙·颂赞》篇道："故汉置鸿胪，以唱拜为赞，即古之遗语也。至相如属笔，始赞荆轲。及迁史固书，讬赞褒贬。"

"迁史固书，讬赞褒贬"，在《史记》纪传及《汉书》的每篇结束，有"太史公曰"或"赞曰"的文字缀于其后，称作"史赞"，也被认为是赞体的正式出现。刘勰在《文心雕龙》中虽正式提到赞体的形成时间，但他为赞体的作用所下的定义"讬赞褒贬"却受到质疑。郑樵《通志》序云："班彪《汉书》不可得而见，所可见者，元成二帝赞耳，皆于本纪之外，别纪所闻，可谓深入太史公之阃奥矣。凡左氏之有'君子曰'者，皆经之新意，《史记》之有'太史公曰'者，皆史之外事，不为褒贬也。"①

郑樵对史书中赞体的存在提出新解，认为赞并非写史之人对所记之事自身态度的表达陈述，作者的态度，已经在史赞之前的篇章中表明清楚，无须再赘："纪传之中，既载善恶，足为鉴戒，何必纪传之后，更加褒贬！"②而史赞体的存在却是为了补充增加纪传前文内所没有的内容，帮助把作者的原意更加完整地显示出来。对此，范文澜进一步发挥修正郑樵之观点："赞有明助二义。纪传之事有未备，则于

---

① (宋) 郑樵:《通志》(总序, 志一), 中华书局据万有文库十通本影印 1987 年版。
② (宋) 郑樵:《通志》(总序, 志一), 中华书局据万有文库十通本影印 1987 年版。

赞中备之，此助之义也；褒贬之义有未尽，则于赞中尽之，此明之义也。"① 赞文体是附属于史书之上的一个小文体，它或补充史料，或深化观点，总而言之，是服务于前面篇幅庞大的纪传章节。明显带有礼仪之赞"辅佐协助"的特点。所以当赞从一种礼仪环节上的言语行为方式，发展成为文体学中固定独立的书面形式时，它从属和服务的属性始终不曾改变过。在次生的赞文体身上，依然能见礼仪之赞所拥有的原生性质。赞起源于礼仪的"助，明"之义，被赞体充分继承，因此，在文体学上，赞体一直是一种发挥着说明作用的文体，它广泛地运用于日常事物的解释之中。如图赞、画赞、象赞等，但是，也正如礼仪过程中本身并不带有象征性和指向性的行赞行为容易被忘却一样，赞体虽从汉至清一直延续在文体学历史中，却数量稀少，不成气候，《礼记·郊特牲》："礼之所尊，尊其义也，失其义，陈其数，祝、史之事也。"而"巫是'赞不达于数'，史则'数不达于德'"②。赞的表达甚至不能达到"数"，对于更高的"义"则更不能企及了。这或许能够提示我们，在中国古代文体学思维之中，说明文体并不是一种重要的文体形式，相对于被说明和被表达的对象而言，阐述方式的选择与应用是第二位的。

（二）赞体与古典著述思维特例

古人对赞体的创造和使用也反映出古代学者对于著述本身的态度。《论语·述而》："述而不作，信而好古，窃比于我老彭。"自孔子时代开始，治学问道的方式便是只述不作。因为古人相信学问乃为大道化成，若定要追寻起初作者，则只能依托古之圣人，三皇五帝。而历代学者治学乃是治道，其方式则是以今人之心推究古圣贤之心，所以中

---

① （梁）刘勰著，范文澜注：《文心雕龙注》，人民文学出版社1958年版，2008年4月第6次印刷，第173页。
② 郑传斌：《论礼对巫术的改造——以〈仪礼〉士丧礼中的巫术因素为中心》，《孔子研究》2006年第5期。

国古典著述强调作者对于大经大道的心灵体验，通过生活、直觉、领悟去认识亘古不变之真理。相反，著述的方式和手段则是次要的："避作者之谓圣而取述者之谓明。"① 著述者欲使自身降卑，而使所述大道真理"显明"，所以，中国古代著书立说，向来有谦卑克制的创作态度和为圣贤立心的卫道精神。赞体的出现与发展规律也与之相应：赞，"助也，明也"，它在起源时只是礼仪中一种起辅助作用的行为，本身并不重要，而协助成礼，使礼自身的意义性和指向性得以显明却是礼仪之赞的存在之本；赞演变成为赞体以后也是同样，它作为一种以说解为主的低微文体，却承载着解说阐明，使隐而未显、显而未明的对象之物昭显出来的功能使命。赞体的存在是淡化著述形式，提升所述之物这一中国古代著述学的思维特征有利明证，也就是说，文体本身并不重要，而文体所指向的遥远幽深之内容，才是古代学者真正关注的所在。

古人极为重视古礼，认为"夫礼必本于太一，分而为天地，转而为阴阳，变而为四时，列而为鬼神"②，烦琐细致的礼经大意是在试图说明、建构和维护天地有序，人伦有常这样一个共生和谐的社会。他们建立起庞大的礼制，但却以行赞，做赞作为整个礼制运行有序的基础。而这个基础，是具体的、细致的、服务性质的。其烘托的主题，则是抽象的、宏大的。礼离不开行赞、做赞，但礼却不仅仅体现为赞的行为。所以，赞在起源中所扮演的，正是神圣礼制链条上卑微而不可缺少的一环。它的这一特征，影响了由它而来的赞体在后世的发展。赞体一直绵延在文体学上，持续数千年，虽然时间漫长，但永远不是中心。因为它只能作为说明文体这样一种辅助性文体而存在，是为他

---

① （梁）刘勰著，范文澜注：《文心雕龙注》，人民文学出版社1958年版，2008年4月第6次印刷，第173页。
② 《礼记正义》，《十三经注疏》（标点本），北京大学出版社1999年版，第706页。

者服务而不是受享于他者。赞和赞体的特征及发展脉络说明,在古代中国,处于思维第一和最高位的是抽象的、象征的概念之物,辅助性和阐释性的工作需让位于它。而赞对赞文体的影响也说明,中国古文体的形成和发展,上古时代礼制背景是其源头之一。

第二节 从口头言说到书面转写:西周祭祀祝辞、《周颂》与金文嘏辞的生成及形态转变研究

在古代文体学发展进程中,自曹丕提出"四科八体",率先明确不同文体在形式与风格上的差异后,区分各类文体的独特性便成为文体研究的使命之一。"通过对某一体裁、文类或文体之一定的内在质的规定性掌握,划分各种体裁、文类或文体之间的内外界限、划分各种体裁、文类或文体内部的源流正变的界限,并赋予高下优劣的价值判断和价值评价。"[①] 每种文体的功能、形式、风格等特征都是文体间相互对比观照下得以明确的,而这一比较依赖于对两个因素的梳理:一是在共同的外部环境中,各类文体何以生成了不同的面貌;二是在文体自身发展过程中,如何不断加强、丰富自身特质。对上古文体的研究恰可置于此比较视域之下:首先,上古文体多以功用为主导,可以某种功能需求为视角,观察在此前提下的各类文体嬗变;其次,上古文体形态是古代文体诸类型的源头,可借此观察文体发生期的早期质素在后来的流变。西周时期的祭祀祝辞、仪式颂辞与金文嘏辞便是处于同一仪式背景下不同文体形态的典型个案,三者互为参照、互相对比,既可以明确礼仪环境在文体发育过程中的重要作用,也可以显示是何种因素的此消彼长促进了后礼制时代的文体自觉。

---

① 吴承学、沙红兵:《中国古代文体学学科论纲》,《文学遗产》2005年第1期。

一　祭祀祝辞口头言说属性

《周礼》记载中，祝官属《春官·太宰》，在行礼时专任祈福求祷一职，是以言说功能为主的职官。祝官以大祝为核心，大祝辖小祝、丧祝、甸祝、诅祝等，在礼仪活动中享有最高的言说权："大祝掌六祝之辞，以事鬼神示，祈福祥，求永贞。"① 祝辞有广义与狭义之分。广义祝辞即指祝官所致之言辞，具有泛场域属性，存在于各个不同的仪式场合当中，形式上基本涵盖了上古礼仪中各种应用型文体，《周礼·大祝》："作六辞，以通上下亲疏远近，一曰祠，二曰命，三曰诰，四曰会，五曰祷，六曰诔。"② 大祝根据仪式需要选择不同辞令进行对应，如《司马法》曰："将用师，乃告于皇天上帝、日月星辰、以祷于后土、四海神祇、山川冢社。"③ 这段记载中祝官就分别使用了告辞与祷辞，显示其对于各类文体内在特征及应用场合的深刻理解与运用，凸显"掌辞令"的官职特色。狭义祝辞则是祝官在祭祀礼仪时作祝所使用的言辞，运用场域具有专属性，其中祈福之辞为祝辞，降福之辞为嘏辞，《礼记·礼运》："修其祝嘏，以降上神，与其先祖。"④ 郑玄注："祝，祝为主人飨神之辞也；嘏，祝为尸致福于主人之辞也。"⑤ 因祝、嘏辞往往在同一礼仪场合连用，并为了与后文金文嘏辞区分，本文故将之合称为祭祀祝辞。在传世礼经文献中，记载祭祀祝辞最多的篇目是《仪礼·特牲馈食礼》《仪礼·少牢馈食礼》两篇，这是诸侯之士及卿大夫的祭祀礼则，可反映周代的祭祀思想：如祭祖必立尸，

---

① 李学勤主编：《周礼注疏》，十三经注疏（标点本），北京大学出版社1999年版，第658页。
② 李学勤主编：《周礼注疏》，十三经注疏（标点本），第661页。
③ 李学勤主编：《周礼注疏》，十三经注疏（标点本），第659页。
④ 李学勤主编：《礼记正义》（标点本），北京大学出版社1999年版，第670页。
⑤ 李学勤主编：《礼记正义》（标点本），第670页。

尸由与祖灵同昭穆的孙辈进行扮演，是周代祭祖礼仪的一大特色。《曾子问》："孔子曰：祭成丧者必有尸，尸必以孙，孙幼则使人抱之。"①仪式本身具有相对稳定性，因此《仪礼》成书虽晚，但其所录礼事，基本沿袭周代而来，可看成是西周礼制可靠的文献记载。《礼》经中所保存的祭祀祝辞基本形式如下：

  《特牲馈食礼》："主人再拜稽首。祝祝曰：'孝孙某，敢用柔毛、刚鬣、嘉荐、普淖，用荐岁事于皇祖伯某，以某妃配某氏。尚飨。'"②

  《仪礼·士虞礼》中也记载祝官在丧礼之后，迎祖灵返归其家，致祝辞："哀子某，哀显相，夙兴夜处不宁。敢用絜牲刚鬣、香合、普淖、明齐溲酒，哀荐祫事，适尔皇祖某甫。飨！适尔皇祖某甫。飨！"③

  《仪礼·聘礼》：佴为祝。祝曰："孝孙某，孝子某，荐嘉礼于皇祖某甫，皇考某子。"④

  上述几例祝辞均是祝官作祝之辞，虽在《仪礼》成书时经过整理编订，但仍应视为礼仪中口头言说形式，理由在于祭祀祝辞表现出明显的口语化倾向，体现出口语交际的几大特征：时效性、情境性、交流性。首先，祝辞以陈述事件为主要内容，重点在于告知神灵，交代某时某事，在表达上具有指令性与即时性，如使用祈使句型"尚飨"，强调对动作的指示；其次，整体行文使用恭敬语来表现仪式当下的情境性：祭祀祝辞对行礼者身处仪式的身心状态有所交代，如《士虞

---

① 李学勤主编：《礼记正义》（标点本），第 610 页。
② 李学勤主编：《仪礼注疏》（标点本），第 903 页。
③ 李学勤主编：《仪礼注疏》（标点本），第 823 页。
④ 李学勤主编：《仪礼注疏》（标点本），第 466 页。

礼》中交代祭祀者因丧亲而"哀","哀显相,夙兴夜处不宁"①,显相是助祭者,不仅祭祀者哀伤,助祭之人也与之同悲,难以自处。又如在介绍牲时使用"敢用"二字,"释曰:'昧冒之辞'者,凡言'敢'者,皆是以卑触尊,不自明之意",②同样《特牲馈食礼》中也使用"敢用"作为对神灵的敬谦语,表现出仪式过程中的庄严肃穆。此外,祭祀祝辞还体现出祝嘏辞分离的特点。代表神灵的尸进入宗庙后祝官需致祝辞,《仪礼》贾公彦疏:"案《特牲》迎'尸即席坐,主人拜妥尸,尸答拜,执奠,祝飨,主人拜如初'",③受飨食毕后,祝官致嘏辞,即代神灵致赐福之辞:"尸执以命祝。卒命祝,祝受以东,北面于户西,以嘏于主人曰:'皇尸命工祝,承致多福无疆于女孝孙。来女孝孙,使女受禄于天,宜稼于田,眉寿万年,勿替引之。'"④郑玄将"嘏"释为"大":"予主人以大福。"《礼记·郊特牲》:"嘏,长也,大也。"⑤祭祖礼仪中祝、嘏辞分离的现象反映出二者呈现出双向交流关系,祝辞祈福、嘏辞赐福,二者之间是在实时情境下的人神对话关系,祭祀祝辞是礼仪中有效的沟通话语,该文体的口头言说属性得以确定。

二 功能优先:祭祀祝辞应用属性

祭祀祝辞的祝、嘏辞分离现象已表明该文体为适应不同仪式环境而做出的调整,显示出其主要功能为交流应用,在功能主导前提下,祝辞本身的形式可随之变化。这首先体现在祭祀祝辞事实上是告辞的变形。《仪礼》中所收录的若干祝嘏辞,排除在祭祀中专用的祝号、

---

① 李学勤主编:《仪礼注疏》(标点本),第822页。
② 李学勤主编:《仪礼注疏》(标点本),第822页。
③ 李学勤主编:《仪礼注疏》(标点本),第918页。
④ 李学勤主编:《仪礼注疏》(标点本),第924页。
⑤ 李学勤主编:《礼记正义》(标点本),第818页。

称谓之外，与告辞实无差异。如《士虞礼》："孝子某，孝显相，夙兴夜处，小心畏忌，不惰其身，不宁。用尹祭、嘉荐、普淖、普荐、溲酒，适尔皇祖某甫，以隮附尔孙某甫。尚飨！"① 此段祝辞重心在于呈告神灵，告知其行礼者身份，祭祀规模等。告辞的若干特征，均在这一祝辞中得以表现。"'告'专对神，'诰'专对人，……无论如何，有两点是可以肯定的：其一，'告'出自祭祖仪式；其二，'告'的主语是主持祭祀的人。"② 祭祀祝辞"告体"化的特征一直延续至后世，如《上古三代文》中《全后汉文》收录的《祠恭怀皇后祝文》："孝曾孙皇帝志，使有司臣太常抚，夙兴夜处，小心畏忌，不堕其身。一不宁，敢用洁牲一元大武，柔毛刚鬣，商祭明视。飨其嘉荐，普淖醓醢，醪用荐酎。事于恭怀皇后，尚飨。"③ 祝文基本继承《仪礼》祝辞形式，仍满足告辞向神灵呈告的属性。其次，祭祀祝辞为应对仪式中不同功能需求，自然要求形式上灵活易变，而这也随之带来文体结构上的脆弱与不稳定，这表现在祝、嘏辞关系时常比较模糊，虽然《仪礼》中祭祀祝辞的典范形态为祝、嘏分离，配合各自的行礼职能，但在某些场合，却常常出现省略祝辞，或祝、嘏辞合体的现象。如徐中舒在《金文嘏辞示例》中，引用了《仪礼·少牢馈食礼》中的两则祝嘏之辞，并做出判断："此两载祝嘏之辞，祝辞似有省略。"④ 究其原因，在于祝辞应有所求，而此处并无求祈之记载，故略之。徐中舒又录《大戴礼记·公冠篇》祈天之辞："皇皇上天，照临下土。集地之灵，降甘风雨。庶物群生，各得其所。靡今靡古，维予一人某，敬拜皇天之佑"，并判断"是祝辞亦有嘏意"⑤ 祈天地风调雨顺具有祝祷意

---

① 李学勤主编：《仪礼注疏》（标点本），第834页。
② 过常宝：《论〈尚书〉诰体的文化背景》，《北京师范大学学报》2008年第4期。
③ （清）严可均校辑：《全上古三代秦汉三国六朝文》，中华书局1958年版，第512页。
④ 徐中舒：《徐中舒历史论文选辑》，中华书局1998年版，第503页。
⑤ 徐中舒：《徐中舒历史论文选辑》，第503页。

味，而承"皇天之佑"隐含授福之意。祝、嘏辞合并的情况，在早期蜡辞①中已有此趋势："土反其宅，水归其壑，昆虫毋作，草木归其泽。"② 求祈愿望与实现效果上具有一致性，因此既可看作祝辞，也可称为嘏辞。

祝、嘏辞边界的模糊正是该文体缺乏稳定性的表现之一，从祭祀祝辞多样性的存在形态可知，对祝辞的文体划分，是从其功能入手，而非着眼于某种固有形式。祭祀祝辞之所以得名是源自礼仪中的作祝环节，并非西周时期一类特定之言说方式。《文心雕龙·祝盟》篇："周之大祝，掌六祝之辞，是庶物咸生，陈于天地之郊；旁作穆穆，唱于迎日之拜；夙兴夜处，言于祔庙之祝；多福无疆，布于少牢之馈。"③ 刘勰将祝辞独立为一类，即认识到其参与祭祀的功能属性，注意到祝官在礼仪中突出的言说职能。但祭祀祝辞在功能上的突出，使其与礼仪场域关系十分密切，而未能促成自身的文体形式成熟。因此当外部环境发生变化时，文体本身的特征也遭遇消解："从文体发生的角度来看，文体与其功能是相伴而生的，某一种文体活跃的时候，一定是该文体功能发挥得最为充分的时候，而一旦社会文化语境不再提供其发挥的土壤，尽管其文本形式还被保留、阅读和流传着，实际上它的原始功能已经失去，严格说来，其文体已经失去其原有的生命与活力了。"④ 刘勰也注意到祝辞发展演变中的"异质"特征："春秋以下，黩祀谄祭，祝币史辞，靡神不至。"⑤ 随着祝辞使用场域的跨界，文体性质发生了根本改变："至于张老成室，致善于歌哭之祷；

---

① 在《文心雕龙》中，将先秦蜡辞看作祝辞的早期形态。
② 李学勤主编：《礼记正义》（标点本），第804页。
③ （梁）刘勰著，范文澜注：《文心雕龙注》，人民文学出版社1958年版，1962年4月第4次印刷，第176页。
④ 郗文倩：《中国古代文体功能研究论纲》，《福建师范大学学报》2010年第6期。
⑤ （梁）刘勰著，范文澜注：《文心雕龙注》，人民文学出版社1958年版，1962年4月第4次印刷，第176页。

蒯瞆临战，获佑于筋骨之请；虽造次颠沛，必于祝矣。若夫楚辞招魂，可谓祝辞之组缃也。汉之群祀，肃其旨礼，既总硕儒之仪，亦参方术之述。所以秘祝移过，异于成汤之心；侲子驱疫，同乎越巫之祝，礼失之渐也。"① 自战国以降，西周祭祀传统式微，禳解礼成为新的礼仪主流，本时期祝辞面对的言说对象从赐福者转为降灾者，文体感情色彩从恭敬庄严转向命令、斥责。如清华简五则《祝辞》，分别使用于防溺水、救火与射箭场合，语辞已丧失祭祀祝辞之神圣色彩，转而从支配地位施行命令："施咒者可以直接指令自然神，以达到自己的愿望目的。"②《全上古三代秦汉三国六朝文》中所收后汉《解土祝》文："兴功役者令，百姓无事。如有祸祟，令自当之。"③ 更是在命令基础上又进一步，显示出斥责恐吓的咒诅特征。可见，功能性是上古应用文体的首要属性，它从外部促成了早期文体的分类，祭祀祝辞即是以功能为主导的典型文体，但对功能的过度强调与倚重，使得形式独立处于次要地位，仪式公文化运作模式，也一定程度上阻碍了祝辞文体独立言说的自觉与发展。

三 祝、颂共存：功能区分与体式独立

西周祭祀祝辞存在于固定的礼仪环境中，这一场域内也同时存在着多种相关文体，共同维持着礼仪的进展，颂辞便是祭祀中广泛使用的一种文体，以《周颂》为典型。《诗序》将《周颂》分为四个系列："今颂，《昊天有成命》、《我将》、《思文》、《嘻嘻》、《载芟》、《良耜》及《桓》，是郊社之歌也，其《清庙》、《维天之命》、《维清》、

---

① （梁）刘勰著，范文澜注：《文心雕龙注》，第176页。
② 江林昌：《清华简〈祝辞〉与先秦巫术咒语诗》，《深圳大学学报》2014年第2期。
③ （清）严可均校辑：《全上古三代秦汉三国六朝文》，中华书局1958年版，第621页。

《天作》、《执竞》、《雍》、《武》、《酌》、《赉》之等，为祖庙之祭也，其《烈文》、《臣工》、《振鹭》、《丰年》、《潜》、《有瞽》、《载见》、《有客》、《闵予小子》、《访落》、《丝衣》之等，虽有祖庙之事，其颂德又与上异也。《时迈》与《般》有望祭河岳之事，是山川之祭也。"① 马银琴在《两周诗史》中根据年代将《周颂》分为早中晚三个时期，又根据使用场合将颂诗划分为三种：一是祭祖之诗。如祭祀文王的《清庙》《惟天之命》《维清》；祭祀成王《大武》系列。二是祭天之诗。在郊天礼或尝烝礼上使用之乐歌，如《噫嘻》《昊天有成命》等。三是警戒教劝之诗。如《振鹭》《有瞽》《有客》等。② 尽管《周颂》中各组颂诗运用的祭仪有所不同，但总体表现出两处共性，一是均可入乐，诗序以"述其事而歌之"或"述其功而歌之"的表达肯定了各诗的音乐属性，《礼记·乐记》："宽而静、柔而正者，宜歌《颂》"，表现了《周颂》肃穆沉静的音乐特征；二是《周颂》与周礼密切相关，清人方玉润引苏辙《诗集传》曰："苏氏曰：'《周颂》皆有施于礼乐，盖因礼而作《颂》，非如《风》、《雅》之诗徒有作而不用者也。'"③ 因《周颂》与礼仪的密切关系，方可与祭祀祝辞产生交集，体现出功能上的区分配合与形式上的各自演进。

首先，西周祭祀祝辞与《周颂》在文体形态上虽有说唱之别，但又共存于同一礼仪环境中，服务于共同的祭祀对象。在传世文献的很多记载上，都有祝、颂共存的证明。《礼记·礼运》："故玄酒在室，醴酼在户，粢醍在堂，澄酒在下。陈其牺牲，备其鼎俎，列其琴、瑟、管、磬、钟、鼓，修其祝嘏。以降上神，与其先祖，以正君臣，以笃父子，以睦兄弟，以齐上下。"④ 这里明确提到祭祀中有祝辞的存在，

---

① 朱杰人、李慧玲整理：《十三经注疏·毛诗注疏》，上海古籍出版社2013年版，第1279页。
② 此观点详见马银琴《两周诗史》，社会科学文献出版社2006年版，第93—238页。
③ （清）方玉润撰，李先耕点校：《诗经原始》，中华书局1986年版，第572页。
④ 李学勤主编：《礼记正义》（标点本），第670页。

但同时又有乐器在场,说明仪式中会有音乐表演,暗示出颂的存在。又《礼记·祭统》:"祭日之旦,王服衮冕而入,尸亦衮冕,祝在后侑之。尸入室,乃作乐降神。"① 祝官伴随尸入场,祭祀典礼开始,同时奏降神之乐,而乐章的选择,必出自《周颂》。又《仪礼·少牢馈食礼》:"皇尸命工祝,承致多福无疆于女孝孙"②,这里提到"工祝",其中"工"指乐工,是《颂》的演奏者,《仪礼·乡饮酒礼》:"工四人,二瑟",郑玄注:"凡工,瞽矇也。"③《仪礼·燕礼》:"席工于西阶上,少东",郑玄注:"工,瞽矇歌讽诵诗者也。"④ 在上古文献中,工祝常配合出现,说明两者在仪式中应是同时在场,《小雅·楚茨》:"工祝致告,徂赉孝孙。"《招魂》"工祝招曰","国家朝廷中,'工祝'是神职,来源于萨满巫觋之万年传承"⑤,对祝、颂同存一时一地的证明,在清华简《耆夜》篇中更为清晰:简文记载的是饮至礼上,周公与武王作诗之事。其中周公致武王之诗:"周公或(又)夜(咤)爵酬王,作祝诵一终,终曰《明明上帝》",⑥ 可见祝、诵都属于非音乐性的言说,而末终之诗《明明上帝》,则是音乐性的歌唱,其内容与《周颂》十分接近,可视为是周公在《周颂》体式下的创造性写作。《乐记》篇"乐师辨乎声诗,故北面而弦。宗祝辨乎宗庙之礼,故后尸"。⑦ 因此祝、颂在实际礼仪运作中,的确有共存的现象。

其次,从礼仪本身来讲,虽然不是所有礼仪都有祝、颂的同时参与,但两者事实上存在交集。第一,某些礼仪是有祝辞而无颂辞的。如

---

① 李学勤主编:《礼记正义》(标点本),第673页。
② 李学勤主编:《仪礼注疏》(标点本),第924页。
③ 李学勤主编:《仪礼注疏》(标点本),第146页。
④ 李学勤主编:《仪礼注疏》(标点本),第271页。
⑤ 叶舒宪:《神圣言说——从汉语文学发生看"神话历史"》,《百色学院学报》2009年第3期。
⑥ 清华大学出土文献研究与保护中心,李学勤主编:《清华大学藏战国竹简》(壹,上册),上海文艺出版集团、中西书局2010年版,第10页。
⑦ 李学勤主编:《礼记正义》(标点本),第1118页。

丧礼、冠礼、婚礼等；有些礼仪则是有颂无祝，如乡饮酒礼、射礼等，但在祭祀礼仪中，祝、颂往往同时在场，并构成了互相配合的关系：祭祀之日，工祝入场。乐工作乐降神，用《周颂·清庙》，此曰升歌。《礼记·明堂位》："升歌《清庙》，下管《象》。"① 从《清庙》的内容来看，这正是祭祀即将开始前的序曲，是接神的乐章，"为文王祀典所用之歌，其创作时代与《文王》相同"。②《清庙》在周礼用乐体系中占据了极高地位，是对至上德性的称颂，因此《礼记·郊特牲》云："奠酬而工升歌，发德也。"③《礼记·仲尼燕居》："升歌《清庙》，示德也。"④ 在祭祀进行过程中，分别有献牲与奠酒，此时祝官致祝辞，《礼器》："纳牲诏于庭"，孔颖达疏"王亲执鸾刀，启其毛，而祝以血毛告于室"⑤，又奠酒，《郊特牲》："天子奠斝，诸侯奠角。"⑥ 祝官以玄酒为祭，做祝号："作其祝号，玄酒以祭。"⑦ 献酒之后行荐孰礼，即为神灵献上饭食，在此期间需奏乐，《礼记·礼运》引《郊特牲》"奠，谓荐孰时"并注云："当此大合乐"⑧，乐的选择应在《周颂》之内，根据礼书记载，此时应配《武》。《礼记·明堂位》："升歌《清庙》，下管《象》"，郑注："《清庙》，《周颂》也。《象》谓《周颂·武》也，以管播之。"⑨ 此时合乐，当为众乐器合奏，而《武》的演奏正与之相符，孔颖达疏："下管《象》者，下，堂下也。管，匏竹，在堂下，故云'下管'也。"⑩ 献享之后，祭祀进入尾声，祝官代神尸再

---

① 李学勤主编：《礼记正义》（标点本），第937页。
② 马银琴：《两周诗史》，第110页。
③ 李学勤主编：《礼记正义》（标点本），第776页。
④ 李学勤主编：《礼记正义》（标点本），第776页。
⑤ 李学勤主编：《礼记正义》（标点本），第673页。
⑥ 李学勤主编：《礼记正义》（标点本），第674页。
⑦ 李学勤主编：《礼记正义》（标点本），第676页。
⑧ 李学勤主编：《礼记正义》（标点本），第674页。
⑨ 李学勤主编：《礼记正义》（标点本），第937页。
⑩ 李学勤主编：《礼记正义》（标点本），第938页。

致嘏辞，"后乃荐加豆笾，尸酢酢主人，主人受嘏"。① 可见整个祭祀过程，祝官致辞与乐工奏《颂》始终是互相配合，环环相扣的。

与祝、颂在仪式过程中的先后相承相适应的是，在内容上，颂辞也表现出与祭祀祝辞既联系又区别的关系来。《周颂》中有对祝嘏行为的记载但罕见对其直接的引用与书写。如《清庙》："由其辞所描述的景象可知，此诗应为文王祀典的序曲而非正式的祝祷之辞。"② 又如《我将》，其中有"伊嘏文王，既右飨之"，《执竞》结尾"既醉既饱，福禄来返"，《丰年》："以洽百礼，降福孔皆"，《载见》："烈文辟公，绥以多福。俾缉熙于纯嘏"，以上皆表明在行礼过程中有神灵致嘏辞的行为存在，但嘏辞内容均被略去。又如《噫嘻》一诗，"噫嘻"，本是祝官警神之声，《曾子问》："祝声三，告曰：'某之子生，敢告。'"郑注："声，噫歆警神也。"③"故知此声亦谓噫也。凡祭祀神之所享谓之歆。"④ 祝官在致祭祀祝辞前需先发"噫"声，以示警神。《噫嘻》明显是对祝官这一习惯的借用，说明其作者身处于对祝官作祝辞非常了解的背景环境中，但《噫嘻》内容却与祝辞的求祈属性大相径庭，说明这已是由颂辞自身孕育而出的对过程或场景的整体性描写。此外还有《闵予小子》一诗，《诗序》认为其作于"嗣王朝于庙"⑤，《诗经原始》认为其为"武王既葬而祔主于庙"之作，同时认为本诗"诗似祝辞，非颂体，而亦列之《颂》者，《颂》之变也"。⑥ 可见在《闵予小子》一诗中显示出来的情境化描写，如对自身处境的书写"遭家不造，嬛嬛在疚……维予小子，夙夜敬止"⑦，以及对神灵临格的表达

---

① 李学勤主编：《礼记正义》（标点本），第674页。
② 《两周诗史》，第110页。
③ 李学勤主编：《礼记正义》（标点本），第566页。
④ 李学勤主编：《礼记正义》（标点本），第568页。
⑤ 朱杰人、李慧玲整理：《十三经注疏·毛诗注疏》，上海古籍出版社2013年版，第1976页。
⑥ 方玉润撰，李先耕点校：《诗经原始》，中华书局1986年版，第613页。
⑦ 朱杰人、李慧玲整理：《十三经注疏·毛诗注疏》，第1978—1979页。

第四章 上古礼制语境与文体生成

"念兹皇祖，陟降庭止"① 等的确类似西周祭祀祝辞人神交流的表达特点，而这正是颂体所不具备的，该诗作为一则特例，也间接反映出祝、颂在内容构成上的差异，表明祝、颂在仪式中分担了不同的功能，因此两者在表达上才呈现出联系但不重复的特征。

祭祀祝辞与《周颂》在表达上的不同，来源于二者在礼仪言说中功能定位的区分。第一，祭祀祝辞中祝与嘏的部分，均由祝官替神尸致言，尸为神灵替身，因而祭祀祝辞本质上具有神圣言说的性质。"与假字相同的嘏字，在神圣言说的汉语文学发生史上意义重大。"② 由前文可知，上行文的祝辞多使用自谦性质的告体，下行文嘏辞则使用祈使属性的命体，整体具有恭敬庄严的语体色彩。第二，祭祀祝辞以"祝号"的使用来显示言说的专属性与去日常化。祝号是对祭祀品在特定场合内的专有称谓。是祝官独特的言说技巧，"（大祝）辨六号"郑玄注："号，谓尊其名，更为美称焉"，③ 在祝号系统中，日常用品均以特定方式称谓，如《曲礼》曰："牛曰'一元大武'，豕曰'刚鬣'，羊曰'柔毛'，鸡曰'翰音'，犬曰'羹献'，雉曰'疏趾'，兔曰'明视'，脯曰'尹祭'，鱼曰'商祭'，鲜鱼曰'脡祭'。水曰'清涤'，酒曰'清酌'，黍曰'芗合'，粱曰'芗萁'，稷曰'明粢'，稻曰'嘉蔬'，韭曰'丰本'，盐曰'咸鹾'，玉曰'嘉玉'，币曰'量币'"，④ 祝号以非日常化、去世俗化的方式，显示出言说的专属性。第三，祭祀祝辞在内容与形式上虽具有较高的程式化特点，但其本身却以"信言"作为价值基础。在西周以降的文体使用者看来，这绝非一套形式化的空洞言说，而是以诚实无伪作为文体存在的合法依

---

① 朱杰人、李慧玲整理：《十三经注疏·毛诗注疏》，第1978页。
② 叶舒宪：《神圣言说——从汉语文学发生看"神话历史"》，《百色学院学报》2009年第3期。
③ 李学勤主编：《周礼注疏》（标点本），第663页。
④ 李学勤主编：《礼记正义》（标点本），第157页。

据。《左传·桓公六年》传文:"祝史正辞,信也。今民馁而君逞欲,祝史矫举以祭,臣不知其可也。"① 经文中祝官举行祭祀原为其本职,但此时礼崩乐坏,祭祀沦为形式,祝辞有名无实,此处对祝官致祝辞的批评,恰好说明西周时期祝辞以信实为自身言说标准,《文心雕龙·祝盟》"群言发华,而降神务实,修辞立诚,在于无愧"②,这种真实体现在语言与意义、情感与行为之间的高度统一。以信言为言说准则的祝辞,其生成根源在于它的使用者与言说对象是祖先神灵,在周人的信仰观念中,神灵具有公平正直、诚实无伪的品格,《礼记·中庸》云:"至诚如神"③,因此祝辞作为神灵专用文体,自然以此作为自身的价值导向:"祝史陈信,资乎文辞"④,"所以寅虔于神祇,严恭于宗庙也"。⑤

与祭祀祝辞的神圣性相似的是,颂辞同样合乎正体:"四始之至,颂居其极。"⑥ 但在礼仪过程中,祝辞与颂辞显然功能不同:祝辞是对话体,祝、嘏是人、神交流使用的言语形式,体现的是祭礼的核心——求福与赐福;颂辞则是礼仪中的旁白形式,不构成交流的主要内容,但起着陈述、过渡、渲染等修辞性作用。《文心雕龙·颂赞》篇:"夫化偃一国谓之风,风正四方谓之雅,容告神明谓之颂。"⑦ 因此,祝辞的价值标准为信辞,而颂辞的价值基础则是"颂者,容也,所以美盛德而述形容也"⑧,以美言为标准。祝辞与颂辞虽共存于西周祭祀礼仪环境中,服务共同的礼仪对象,但各自功能承担上有所区分,因此在表达内容与言说风格上均呈现出差异。

---

① 李学勤主编:《春秋左传正义》(标点本),北京大学出版社1999年版,第174页。
② (梁) 刘勰著,范文澜注:《文心雕龙注》,第177页。
③ 李学勤主编:《礼记正义》(标点本),第1449页。
④ (梁) 刘勰著,范文澜注:《文心雕龙注》,第176页。
⑤ (梁) 刘勰著,范文澜注:《文心雕龙注》,第176页。
⑥ (梁) 刘勰著,范文澜注:《文心雕龙注》,第156页。
⑦ (梁) 刘勰著,范文澜注:《文心雕龙注》,第157页。
⑧ (梁) 刘勰著,范文澜注:《文心雕龙注》,第156页。

前文已论述祭祀祝辞因强调实用性与功能性，从而削弱自身形式上的稳定性，与之相对应的是，颂辞以"容神""悦人"为目的，则必须发展出相对稳定、可供审美的形式特征。因此，《周颂》诸篇即使存在歌颂对象的区别，但内在结构上仍呈现出某些一致性。首先，均拥有共同的叙述视角：颂辞在仪式中不承担对话职能，多为旁白属性的叙述、介绍等，这一身份决定其言说形态多为事件解释、气氛渲染与主题升华，与祝辞即时性、情境化、突出交流的叙述角度不同，颂辞随礼仪铺展而形成自身内在的叙述节奏，因此历时性的线性叙述是颂辞内在的结构特点。如《清庙》篇是祭祀前序曲，《维天之命》是祭祀过程中告神颂歌，两者作为组歌联合，很明显地体现出时间上的前后相继。《维清》则是祭祀尾声时的象舞之乐，"盖大合诸乐，乃为此舞"。① 因在结尾部分，所以有总结之意。此颂辞部分虽然简洁，但具有清晰的时间指令词，如"肇祀"，标志祭祀开端，笺云"文王受命，始祭天而枝伐也"；又"迄用有成，维周之祯"。一方面指周代历史上文王征伐以胜利而告终，另一方面也体现出祭祀结束，后世得其福祥。颂辞的时间性叙事角度，使其带有了铺叙史实的书写功能，为其记录西周礼制、史实等打下了基础。其次，《周颂》中还形成了固定的修辞用语，成为其形式自觉的标志之一。《周颂·执竞》："钟鼓喤喤，磬莞将将，降福穰穰。降福简简，威仪反反。既醉既饱，福禄来反。"郑注："喤喤，和也。将将，集也。穰穰，众也。简简，大也。反反，难也。"② 颂辞生动地表现了神灵致嘏赐福，众臣得福，神人以和的融洽场面，细致地刻画了"奏乐而八音克谐"③ 的场面。"'喤喤'、'将将'，俱是声也，故言'和'与'集'，谓与诸声相和，

---

① 朱杰人、李慧玲整理：《十三经注疏·毛诗注疏》，第1891页。
② 朱杰人、李慧玲整理：《十三经注疏·毛诗注疏》，第1924页。
③ 朱杰人、李慧玲整理：《十三经注疏·毛诗注疏》，第1924页。

与诸乐合集也",①《周颂》处于器乐调和、入乐歌唱的音乐环境之中,乐声自然成为其表现对象之一,形成了一系列固定的摹声词,喤喤、将将都是对乐声的模仿与表现。如《有瞽》:"喤喤厥声。"又如对祭祀场面的描述,常以"肃雍"二字修辞,《清庙》:"于穆清庙,肃雍显相。""肃,敬也,雍,和。"《有瞽》:"肃雍和鸣",《雍》:"有来雍雍,至止肃肃。"与同期祝辞相比较,《周颂》在形式上的独立性更为突出。西周祝辞虽也有如"夙兴夜处""孝子某""哀显相"等常见的修辞描写,但皆系于一时一事,于内容而言不可或缺。《周颂》则在叙事基础之上进一步丰富了言说技巧,形成固定的美言形式,增强了细节表现能力,为其体式的确立奠定了基础。

四 金文嘏辞:书面形态下的文体选择与书写共识

西周铜器铭文是当时社会生活实录,广泛地反映出其时政治、军事、制度、思想等层面内涵。陈梦家将金文内容大致分为几类:"(1)作器以祭祀或纪念其祖先的,(2)记录战役和重大的事件的,(3)记录王的任命、训戒和赏赐的,(4)记录田地的纠纷与疆界的。"②铭文多以记事为主,其中对祭祀的记录又是重心之一。如梅军在《殷商西周散文文体研究》③中将金文内容分为12类,首先就是祭祀类铭文。这大致是由金文的载体——青铜器所决定的。青铜礼器是西周国家权力的重要象征物,也是西周礼制的实证,应用于各类礼仪尤其是祭礼当中。随着记事技巧的发展与金文书写载体的特殊性,在西周中、后期的铜器铭文上,常对作器的原因或目的进行解释,如著名的史墙盘,"孝友史墙,

---

① 朱杰人、李慧玲整理:《十三经注疏·毛诗注疏》,第1308页。
② 陈梦家:《西周铜器断代》,中华书局2004年版,第400页。
③ 梅军:《殷商西周散文文体研究》,科学出版社2016年版,第270页。

夙夜不豕（坠），其日蔑历，墙弗敢沮（沮）。对扬天子不显休令，用乍宝尊彝"（《集成》10175），在解释制器理由后通常还连缀一类祈福、赐福之辞，徐中舒先生将这一新增部分称为"金文嘏辞"："金文嘏辞虽非祭祀时所用，但此类器物，大半均为祭器。故铭文多述为父祖作器，而继以祈匃之辞；或述其父祖功德，而申以锡降之文。祈匃实与祝辞相当，锡降则与嘏辞无异。谓为祝嘏，似无不可。"① 金文中的求福降福之辞，亦可称为祝嘏辞，为了与前文祭祀祝辞有所区分，本文沿用徐中舒《金文嘏辞释例》之体例，将之称为金文嘏辞。

祭祀祝辞与《周颂》是使用于西周祭祀礼制中的口头语言形式，而金文嘏辞则是书面语言形态。三者处于同一意识形态及礼仪环境之下，但金文嘏辞却经历了从口头到书面的性质改变，"从传播学的媒介变迁换代意义看，文字虽然是口头传统的终结者，但在某种意义上也是口传文化的最早记录者"。② 从仪式内部的口头言说到书面表达的转型过程中，金文嘏辞如何发展自身的书写规范呢？

首先，从金文嘏辞的存在范围来看，金文文体可分为告、命、训、约、记等五类，嘏辞在其中均有分布，但在告、命、训三体中最多，形态最为丰富；约、记体当中嘏辞相对较少且形式较为单一。究其原因，应与告、命、训运用语境相关，这三类文体均是祭祀、征战、功赏等事件的重要语体形式，多为上行文或下行文叙述，而嘏辞本身便存在于上行文的祈福与下行文的赐福语境中。

其次，从金文嘏辞的存在时间来看，西周早期的铭文上多是就事记事，不记嘏辞的。如西周早期何尊所载铭文：

---

① 徐中舒：《徐中舒历史论文选辑》，第 503 页。
② 叶舒宪：《神圣言说——从汉语文学发生看"神话历史"》，《百色学院学报》2009 年第 3 期。

隹（唯）王初騫（遷）宅于成周，復禀（稱）珷（武）王豐（禮），禋（祼）自天，才（在）四月丙戌，王誥（誥）宗小子于京室，曰："昔才（在）尔考公氏，克逨（仇）玟（文）王，肆玟（文）王受兹大命，隹（唯）珷（武）王既克大邑商，飙（則）廷告（于）天，曰：余其宅兹中或（國），自兹辥（辥）民，烏（嗚）乎（呼），爾有唯（雖）小子，亡戠（識），眂（視）于公氏，有爵（勞）于天，馭（徹）令（命），苟（敬）亯（享）戋（哉）！"叀王龏（恭）德谷（裕）天，順（訓）我不每（敏），王咸亯（誥），砢（何）易（錫）貝卅朋，用乍（作）囡（庾）公寶障（尊）彝，隹（唯）王五祀。

【何尊。西周早期】《集成》6014

同样，在西周早期的小盂鼎上，虽然记事文字较多，记载了盂征伐鬼方后在宗庙中向祖先禀告战况，其中包含向神灵致告之辞与祼宾之礼，铭文中也有祝的出现："王各（格）庙，祝延（延）□□□邦賓，不（丕）覃（祼），□□用牲啻（禘）周王、珷（武）王、成王。"（《集成》2839）但对祝嘏之辞仍不做记载。

从西周中期开始，铜器铭文上开始出现嘏辞且内涵较为丰富，徐中舒先生将嘏辞祈福、降福的主要内容分为三大类：一是寿，常见表述为眉寿、眉寿万年无疆，也可将对"寿"的祈求表达为"黄耇"，如史墙盘"黄耇弥生"："黄耇者古称寿老之征。"此外，还以寿为中心，建立了与之意义相近的如"永命""保身""吉康"等范畴。二是福，常见表述如为多福、百福、万福、永福等，以及与之意义相关的"得屯""毗"等。三是禄，常见表述为通录、屯录、百录、利录，可延伸为"绰绾"等。①

从不记嘏辞到采写记录,金文嘏辞的出现,使得一事一记的记事模式,有了更为开放的结构。铭文原为对当下重大事件的记录,而嘏辞的加入,以祈福、降福子孙后代的形式,使叙述具有了面向未来的时空延展性。嘏辞对福、寿、禄的表达,多与铭文主体内容关系不大,而成为一种金文书写的共识,其内容的构成,与同期祭祀祝辞比较,可发现在意识形态上具有一致性。后者在祖灵赐福的诉求上,多以福禄、长寿及保全家室为主,《仪礼·特牲馈食礼》所致嘏辞包含福禄、田稼与眉寿三个方面;《仪礼·士冠礼》的受福范围集中在寿与福两个方面,②西周时人之精神需求大致在此范畴之内,即使后来如朱熹在《诗集传》中为《诗经·楚茨》补写嘏辞时也仍与周代祭祖嘏辞保持高度一致:"尔饮食方洁,故报尔以福禄,使其来如几,其多如法。尔礼容庄敬,故报尔以众善之极,使尔无一事而不得乎此。"③

金文嘏辞与祭祀祝辞在内容上的高度重合,很可将其视为对后者的书面转录形式,其采写的重点在于观念吸纳与内容输入,嘏辞中的高频词:福、寿、禄均为祭祀仪礼中求祈与施受的关键词,因此祭祀祝辞对金文嘏辞的影响最重要的是从观念及意识形态方面入手,构建了书写的内容质素。

在对祭祀嘏辞进行书面转写过程中,金文嘏辞多为散体,其较为完整规范之结构为:求祈性动词指令辞+求祈内容+万年无疆+子孙永保之,如以西周晚期微쬻鼎(《集成》02790)为代表:

---

① 文中所引嘏辞表达内容主要分三大类,详细示例见徐中舒《徐中舒历史论文选辑》,第522—556页。

② 注:《仪礼·士冠礼》,行礼人加冠之后,即有祝官为之赐福,致嘏辞三次,分别为:始加冠时:"令月吉日,始加元服。弃尔幼志,顺尔成德。寿考惟祺,介尔景福。"再加冠时:"吉月令辰,乃申尔服。敬尔威仪,淑慎尔德,眉寿万年,永受胡福。"三加冠时:"以岁之正,以月之令,咸加尔服。兄弟具在,以成厥德。黄耇无疆,受天之庆。"

③ (宋)朱熹集注:《诗集传》,上海古籍出版社1980年版,第154页。

隹（唯）王廿又三年九月，王才（在）宗周，王令散（微）
繼䢃𤔲（司）九陂，乍（作）朕皇考龏（龔）彝隩（尊）鼎，繼
用言（享）孝于朕皇考，用易（錫）康勳（魸）、魯休、屯（純）
右（佑）、釁（眉）壽、永令（命）、霝（令）終，其萬年無彊
（疆），子子孫永寶用言（享）。

然而，在金文实际表达过程中，常以省略、简写或改写等形式消解了结构本身的稳定性，如西周晚期番生殷盖（《集成》4326）：

番生敢對天子休，用乍（作）殷（簋），永寶。

此处铭文省略了代表求福或赐福的动词性指令辞与大部分求告内容。又如：西周晚期禹鼎（《集成》）2833）：

肆禹又（有）成。敢對揚武公不（丕）顯耿光。用乍（作）
大寶鼎。禹其萬年子子孫寶用。

此处铭文省略了动词性指令辞，同时文中"万年"，规范表达一般为"眉寿万年"，而这里仅以二字代之。与之近似的还有西周晚期师望鼎（《集成》2812），"望其万年，子子孙孙永宝用"。更有甚之，将"眉寿万年"与"子孙永宝用"连体缩写，如西周中期免盘（《集成》10161）："令乍（作）冊内史易（錫）免卤百陵，免穖（蔑）靜女王休，用乍（作）般（盤）盂，其萬年寶用。"

金文嘏辞在形式上的复杂多样性提示其在对祭祀祝辞进行转写过程中并不存在某种固定范式，书面转写吸收的主要是来自口头表意的

关键要素，铭文在转写过程中只需对内容的核心进行记录，并在各要素间自由组合，在脱离礼仪现场后，这种去其形制、保留内涵的转写方式同样能完成表意目的，并且更为高效方便、自由灵活。另一方面，金文嘏辞对祭祀祝辞形式上的忽略，也与后者本身不稳定的文体形态相关，祭祀祝辞以功能应用为主导，形式特征尚不固定，文体独立性弱，如何为他者书面转写提供固定范式呢？

但是，金文嘏辞对祭祀祝辞形式上的舍弃，并不代表其放弃建立自身文体规范性的努力。至西周中期开始，嘏辞的修辞性得以加强。在某些铭文上，出现了对祭祀场面的固定描写：如：

敢乍（作）文人大寶鋚鋚（協）龢鐘，用追孝䵼（享）祀卲（昭）各樂大神，大神（其）陟降嚴祜，譱（業）妥（綏）厚多福，其數數熊熊，受（授）余屯（純）魯、通彔（祿）、永令（命），㝊（眉）壽霝（令）終，瘨其萬年，永寶日鼓。

【瘨钟】《集成》247

又如西周晚期梁其钟铭文，较全面地保留了祈福、降福之辞，數數熊熊的表达进一步扩展，明确运用在神灵赐福的场景中：

用乍（作）皇且（祖）考龢鐘，鎗鎗鏓鏓，鍺鍺鐳鐳（雍雍），用卲（昭）各（格）、喜偘肯（前）文人，用旛（祈）匄康㝊（娛）、屯（純）右（祐）、韓綽䆘（綰）通彔（祿），皇且（祖）考其嚴才（在）上，數數熊熊，降余大魯福亡昊（斁），用瑴光洍（梁）其身，勖（龢）于永令（命），洍（梁）其其萬年無彊（疆），龕（堪）臣皇王，㝊（眉）壽永寶。（《集

成》187—188）

类似还有西周晚期邢人妄钟：

　　 肃（前）文人其嚴才（在）上，數數彙彙，降余厚多福无疆。（《集成》109）

西周晚期善夫克盨（《集成》4465）：

　　皇且（祖）考其數數彙彙，降克多福、釁（眉）壽永令（命），畯（畯）臣天子，克其日易（錫）無彊（疆），克其萬年子子孫孫永寶用。

西周晚期逨盘（《新收》757）：

　　肃（前）文人嚴才（在）上，廙（翼）才（在）下，數數彙彙，降逨魯多福、釁（眉）寿。

數數彙彙，唐兰先生释为"蓬薄"："则數數彙彙，乃双声叠语，犹云：蓬薄、旁薄，形容丰盛之词也"①，表现的是神灵赐福时声势浩大之场面。徐中舒先生也作类似解释："數數彙彙即形容祖先在上威严之状。"② 对场景的关注和反映，是金文书写中的一个新因素。这对于祭祀内容的交代而言，并非是最关键的，但却能使表达显得更为生动，体现出金文书写在实用性特征之外颇为自觉的形式创造与审美追求，

---

① 唐兰：《西周青铜器铭文分代史征》，中华书局1986年版，第506页。
② 徐中舒：《徐中舒历史论文选辑》，第559页。

而这一特征正吻合了《周颂》颂辞"美言"化的表达特征。再如在青铜钟器铭文上,嘏辞还发展出对钟声摹写的固定表达:

【默钟(宗周钟)】:"我隹司(嗣)配皇天,王對乍(作)宗周宝钟。倉倉悤悤,雝雝(端端)雝雝(雍雍),用邵(昭)各不(丕)显祖考先王。"(《集成》260)

【梁其钟】:"朕皇祖考穌钟,鎗鎗鏓鏓,鍺鍺(端端)鐺鐺(雍雍)。"(《集成》187—188)

【戎生钟】:"氒(厥)音鐺鐺(雍雍),鎗鎗鏞鏞,顨顨雝雝(端端),既穌叔(且)盅(淑)。"(《新收》1617)

倉倉悤悤,雝雝(端端)雝雝(雍雍)究竟何义?《说文》:"鏓,鎗鏓也","鎗,钟声也。""鎗鏓即仓悤。"① 雝雝(端端),此字是金文中的疑难字,"唐兰、郑刚和裘锡圭等先生都将这个字读为'肃',并引述《诗经》为证,……谢明文认为这个字是一个从'戚'得声的字……在铭文中读作'肃'"②。因此,这两处金文实为:倉倉悤悤、肃肃雍雍。这种表达与《周颂》对祭祀场景的表现具有高度的一致性。前文已述,《周颂》在描述声音时多作"喤喤、将将",金文倉倉,与将将同韵,而在描写祭祀时和敬庄严场面时,《周颂》多用"肃雍"二字,与金文嘏辞一致。

事实上,金文记音或是不记,对铭文的内容表达并无大碍,但《周颂》与金文嘏辞在表达侧重点与语辞选择上的相似性揭示出两者在形式上具有趋同倾向,从西周中后期至春秋早期,二者之间的相似性还在不断上升,金文嘏辞甚至从早期的散体形式发展出规范的四言形式,如春秋早期曾伯霖簠:

---

① 唐兰:《西周青铜器铭文分代史征》,中华书局1986年版,第506页。
② 黄德宽:《新出战国楚简〈诗经〉二题》,《中原文化研究》2017年10月。

余用自乍（作）旅臣（簠），以征以行，用盛稻粱，用眷（孝）用言（享）于我皇文考，天赐（锡）之福，曾霝（漆）叚（退）不黄耇，偶（万）年齾（眉）寿无彊（疆），子子孙孙，永宝用之言（享）。（《集成》4632）

铭文中"以征以行，用盛稻粱，用眷（孝）用言（享）"，"以""用"介词叠用，构成前后既平行又承继的结构关系，这一铭文形式上的创新，很容易与西周中后期的颂诗联系起来，如《周颂·载见》"率见昭考，以孝以享"①，《周颂·潜》"以享以祀，以介景福"②。如果把观察的范围稍微扩大，这一形式革新还体现在《诗经》雅篇，《小雅·楚茨》："以为酒食，以享以祀。以妥以侑，以介景福。"③《小雅·大田》："以享以祀，以介景福。"④ 对于本时期金文铭文与《颂》《雅》之间的联系，马银琴提出："《雅》、《颂》之歌与铭文之间这种内容与功能的相似，必然通过语辞——尤其是嘏辞——等方面的相同与相类表现出来。它们之间在语辞、句式乃至语体格式方面互相影响、彼此渗透应是一种必然存在的普遍现象。"⑤ 本阶段铭文与《雅》《颂》之间的书写共性，即逐步加强对文体写作形式化的强调。《诗经》雅、颂篇中"以享以祀""以孝以享"等固定搭配的出现，是四言韵文形式固化的产物。"以"作为介词本身没有意义，为形成四言整饬句型而作为衬字出现，这反映出后期颂辞文体形式化诉求日益明显，这或许为颂从庙乐向诗的转化做好了准备，朱熹在分析《鲁颂》

---

① 朱杰人、李慧玲整理：《十三经注疏·毛诗注疏》，第1968页。
② 朱杰人、李慧玲整理：《十三经注疏·毛诗注疏》，第1962页。
③ 朱杰人、李慧玲整理：《十三经注疏·毛诗注疏》，第1166页。
④ 朱杰人、李慧玲整理：《十三经注疏·毛诗注疏》，第1221页。
⑤ 马银琴：《两周诗史》，第88页。

生成过程时说:"成王以周公有大勋劳于天下,故赐伯禽以天子之礼乐,鲁于是乎有颂,以为庙乐。其后又自作诗以美其君,亦谓之颂。"①

这一从口头到书面的过程,也正是早期文体的发育阶段,书写意识由朦胧到清晰的过程,即从对文体功能的强调转向对文体独立书写能力的重视。西周中、后期颂诗与金文嘏辞的新变都印证了对体式确立的呼声正成为本时期重大的书写共识,李山认为,至西周中期《诗经》《尚书》等传世文献与同期金文都显示出与之前相比明显的转型:"笔者和一两位同行考察《诗经》篇章的创作不约而同也得出了这个时期是诗篇创作高涨期的结论。实际上,这一时期的变革方面是广泛的。就以语言方面的变化而言,著名微史家族器物《史墙盘》,除了它详细述说微史家族进入西周以后数代人的经历从而显示出某些新历史意识之外,它的语言,如前所说,四字句为多,抑扬顿挫,与《尧典》相近,映现的是那个时代在社会语言方面发生的变革。"② 本时期对文体形式的重视将为下一阶段——春秋至战国时期书写高潮时代的到来做好了准备与铺垫。

西周"郁郁乎文"的礼制背景下共生的多文体形态:祭祀祝辞、《周颂》颂辞与金文嘏辞,看似具有各自独立的功能与形式,事实上由于共享的环境背景,在实际使用过程中常常组合、配合与转化。功能的区分,促成早期文体分化为不同的面貌,这证实了功能属性的确是早期文体形成中的关键性因素之一。然而,因功能属性受制于时代与环境的约束,文体与应用性之间的黏合度越高,便越容易在功能演变过程中丧失自身的话语品格。因此,文体本身的形式独立便成为上古文体发育中一个隐形的重要因素,虽然这在上古的言说环境中分量并不突出,但具有相对稳定形式的文体已然在口头语言向书面语言转

---

① (宋)朱熹集注:《诗集传》,上海古籍出版社1980年版,第237页。
② 李山:《〈尧典〉的写制年代》,《文学遗产》2014年第4期。

第三节　汉赋空间书写与西汉郊祀礼仪的空间营造

赋，是两汉四百年间最具代表的文体形式。清代学者焦循曾说："一代有一代之所胜，欲自楚骚以下，撰为一集，汉则专取其赋，魏晋六朝至隋则专录五言诗，唐则专录其律诗，宋专录其词，元专录其曲。"① 赋，自《诗经》时期开始便是歌诗的重要表现手法之一，《毛诗正义》序："故诗有六义焉：风、赋、比、兴、雅、颂"，进入战国之后成为独立的文体形式，荀子始制赋篇，屈原骚赋闻名。然而在西汉时期，赋的地位快速上升，赋体写作蔚然兴盛，研究者开始思考这一古老而渊源悠长的文体何以在本时期极度鼎盛？对此的解释大致从如下两个方面展开：

一是《诗》、《骚》与汉赋变体说。

从汉魏时期开始，儒家学者如班固、刘勰等便支持赋是由诗演变而来："赋者，古诗之流也。"② 这里的"诗"指《诗经》，流是继承流传之义。赋对《诗》的继承，汉人主要从赋与《诗经》文化功能的相似性上来讲的，两者都具有"美刺"的政治意义。《史记·司马相如列传》："《春秋》推见至隐，《易》本隐之以显，《大雅》言王公大人而德逮黎庶，《小雅》讥小己之得失，其流及上。所以言虽外殊，其合德一也。相如虽多虚词滥说，然其要归引之节俭，此与《诗》之

---

① （清）焦循撰，张力伟校点：《易馀籥录》（卷十五），《新编丛书集成续编》（第29册），台湾新文丰出版公司1985年版，第369页。

② （梁）萧统编，（唐）李善注：《文选》卷一，中华书局1977年版，第21页。

风谏何异?"①《两都赋·序》也明确提出:"(赋)或以抒下情而通风谕,或以宣上德而尽忠孝,雍容揄扬,著于后嗣,抑亦雅颂之亚也。"② 此外,赋与诗形式上的差别也为汉人所意识到,"不歌而诵谓之赋"③,《诗经》是可以歌唱的,而赋则不具备音乐性。同时,赋更加宏大的体制也适宜表现更为丰富的内容。清人刘熙载在《艺概·赋概》中提出:"赋起于情事杂沓,诗不能驭,故为赋以铺陈之。"④ 也有学者认为,赋是由骚体发展而来。"如果我们翻开《汉书·艺文志》,我们就会发现,在班固等人的心目中,《楚辞》与《汉赋》是合在一起不分家的,《汉志》罗列了包括屈原、唐勒、宋玉、荀子、贾谊、枚乘、司马相如、司马迁、扬雄等的赋家106人,1004篇。刘向编的《楚辞》,也把贾谊的《惜誓》,淮南小山的《招隐士》等赋编进去,辞赋实际上也不分开。"⑤ 因为汉赋与楚辞之间具有密切关系,故后世连称"辞赋",两者的相关性,主要从抒情言志的写作手法及浪漫夸张的写作风格上予以表现。从《诗经》《楚辞》角度追溯赋体生成,是以文体形式为视角,突出上古文学体式演变的内在规律性。除此之外,对汉赋渊源还有本于纵横家、隐语、俳词等论断,但学界如今多趋于一致的看法是汉赋是多文体共同影响下的产物,在起源上具有"多源"性。

二是汉代国力说。

《文心雕龙·诠赋》篇对赋的特征进行了精当的总结:"赋者,铺也;铺采摛文,体物写志也。"⑥ 汉赋摹状事物讲求"穷形尽相",体

---

① (汉)司马迁撰,(宋)裴骃集解,(唐)司马贞索隐,(唐)张守节正义:《史记》,中华书局1959年版,第3073页。
② (梁)萧统编,(唐)李善注:《文选》卷一,中华书局1977年版,第21—22页。
③ (汉)班固撰,颜师古注:《汉书》,中华书局1962年版,第157页。
④ (清)刘熙载著,王国安标点:《艺概》,上海古籍出版社1978年版,第86页。
⑤ 龚克昌:《中国辞赋研究》,山东大学出版社2003年版,第2页。
⑥ (梁)刘勰著,周振甫注:《文心雕龙注释》,人民文学出版社1981年版,第80页。

现出整体上的宏大壮丽与局部的精雕细琢之美，这与汉代审美风尚是密切相关的。"我们读汉赋，尤其是读那些有代表性的汉大赋，往往会感受到一股强大的力量在摇撼着我们的心灵，有一种欢快的上升气氛在激励着我们的神经。这就是蕴含在作品中的大汉帝国的统一、强大、文明和昌盛。这种情况在作品中是随处可见的。……在枭雄割据、小国丛立、国力脆弱、民不聊生的混乱时代，是绝对写不出这样轰轰烈烈的场面的。"① 西汉政治统一，国力强盛，疆域辽阔，帝国的宏大气象召唤着赋体在本时期由古老的文体焕发出簇新的光芒，将"铺陈体物"的文体特征发展到极致，用于描写本时期更丰富的感官知觉："（汉赋）是时代的赞歌，是人们在崭新的生活环境中产生的崭新的思想感情的流露，是时代精神的大发扬。"② 社会整体风气与文体形成之间实有不可分割之联系，西汉大赋与东汉抒情小赋在不同的时代各领风骚便充分显明了这一内在关联。

上述两种解释结合了文体发生与演变过程中自律性与他律性因素，在学理上均具备合理性。从自律的角度来讲，文体发展受自身形式约束，新的文体出现，具有形式上的继承性与突破性；而他律性因素，则是受文体发育的外围环境——社会文化生态所影响。然而必须认识到的是，文体的发展成熟，并且成为一时期标志性书写形态，应是自身因素与外部环境合力之结果。赋体文学之所以能够成为有汉一代的文体典范，与其本身的写作特征是息息相关的，而这一特征正符合了汉代社会转型关键时期的某种特殊需求，因此该文体在本时期得以快速成熟，在内部形式发展与外部时代精神之间不断完善自身的表达特征与审美品格。

---

① 龚克昌：《汉赋新论》，《贵州大学学报》（社会科学版）2003年第21卷第4期。
② 龚克昌：《论汉赋在中国文学史上的地位》，《文史哲》1987年第2期。

一　从时间书写到空间书写：《安世房中歌》与《郊祀歌》文本比较

赋，铺陈直述其事，本为《诗经》古已有之的表现手法之一，与"比""兴"并列。自荀子作《赋篇》，首创其制，赋逐渐走上文体独立之途，降至西汉，诗与赋已是各自独立又有所联系的两类文体。《汉书·礼乐志》当中的一则记载，将诗、赋并举，提供了两者同时在场的实例，使得我们可以在同一时空维度中去比较二者的存在状态。

《汉书·礼乐志》记载了在西汉祭天礼上对诗、赋的采用："至武帝定郊祀之礼，祠太一于甘泉，就乾位也；祭后土于汾阴，泽中方丘也。乃立乐府，采诗夜诵，有赵、代、秦、楚之讴。以李延年为协律都尉，多举司马相如等数十人造为诗赋，略论律吕，以合八音之调，作十九章之歌。以正月上辛用事甘泉圆丘，使童男女七十人俱歌，昏祠至明。夜常有神光如流星止集于祠坛，天子自竹宫而望拜，百官侍祠者数百人皆肃然动心焉。"① 从这段记载可以看出，武帝设立乐府，专司音乐。《汉书·百官公卿表》："奉常（即太常），掌宗庙礼仪，属官有太乐令丞。少府，掌山海地泽之税，以给供养，属官有乐府令丞。"太乐令专管宗庙祭祀音乐，区别于同时期掌管俗乐的乐府令。王应麟《汉书艺文志考证》："太乐令丞所职，雅乐也；乐府所职，郑卫之乐也。"② 事实上，俗乐虽不登大雅之堂，也常为官方所禁，但其曲、词均来自民间创作，形式自由多样，极具生命力；而雅乐的采集则有明显的限制，民间乐府歌诗被隔离在外，因此《礼乐志》中记载祭祀礼仪中的雅乐采集有两条途径，一是"采诗夜诵"，二为另造新

---

① （汉）班固撰，颜师古注：《汉书》，中华书局1962年版，第1045页。
② （宋）王应麟：《汉书》第8卷，中华造善本影印本，北京图书馆出版社2006年版。

声,即以司马相如等文人诗赋为源头,《汉书》还特别强调后者是《郊祀歌》十九章的生成方式。这样可以看到西汉雅乐的两大源头,即诗与赋。采诗入乐,古已有之。《礼乐志》所提及汉代雅乐中所采之"诗",应为汉代文人"依声填辞"所制。如《安世房中歌》依"楚声",由高祖唐山夫人填词,《礼乐志》中还记载了叔孙通根据"秦乐"而制《嘉至》《永至》《登歌》《休成》《永安》五首雅乐。依声填辞、采诗入乐实为旧制,那么采赋入乐则应如何理解呢?这一现象是否与刘向对赋"不歌而诵"的定义形成了矛盾?笔者认为,《郊祀歌》组歌现存的面貌,无论是来源于诗,或是来源于赋的部分,都与其原始文本有所差异,并经过了他人的编辑与修改:"《史记·佞幸列传》:'而上方兴天地祠,欲造乐诗歌弦之。延年善承意,弦次初诗。'"[1] 采诗入乐是依声填辞,采赋入乐则是因辞得声,《安世房中歌》与《郊祀歌》虽均为祭祀雅乐,文体功能相似,但在文本构成与表达上却有着诸多差异,形成文本属性上的异质。

(一)由内在情感向外物世界

"诗缘情而绮靡,赋体物而浏亮",《文赋》中对诗赋特征的总结在《汉书·礼乐志》两首雅乐中表现得十分明显。《安世房中歌》在描写人神共处的祭祀环节中,始终交织着祭祀主体的情感色彩,如送神时"粥粥音送,细齐人情"。晋灼释义:"粥粥,敬惧貌;细,微也。以乐送神,微感人情,使之齐肃也。"[2] 祭祀结束后,"清思眑眑,经纬冥冥"。体现人情感震荡后的余波。在《安》诗的抒情部分(6—9章),则以直抒胸臆的手法,书写了神灵的恩泽与帝王的德行,掀起诗歌情感的高潮。但在《郊祀歌》组歌中,虽同为祭祀用乐,但却明

---

[1] (汉)司马迁撰,(宋)裴骃集解,(唐)司马贞索隐,(唐)张守节正义:《史记》,中华书局1959年版,第3195页。
[2] (汉)班固撰,颜师古注:《汉书》,第1047页。

显抹去了人的思想情绪及主体活动。如同样描写神灵降临、与人同处的《练时日》篇，选取了"灵之车""灵之下""灵之至""灵已坐"等四个节点，勾勒出天帝降临的若干场面；《帝临》篇则对"帝临中坛"瞬间时刻展开叙述，交代了天地四方，海内众生焕发新生，但对祭祀主体的精神情感却不着一字。这一特征为十九章大部分诗歌所承袭，均写一时一事，多摹状外在物景物象，无内在情感消涨。唯一的特例，是《日出》一篇，这里罕见地出现了祭祀主体"春非我春，夏非我夏，秋非我秋，冬非我冬……使我心若"的咏叹，究其原因，其他颂瑞诗都强调在某一时刻上出现的特定事物，如《天马》篇实写"太初四年诛宛王获宛马"，《景星》篇为"元鼎五年得鼎汾阴作"，而《日出》则书写了恒常之景，因"日出"在时间上具有反复、稳定、长久的特征，与其相比，人较容易感知个体的有限从而发出"日出入安穷，时世不与人同"的抒情感叹。《汉书·礼乐志》提及郊祀歌源自"司马相如文人诗赋"，从这部分内容来说，组诗中确有少量内容来自诗，《日出》篇在时间无限与个体局限之间的体悟使得作者迸发出强烈的生命意识，流露出与《安世房中歌》类似的"缘情而发"的诗体特征。

如果情感不是《郊祀歌》的表现重心的话，那么《郊祀歌》的凝视对象为何？从文本表层形态来看，十九章由颂神、颂时、颂瑞三部分组成，其中颂瑞（天马、天门、景星、斋房、后皇、朝陇首、象载瑜、赤蛟）共8篇，所占比例最大，所颂之物皆为瑞象，如《景星》篇名为写星，实为写鼎；《后皇》篇亦如此，虽以"后皇嘉坛"开篇，但仍为写鼎之作；《斋房》事实上写兰芝；《朝陇首》写白麟；《象载瑜》写赤雁，在写作对象上《郊祀歌》具有物象聚集的特征。从组歌内在结构来看，交织着两条祭祀线索与神灵谱系。其一为天神祭祀系统，由颂神歌与颂时歌组合而成，是先秦郊天礼仪的延续，显示了汉人对上天垂象，化为四时的理解。可以看出，本时期对天的诠释，更重视其自然神灵属性，是万物运行法则的掌管者。其二为泰一祭祀系统，由泰一颂歌结合诸组颂瑞乐歌而成。泰一神为神之至尊，位居天地四时之上："惟泰元尊，媪神蕃厘。经纬天地，作成四时"，从篇章顺序来看，《惟泰》居首，统领《天地》《日出》以及颂瑞诸篇。西汉郊天礼仪具有双线结构，祭天组歌与泰一组歌并不重合，而是分别施行在不同仪式环节内，而后者在时下具有更高地位，是汉代祭天礼仪的新变与核心。

同时，从组歌的结构体例上也反映出汉人的阐释模式，即以具体之物诠释抽象之思。如祭天组歌以四时显明天之品格，而四时又微缩为景物单元。又如泰一祭祀组歌中将祥瑞之兆与泰一神性结合在一起，以景观变化的方式展现至尊神灵属性。《郊祀歌》作者善于将观念形态赋予有形有象的图景，聚焦外物以体现内在之思。如果说情感消涨是《安世房中歌》的结构逻辑，那么体物写物，联络成象则是十九章的构思方式。

（二）从时间叙事到空间视角

除抒情性有无及关注点差异外，《安世房中歌》与《郊祀歌》的根本差异还体现在两者内在叙述视角上。《安世房中歌》入楚乐，其来源与周代《房中乐》相关，主题是歌颂帝王的"孝德"，共十七章，主要结构为：1—9章：颂德求神；10—12章：降神赞神；13—17章：赐福送神。三大结构中前9章是核心部分，歌颂帝王孝德"乃立祖庙，敬明尊亲。大矣孝熙，四极爰轃"。[①] 叙事结束后进入抒情单元（6—9章），文体从四言转变为三言，节奏减慢，句式舒缓，多用重叠、顶真等修辞手法，营造主题不断回旋的艺术效果。从全文总的文体形式来看，有明显的音乐变奏，但整体结构保持稳定，是在固定仪式空间

---

① （汉）班固撰，颜师古注：《汉书》，第1047页。

中使用的乐歌。

《仪礼·特牲馈食礼》记载，自西周以来，祭祖礼仪分为三个层次，一为占时迎神，一为求福飨神，一为赐福送神。《安世房中歌》三部分正对应着祭祖礼仪的相应环节。同时，礼仪形制对祭祀乐歌的文本叙述也产生了重要影响：首先，祭祖仪式在空间上具有稳定性，并未频繁进行场景转移，因此歌诗始终处于同一礼仪场域中，无须对其存在的周围环境进行过多叙述；其次，祭祖仪式是有始有终的完整过程，在时间上具有多个节点但总体保持连续性，因此歌诗的叙述需要在每个时间点上保持敏感，与礼仪的步调保持一致。这样，祭祀乐歌显示出轻空间重时间，依时间流动敷衍而成的结构特征。

《安世房中歌》全诗仅在开头部分有少量环境描写"芬树羽林，云景杳冥，金枝秀华，庶旄翠旌"，此处用途仅为烘托祭祖氛围，并无具体表意作用，可认为是举行祭祀前的序曲。仪式进行阶段，诗歌对于时间的流动均有明显的提示，如"七始华始，肃倡和声。神来宴娭，庶几是听"——这是降神环节，代表祖灵的神尸进入宗庙开始接受祭祀；"孝奏天仪，若日月光。乘玄四龙，回驰北行"——这是颂神环节，行礼者（这里指汉孝文帝）开始与先祖进行双向沟通，行礼方表彰了自身的孝德，以期得到神灵的赞许："嘉历芳矣，告灵飨矣。告灵既飨，德音孔藏。"——此为飨神与赐福阶段，神尸代表祖灵进食享用祭品，并以赐福结束仪式。《安世房中歌》完整地凸显了祭祖礼仪的时间流动，但却缺少或忽略空间的交代与切换。《安》诗的这一特征在《诗经》中亦有反映，《周颂·清庙之什》是反映周人祭祖的颂诗，其中也体现出明显的时间性特征：

《周颂·清庙》

于穆清庙，肃雍显相。济济多士，秉文之德。对越在天，骏奔走在庙。不显不承，无射于人斯。

这是对祭祖场面的描写，"于穆清庙，肃雍显相"，是对祝官祝辞的化用，颂诗注重写祭祀中参与者的状态，体现即时感，并无一句空间场景描写之语。

《我将》

> 我将我享，维羊维牛，维天其右之。仪式刑文王之典，日靖四方。伊嘏文王，既右飨之。我其夙夜，畏天之威，于时保之。

在祭祀文王的颂诗中，体现出鲜明的时间感，"伊嘏文王，既右飨之。我其夙夜，畏天之威，于时保之"，先"嘏"，再"飨"，最后"保之"，再现出在时间维度上完整的祭祀礼仪过程。

因此可以判断，《安世房中歌》虽为汉初创作，但基本遵行了《诗经》中传统颂诗的叙述模式，即时间维度上的叙述。《安》诗作于汉初，此时文人诗创作还远未自由，尤其在庙乐创作上，受《诗经》颂雅的叙述模式影响颇深。"《安世房中歌》是继承先代雅乐的宗庙祭祀诗章，因此它在艺术形式上和商周雅颂有一些共同点。"① 这是西汉文人模仿《诗经》之体式，拟作声诗的典型表现。

《郊祀歌》十九章则明显区别于《安世房中歌》的叙述结构。《郊祀歌》组诗可分祭祀天帝（1—6章）与祭祀泰一（7—19章）两个系统，前部分由颂天帝和时气歌组成，后部分由颂泰一神与颂瑞诗构成。前后顺序显然是不连贯的，因此有学者认为《郊祀歌》非一时一事之作。"十九章的产生有一个过程，前后经过了几十年的时间。"② 《郊祀

---

① 赵敏俐：《汉代乐府制度与歌诗研究》，商务印书馆2009年版，第139页。
② 赵敏俐：《汉代乐府制度与歌诗研究》，商务印书馆2009年版，第150页。

歌》的独特之处在于，它并不沿礼仪时间展开叙述，而是截取若干重要时间节点，片段聚焦式写作而成。《郊祀歌》在体物写物之时，焕发出强烈的空间意识，认识到空间是摹写物态的有效工具，进而发展出丰富的空间书写技巧。从十九章文本情况来看，可具体分为全景成像、散点透视与固定聚焦等空间表现手法。

《郊祀歌》写物，有抽象与具体之分，具体之物尚有实体表象，但抽象之物则无形无象，难以直接描摹。如对神之灵的描写上，灵乃观念意象，难以直接言述，而颂神组歌中，则以全景成像的方式打造出其周遭环境，形成以神灵为中心的全方位、富于层次感的空间建构，以此表现对象的神圣与尊贵。如《惟泰》篇歌颂天神，先述由此抽象观念延伸出的上天垂象：天地、四时、日月、星辰、雨露；再述祭天礼仪中放射型空间设置，祭坛居中，周围绕以牺牲、宴享、钟鼓、乐舞。空间的层次感是由远及近的，这一全景式的构建方式在颂神组歌中的运用已十分成熟，在《天地》篇中，空间铺述顺序先是近景之童舞、九歌、琴、百官、牺牲，再逐渐延伸至远景如星宿、寒暑、五音更迭、新音之类，说明作者已完全熟悉立体空间及景深的生成方式，可自由实现视角在远景与近景上的切换。

《郊祀歌》中颂时气四篇，同为歌咏不可见之物，但却采取了与全景成像不同的散点透视法进行空间建构，时气歌表现了"青阳开动""朱明盛长""西颢沆砀"、"玄冥陵阴"等场景下的物象更迭，每一帧图景都展示出同一画面上多个焦点，构成平衡均匀的景致流动。如《青阳》写作视角以阳气萌发为起点，依次显示了根荄遂、雷声发、枯槁复、众庶熙熙、群生噍噍的和乐之貌，视域无固定中心，散漫聚焦，灵动转化，景随物移，展现出开阔辽远、绵延不断的空间景致。

《郊祀歌》的另一特点是由多组颂瑞乐歌组成。颂瑞组歌专门写物，在空间构成上则采取固定聚焦手法，以物为表现重心，对其进行整体感受与细节描摹。如《天门》写天门之态，首先对其总特征"天门开，詄荡荡"进行知觉，领悟其极高大开阔之态；继而由整体到局部，写天门下之天路"太朱涂广，夷石为堂"。颜师古注："言通神之路，饰以朱丹，又甚广大"，再写顺此天路，可通往日月星辰，神灵所居："泛泛滇滇从高斿，殷勤此路胪所求。"又如《天马》篇，聚焦宛马，对此从总貌到细节一一交代："太一况，天马下"，明确马自天来，又对马的外形特征"沾赤汗，沫流赭"；其精神气象"志俶傥，精权奇。蹀浮云，晻上驰"进行微观层面的精雕细琢。与之类似的还有颂瑞其余诸篇，《朝陇首》写瑞兽白麟"爰五止，显黄德"，指白麟足有五趾；《象载瑜》写汉武帝行幸东海获赤雁，其貌"殊翁杂，五采文"。意为"翁，雁颈也。言其文采殊异也"。①终篇《赤蛟》，由实入虚，"赤蛟绥，黄华盖。露夜零，昼晻薆"。颜师古注："绥绥，赤蛟貌。黄华盖，言其上有黄气，状若盖也。"②从蛟龙形貌到周围华彩，一一连缀成文。

《郊祀歌》诸篇以赋体连缀而成，以赋配乐，形成汉代祭祀乐歌的新形式。赋何以能够在采诗传统之外，跻身于雅乐之列呢？从赋体本身发展来看，其起源时期便携带着空间书写的质因。荀子以赋成篇，创其体制以来，描写对象便针对具体事物。《赋篇》五则：《礼》《知》《云》《蚕》《针》，多是切实可述之物。对物的叙述则离不开对其本身的存在形态与所处空间的描写。此外，赋体的源头之一《楚辞》也具备强大的空间铺述张力。"灵均唱《骚》，始广声貌。然赋也者，受命于诗人，拓宇于《楚辞》也"③是楚辞的特征之一，其建构了完整的空间话语体系。如《离骚》篇中就呈现出多重空间因素：朝廷、天

---

① （汉）班固撰，颜师古注：《汉书》，第1069页。
② （汉）班固撰，颜师古注：《汉书》，第1070页。
③ （梁）刘勰著，周振甫注：《文心雕龙注释》，人民文学出版社1981年版，第134页。

庭、故国。又如《招魂》篇:"魂兮归来! 去君之恒干, 何为四方些", 接下来分述四方之险, 空间成为叙事展开的依据。汉赋完整地吸收了上古赋体及《楚辞》的空间意识与阐释模式, 将其吸纳为文体观察与讲述的内在视角, 形成显著的书写特征。《汉书·艺文志》"登高而赋, 可以谓大夫", 何以要登高才作赋呢? 登高后对于空间方能有完整而周全的把握, 这暗示出赋体形态的成熟与文人空间意识的觉醒是息息相关的, 逐渐形成"牢笼宇宙的思维方式以及东南西北铺陈"① 的美学特质。赋之所以能在汉代崛起为时代文学之代名词, 因其为本时期日益增强的空间感受能力提供了新兴、适合的表达形式, 这一能力不仅体现为汉代从官方到民间的审美共识, 还直接体现为一系列具有国家意志的行政行为, 即西汉武帝重振郊祀礼、再创封禅大典, 并以此为中心集结文人群体, 形成了自上而下的汉帝国关于空间的形塑与想象。

二 空间营造: 西汉郊祀礼仪的全新建构

西周建立起来的完备体制, 经历国家解体与战乱之后, 已经分崩离析: "周衰, 礼废乐坏, 大小相逾, 管仲之家, 兼备三归。循法守正者见侮于世, 奢溢僭差者谓之显荣。"② 自秦统一天下后, 虽重兴礼仪, 仍多有损益。西汉初年, 孝文帝兴黄老之治, 崇尚道家之学, "以为繁礼饰貌, 无益于治"③, 景帝时则崇尚法家刑术, 也不复议礼, 直至汉武帝时, 随着"独尊儒术"政策的颁行, 重建礼仪的诉求被提

---

① 王德华:《东汉前期赋颂二体的互渗与散体大赋的走向》,《文学遗产》2004 年第 4 期。
② (汉) 司马迁撰, (宋) 裴骃集解, (唐) 司马贞索隐, (唐) 张守节正义:《史记》, 中华书局 1959 年版, 第 1159 页。
③ (汉) 司马迁撰, (宋) 裴骃集解, (唐) 司马贞索隐, (唐) 张守节正义:《史记》, 中华书局 1959 年版, 第 1025 页。

出并得以施行,如《史记·礼书》:

> 今上即位,招致儒术之士,令共定仪,十余年不就。或言古者太平,万民和喜,瑞应辨至,乃采风俗,定制作。上闻之,制诏御史曰:"盖受命而王,各有所由兴,殊路而同归,谓因民而作,追俗为制也。议者咸称太古,百姓何望?汉亦一家之事,典法不传,谓子孙何?化隆者宏博,治浅者偏狭,可不勉与?"乃以太初之元改正朔,易服色,封太山,定宗庙百官之仪,以为典常,垂之于后云。

西汉重建的礼制基本恢复了先秦时期的五礼,但是对某些礼仪的地位进行了调整。西周时期,祭祖礼占据其时礼仪的核心,"西周王室对祖先的祭祀,就文献记载的整个情况而言,其频率,其热情,远在对天神地祇的祭祀之上"。①西汉则重新恢复了西周之前祭天礼在礼仪体系中的中心地位。《汉书》专列《郊祀志》一章,强调祭天礼仪是国家礼仪的重中之重:"成帝初即位,丞相(匡)衡、御史大夫(张)谭奏言:'帝王之事莫大乎承天之序,承天之序莫重于郊祀,故圣王尽心极虑以建其制。'"②《史记·礼书》将天地、先祖与君师列为世界三个维度,而三者中第一位则为天地:"天地者,生之本也。"③

从《汉书·郊祀志》记载看,汉武帝时期是重振郊祀礼的关键阶段。在此之前,汉高祖、文帝与景帝虽行祭天之礼,但并不很重视。刘邦在攻克项羽回关之后,改秦祀"白、青、黄、赤"四帝为"五帝"之祭,立黑帝祠。但"有司进祠,上不亲往"④,对祭祀上帝并非十分热

---

① 陈戍国:《中国礼制史》,湖南教育出版社1991年版,第220页。
② (汉)班固撰,颜师古注:《汉书》,中华书局1962年版,第1253—1254页。
③ (战国)荀子著,(清)王先谦撰,沈啸寰、王星贤点校:《荀子集释》,中华书局1988年版,第349页。
④ (汉)班固撰,颜师古注:《汉书》,中华书局1962年版,第1210页。

心。文帝即位后十三年间，祭天之礼也只是祝官职责而已，"文帝即位十三年，下诏曰：'秘祝之官移过于下，朕甚弗取，其除之。'"① 直至次年夏，在祭司建议下，才于夏四月亲自前往祭祀五帝，"夏四月，文帝始幸雍郊见五畤，祠衣皆上赤"。景帝即位后，也多依前制"数岁而孝景即位。十六年，祠官各以岁时祠如故，无有所兴"。② 汉武帝继位后，当务之急就是提升郊祀礼仪的地位，建立祭天礼仪体系，以此标志着新的统治纪元到来，《汉书·武帝纪第六》："赞曰：'汉承百王之弊，高祖拨乱反正，文景务在养民，至于稽古礼文之事，犹多阙焉。'至武帝即位，兴太学，修郊祀，改正朔，定历数，协音律，作诗乐，建封禅，礼百神，绍周后，号令文章，焕为可述。"③ 武帝对郊祀礼的重要改革有：（一）亲自参与祭祀，表达出高度的关注，并立三年一祭之制，使祭天礼成为常规之祭。（二）新立"泰一"神为五帝之尊，开启泰一祭祀为祭天核心的祭祀模式。（三）兴建甘泉宫，为泰一神并天地神灵祭祀之场所。（四）重修封禅大典，再创礼仪体制。

这一系列制定礼仪的政策，都显性或隐性地跟武帝的空间诉求相关联。首先，他竭力打造一个"向心型"的祭祀空间。《汉书·武帝纪》中记载了他行政期间祭祀行迹的改变，其在位前半段时间多"行幸雍"，即传统"辟雍"，"周公相成王，王道大洽，制礼作乐，天子曰明堂辟雍"④；后阶段其出行停留处所改为"甘泉宫"。《武帝纪》记载汉武帝停留于辟雍次数为7次，行宿于甘泉宫多达10次，两者以元封元年"封禅泰山"为分水岭，封禅礼后，武帝将甘泉宫作为自己的主要行宫，在其中构建了现实与幻想中的"核心"空间。从《汉书》记载来看，武帝对甘泉宫的改造首先体现在实体基础上。至元封

---

① （汉）班固撰，颜师古注：《汉书》，中华书局1962年版，第1222页。
② （汉）班固撰，颜师古注：《汉书》，中华书局1962年版，第1215页。
③ （汉）班固撰，颜师古注：《汉书》，中华书局1962年版，第212页。
④ （汉）班固撰，颜师古注：《汉书》，中华书局1962年版，第1193页。

二年起，在甘泉宫内营建"通天台"。颜师古曰"通天台者，言此台高上通于天也。汉旧仪云，高三十丈望见长安城"。① 可见甘泉宫在长安城外，独立于西汉皇宫未央宫，是武帝时期重要的离宫，其中多有宗教属性的高台建筑。这一史书记载也为考古文物所印证，在今陕西省淳化县城前头村、凉武帝村、董家村发掘出土一所西汉宫殿遗址，其内出土大量瓦当，其中有如"甘林""居甘""甘居"等陶文，佐证为甘泉宫遗址。此处遗址西南角、西北角均发现圆形夯土台基，残高2—4米。在宫室遗址东北角还发现两处建筑遗址，"西面建筑基址底部径约200米，顶部径约40米，残高约15米。东面建筑基址底径225米，顶径22米，残高约16米"。②

　　武帝即位后的祭祀重心逐渐转移到甘泉宫，在其中建立了引人瞩目的通天台，其目的似乎已经超越了常规祭祀，而是具有通天登仙，招引神人的现实功用。《郊祀志》又将"通天台"记载为"益寿延寿馆"，神人具有长生属性，通天台的修建，是对《国语》中"绝地通天"的神话进行了还原，武帝竭力将甘泉宫开辟成为现实中的"超然"空间，并居住其中以此获得沟通天神的能力。除此之外，武帝极大地提升了甘泉宫的祭祀规格，使其不仅处于现实世界的中心地位，还占据了信仰体系的核心，其具体的举措是在甘泉宫进行"泰一"祭祀。

　　汉初的郊天礼仪是沿袭旧制，于每年冬十月举行"祠五畤"，遵循五方五帝之祭的传统旧仪。颜师古注"青帝灵威仰，赤帝熛怒，白帝白招矩，黑帝叶光纪，黄帝含枢纽"。黄帝为五帝之尊。张晏曰："黄帝，五帝之首也，岁之始也。"武帝时期，新立"泰一"为"五帝"之尊，"亳人谬忌奏祠泰一方，曰：'天神贵者泰一，泰一佐曰五

---

① （汉）班固撰，颜师古注：《汉书》，中华书局1962年版，第193页。
② 刘庆柱主编：《中国古代都城考古发现与研究》，社会科学文献出版社2016年版，第307页。

第四章 上古礼制语境与文体生成

帝。'"①《汉书·郊祀志》记载更重要的举措是，在甘泉宫为泰一神立祠。"十一月，冬至，立泰畤于甘泉。"②因此甘泉宫不仅是武帝登天入仙的场所与神灵降格的所在，"黄帝接万灵明庭。明庭者，甘泉也"。③还是信仰世界的核心，因为其中供奉的泰一神为诸神之首，在祠坛布置上便可看出其中心尊贵的地位："令祠官宽舒等具泰一祠坛，祠坛放薄忌泰一坛，三垓。武帝坛环居其下，各如其方。黄帝西南，除八通鬼道。泰一所用，如雍一畤物，而加醴枣脯之属，杀一牦牛以为俎豆牢具。而五帝独有俎豆醴进。其下四方地，为腏，食群神从者及北斗云。"④泰一坛不仅位置居于正中，且祭祀品最为丰富，其下五帝、群神环绕，形成由中心向四周层层延伸的信仰空间，甘泉宫配享泰一神，意味着武帝将其不仅视为现实世界中的神圣属地，同时还是幻想世界的核心空间，他频繁居于其间，将自身存在与永恒空间融为一体，他不仅是现实、当下的统治者，还希冀将王权范围延伸至无限时空之中，这一欲望登峰造极的表现形式，是他以极大的热情投入封禅礼仪的重建当中。本时期《艺文志》著录礼类书目有《古封禅群祀》二十二篇、《封禅议对》十九篇（武帝时也）、《汉封禅群祀》三十六篇，诸书虽已不存，较之《艺文志》录入的礼类文献共14种，议论封禅者占据3种之多，其余还有谈论与封禅相关的《明堂阴阳》2种，可见封禅典礼为当时礼仪的重心而备受关注。元封元年夏四月癸卯，武帝正式封禅泰山，宣告其在天地之间绝对的王权："应劭曰：'封者，坛广十二丈，高二丈，阶三等，封于其上，示增高也。刻石，纪绩也。立石三丈一尺；其辞曰："事天以礼，立身以义。事亲以孝，

---

① （汉）班固撰，颜师古注：《汉书》，中华书局1962年版，第1218页。
② （汉）班固撰，颜师古注：《汉书》，中华书局1962年版，第185页。
③ （汉）司马迁撰，（宋）裴骃集解，（唐）司马贞索隐，（唐）张守节正义：《史记》，中华书局1959年版，第329页。
④ （汉）司马迁撰，（宋）裴骃集解，（唐）司马贞索隐，（唐）张守节正义：《史记》，中华书局1959年版，第596页。

育民以仁。四守之内莫不为郡县，四夷八蛮咸来贡职，与天无极。人民蕃息，天禄永得。"尚玄酒而俎生鱼。下禅梁父，祀地主，示增广。（此）古制也。'"① 从这段话可以看出，封禅是明显的空间霸权，通过对现实高地"泰山"的占据，使其成为四方之中心而享受朝拜。同时，在泰山上筑坛，还具有象征性意味，"示增高也"，代表着"与天无极""天禄永得"，得享幻想空间中至高的权力与永久的福乐。从营建甘泉宫，提升其祭祀规格，到封禅礼最终的实施，武帝空前的空间欲求通过一系列现实事件体现出来，并成为当时统治阶层的"集体事件"，赋的空间书写能力正迎合了本阶段的国家意志，成为为帝王代言的文学样式，并在外部政治环境的要求与期待下不断拓展着自身的表达方式。

三　空间图景：帝国想象与汉赋实践

在这轮新型"制礼作乐"当中，引人注目的还有整个统治阶层的集体参与：如群臣建议立坛祭祀泰一，使其成为常规性祭祀，武帝祭祀泰一之后，有司云"祠上有光"，"太史令谈、祠官宽舒等曰：'神灵之休，佑福兆祥，宜因此地光域立泰畤坛以明应'"（《汉书·郊祀志》）。重振郊祀礼、再创封禅大典成为武帝统治集团的核心议题之一，借此汉武帝将大批文人聚集麾下，以讨论郊祀礼仪的实施方案："汉兴已六十余岁矣，天下艾（又）安，缙绅之属皆望天子封禅改正度也，而上乡（向）儒术，招贤良。赵绾、王臧等以文学为公卿，欲议古立明堂城南，以朝诸侯，草巡狩封禅改历服色事未就。窦太后不好儒术，使人微伺赵绾等奸利事，按绾、臧，绾、臧自杀，诸所兴为皆废。六年，窦太后崩。其明年，征文学之士。"② 在这些文士群体当

---

① （汉）班固撰，颜师古注：《汉书》，中华书局1962年版，第191页。
② （汉）班固撰，颜师古注：《汉书》，中华书局1962年版，第1215页。

中，主要可分两类：一为儒生，二为文人。前者为帝王的改制礼仪提供经典依据，《汉书·郊祀志》记载，武帝即位后地出大鼎，儒生认为这是瑞祥之物，预示应举行封禅之礼："汉之圣者，在高祖之孙且曾孙也。宝鼎出而与神通，封禅。""汉帝亦当上封（禅），（上）封（禅）则能先登天矣。""封禅用希旷绝，莫知其仪体，而群儒采封禅《尚书》、《周官》、《王制》之望祀射牛事。"或对礼义进行说解，《汉书·艺文志》记载："及《明堂阴阳》、《王史氏记》所见，多天子诸侯卿大夫之制，虽不能备，尤愈仓等推《士礼》而致于天子之说。"① 后仓是武帝时期《礼》经博士，《汉书·艺文志》录其著作《曲台后仓》九篇，弟子中有后世大、小戴《礼记》的作者戴德与戴圣。从《艺文志》的记载来看，后仓不仅对古代具体礼制了解甚深，更重要的是，其能够理解阐释礼制背后的义理内涵，这正是为大、小戴《礼记》所继承的，同期传世的《明堂阴阳》《王史氏记》等正是后仓等人在理解《仪礼》基础之上的推演发挥。但五经的记载毕竟有限，而群儒的观点又时常发生矛盾，因此在应对具体的仪式实施方案时经常受挫："群儒既已不能辨明封禅事，又拘于诗书古人而不敢驰。上为封祠器视群儒，群儒或曰：'不与古同'，徐堰又曰：'太常诸生行礼不如鲁善'，周霸属图封事，于是上黜偃、霸，而尽罢诸儒弗用。"② 可见，汉武帝对礼仪的重视与重振，并非因其要恢复前代"郁郁乎文"的社会审美理想，而是确保其扩张王权，稳固统治的文化策略，因此，他不仅需要皓首穷经的饱学之士，更需要能了解其宏图大志，可为他大破大立的政治行为进行有力文化阐释的创造性人才。武帝的这一人才观对两汉整个知识阶层产生了巨大的影响，以致东汉张衡在评价文人时做出了这样的判断："故能说一经者为儒生，博览古今者

---

① （汉）班固撰，颜师古注：《汉书》，中华书局1962年版，第1710页。
② （汉）班固撰，颜师古注：《汉书》，中华书局1962年版，第1233页。

为通人，采掇传书以上书奏记者为文人，能精思著文连结篇章者为鸿儒。故儒生过俗人，通人胜儒生，文人逾通人，鸿儒超文人。"① 能超越经典进行自我写作者为文人，文人中能"精思著文"者，可以赋予文章以新巧的形式与思想者称为鸿儒，是汉代知识阶层的顶峰。武帝重塑礼仪的渴求使得知识分子的内在结构发生改变，辞赋之士也伴随着这样特定的社会欲求参与此次礼仪新造，走入统治阶层的视野。

《史记·司马相如列传》中有一个细节记录了辞赋家司马相如与封禅礼仪的关系。司马相如以《上林赋》献武帝后，获得武帝认定，被封为郎，因其出色的著文成章能力，常为武帝代言，推行君主意志，进行上下沟通。后司马相如病重，武帝听闻后派人去其家中取其著作，到达后相如已逝，其妻称其仅留下一书，"曰有使者来求书，奏之"。②此书专论封禅之必要，认为汉武帝时期已瑞祥皆至，帝王应顺应天命封禅。值得注意的是，司马相如虽未写下封禅的具体建议，但却描绘出举行封禅礼"万事俱备"的图景："大汉之德，逢涌原泉，沕潏漫衍，旁魄四塞，云尃雾散，上畅九垓，下泝八埏。怀生之类沾濡浸润，协气横流，武节飘逝，迩陕游原，迥阔泳沫，首恶泯没，暗昧昭晰，昆虫凯泽，回首面内。然后囿驺虞之珍群，徼麋鹿之怪兽，导一茎六穗于庖，牺双觡共抵之兽，获周余珍收龟于岐，招翠黄乘龙于沼。鬼神接灵圉，宾于闲馆。奇物谲诡，俶傥穷变。"③ 司马相如充分利用了赋体空间书写功能，笔触万物，动植皆入，更为重要的是，他将空间描写的范围从"实见之景"延伸至"想见之景"，所勾勒出的空间场景多为幻景，但铺陈体物，从细节到整体都如实景般呈现。这极大地

---

① （汉）王充撰，韩永进主编，杜泽逊审定：《宋本论衡》，国家图书馆出版社2017年版，第157页。
② （汉）司马迁撰，（宋）裴骃集解，（唐）司马贞索隐，（唐）张守节正义：《史记》，中华书局1959年版，第3036页。
③ （汉）司马迁撰，（宋）裴骃集解，（唐）司马贞索隐，（唐）张守节正义：《史记》，中华书局1959年版，第3065页。

满足了汉武帝王权扩张的统治欲望,辞赋家不仅可以如实还原现实空间的书写,还能为其再造一番"新天新地",这样无论是当下,还是人所无法亲见的未知国度中,统治者都能凭借赋体文学的"帝国想象",确保其王权统治覆盖至最广的范围。从史书的记载可以看出,汉武帝对于"想象疆域"抱有极大的兴趣,他不仅在现实世界中竭力扩大自己行迹,也以巨大热情投入自身"想象帝国"的构建当中,在武帝登封泰山的诏文中:"朕以眇身承至尊,兢兢焉惟德菲薄,不明于礼乐,故用事八神。遭天地况施,著见景象,屃然如有闻。"① 上天垂象具有最高权威性,武帝想合理合法地扩大王权统治,必须把注意力关注到这"抽象未知"的空间中去。而赋体强大的空间书写能力和摹状事物的特征,可使"隐而未现"之事物昭显出来,协助君王完成对"未知"国度的建构。在《史记·司马相如列传》中,就记载武帝多次垂听司马相如为其作《子虚》《上林》赋,"空藉此三人为辞,以推天子诸侯之苑囿",二篇展现的都是虚构之图景,而"奏之天子,天子大说"②。虽司马迁等史家将汉武帝喜好汉赋的原因归之于"卒章归之于节俭,因以风谏",但这显然是带有儒家文教色彩的批评,事实上,汉赋在现实国度之外建构起虚拟世界的能力正吻合武帝高度扩张的空间欲求,他从政治理想而来的"想见空间"的文学趣味,影响了同时期及后来西汉文人的赋体创作,甘泉宫不仅成为其后君王祭祀的中心,也成为文人热衷的写作题材,从西汉时期的文人辞赋创作来看,严可均《全汉文》中收录甘泉为题的赋文三篇,较之西汉存世赋文总数来说,已凸显出其为当时文坛的热点题材。可以对比东汉辞赋家的流行题材,如"团扇",后者具有较为明显的私人化书写性质,

---

① (汉)班固撰,颜师古注:《汉书》,中华书局1962年版,第191页。
② (汉)司马迁撰,(宋)裴骃集解,(唐)司马贞索隐,(唐)张守节正义:《史记》,中华书局1959年版,第3002页。

而"甘泉宫"主题，则彰显出国家层面的视野与意志。在对甘泉宫的书写上，三篇赋文都表现出摹写"想象空间"的共同特征，从写作时间上看，最早为王褒（前91—前53）《甘泉宫颂》，其次为扬雄（前53—18）《甘泉赋》，后为刘歆（？—23）《甘泉宫赋》。

王褒《甘泉宫颂》是其亲身参与甘泉祭祀后所作，"王褒生活之宣帝时至甘泉共5次……，王褒被召到卒期间幸甘泉为五凤元年（前57）、甘露元年（前53）春正月"。① 但在其赋文中，他对甘泉宫的刻画并非具体而真实的，相反却充满了幻想色彩，甘泉宫在其笔下俨然是天上仙宫而非人间实境："镂螭龙以造煽，采云气以为楣。神星罗于题鄂，虹蜺往往而绕榱。缦倏忽其无垠，意能了之者谁？窃想圣主之优游，时娱神而款纵。坐凤皇之堂，听和鸾之弄。临麒麟之域，验符瑞之贡。咏中和之歌，读太平之颂。"② 王褒将甘泉宫内的建筑细节及君王在行宫内的活动都类比于天庭及天神，"窃想"二字点出对甘泉宫书写是以"想象所见"代替"事实所见"，奠定了甘泉题材作为"幻想空间"的写作属性。

扬雄《甘泉赋》是三篇"甘泉"主题中最长的一篇，完整地展现了甘泉宫对泰一神的供奉，也是其亲历甘泉祭祀之后而作："成帝时扬雄从祠甘泉，还，奏赋以风。"作为祭祀礼仪的目击者，扬雄对甘泉宫形制与祭礼的描写却远远逸出了现实范围。全赋从"神游"角度展开对于甘泉宫环境及神灵祭祀的想象，而作家视角始终在多重臆想空间中切换。首先，进入甘泉宫，必须上登天极："乃望通天之绎绎，下阴潜以惨廪兮。上洪纷而相错，直峣峣以造天兮。厥高庆而不可乎

---

① 彭春艳：《汉赋系年考证》，上海古籍出版社2017年版。
② （汉）王褒：《甘泉宫颂》，（清）严可均辑《全上古三代秦汉三国六朝文》，中华书局1958年版，第358页。

疆度。平原唐其壇曼兮。……仰挢首以高视兮，目冥眴而亡见。"① 其次，在对泰一神灵的描述中，将其置身于具有立体纵深感的幻想空间中，其上"列宿乃施于上荣兮，日月缠经于栭桡"，四周："雷郁律于岩窔兮，电倏忽于墙藩"，"左欃枪而右玄冥兮"，"前熛阙而后应门"。天子礼神，伴随空间转移，先从现实之境"盖天子穆然，珍台闲馆，琁题玉英，蝴蝤蠖濩之中"，入神仙之国："集乎礼神之囿，登乎颂祇之堂"，与神同游"风从从而扶辖兮，鸾凤纷其御蕤。梁弱水之濎瀯兮，蹑不周之逶蛇"，接着在赋者的想象中"想见"天子之所想，"想西王母欣然而上寿兮，屏玉女而却宓妃"，呈现了复杂的空间套叠叙述技巧，从赋者对虚拟空间方位建构进入更为虚拟的意识空间之中，最后从中抽离："于是钦柴宗祈，燎薰皇天"，重回现实，在结尾部分，神灵降下，实现两个空间：现实—想象世界的重叠融合。扬雄《甘泉赋》体现出高超的空间营造技巧，不仅对甘泉宫的形制进行了幻想建构，更以想象中的多重空间切换转移来推进和完成叙事，空间是全赋展开的主要依据。

刘歆《甘泉宫赋》成赋时间最晚，与前二人不同，史籍并无刘歆游历甘泉宫的记载，相反，从史书记载来看，刘歆写作此赋时，很有可能完全出于自我想象："元始五年，羲和刘歆等四人使治明堂、辟雍，令汉与文王灵台、周公作洛同符。"② 据推测，该赋应作于这一时期，作为刘歆重振辟雍、甘泉祭祀的论证依据。然而从其赋文书写来看，没有甘泉宫游历经历丝毫不妨碍作者的写作，甘泉宫在当时的文人意识之中，已经成为至高无上的"神圣场所"，对其空间想象已生成为固定的叙述话语，甘泉宫与"神仙天境"的图景联系在一起，如

---

① （汉）扬雄：《甘泉赋》，（清）严可均辑《全上古三代秦汉三国六朝文》，中华书局1958年版，第403页。
② （汉）班固撰，颜师古注：《汉书》，中华书局1962年版。

描述宫殿位置："回天门而凤举，蹑黄帝之明庭。冠高山而为居，乘昆仑而为宫。案轩辕之旧居，居北辰之闳中。背共工之幽都，向炎帝之祝融。"① 描写宫中所有："甘醴涌于中庭兮，激清流之弥弥。黄龙游而蜿蟺兮。神龟沈于玉泥，离宫特观，接比相连。""《全汉文》卷四十、《全汉赋》、《全汉赋评注》、《全汉赋校注》除述文句外，还列残句二：（一）章黼黻之文帷。（二）云阙蔚之岩岩众星接之皑皑。"②该赋现存章句将甘泉宫与西汉王朝关于天国、神灵等未知的空间领域所有知识与阐释范式融会一体，将"天门""黄帝""高山""昆仑""甘醴""神龟"等进行熟练的意象粘贴，至此，甘泉宫已由文人勾勒的帝国想象生成为稳定的文化符号。

从三篇《甘泉宫》赋的发展轨迹可以看出，赋在这一题材上的空间叙事能力不断加强，而其中所叙空间都非实体所存，西汉甘泉宫事实上的具体形制并未成为赋者的关注重心，而君王在营建甘泉宫时的信仰追求与政治用心，才是当时文人所倍加关注的。他们领悟到这一礼制建筑背后实际体现的是君王追求王权扩张与永远延续的强烈欲望，因此不断强化空间书写才能为帝王持久地拓展其"想象"帝国的疆域，汉赋的宏大诡谲的空间表达特征在特殊的政治美学视域下得以日益精巧与快速的发展。

在上古文体发展的历史进程中，重新审视汉赋文体的发展，就会发现其中体现出来的一系列新兴特征。首先，先秦文体以应用性为主导，多适用于政事、礼事、军事、外交等实用场合，文体表现出较强的功能性，多为特定情境下的言说产物，虽然战国时期的辞赋具有一定程度的个体抒情色彩，但总观先秦文体，仍表现出强烈的集体叙事

---

① （汉）刘歆：《甘泉宫赋》，（清）严可均辑《全上古三代秦汉三国六朝文》，中华书局1958年版，第346页。
② 彭春艳：《汉赋系年考证》，上海古籍出版社2017年版，第101页。

风格。然而,汉赋是文人的个性化书写与国家意志合力的产物,是几种因素共同作用的结果:赋古已有之的空间书写功能与汉代前所未有的空间意识相契合,使其获得进入本时代主流文学体式的机遇,并促使文人进行深入的文体实践与拓展,从而生成了汉赋特有的美学风格,这似乎是上古文学迈向中古文学——文学自觉之前的一个先声:文体发展依然与外部环境之间保持密切联系,上古文体的现实功用属性并未消失,但文体内在表达特征正经由文人群体更为自觉、积极地开拓。从这个角度来说,汉赋似可视为文体从功能应用型向文学审美为主导迈进的一个分水岭。此外,汉赋强大的空间书写功能也暗示出上古盛行的"听觉"叙事传统,如《诗经》这一口耳相传的模式,正逐渐为视觉图像化这一新叙事理念所挤压,文学的表达正经由从"听"向"看"的变化,这对此后的文学创作与诗学思想的影响极为深远,汉赋标志着文学叙述历史上一个全新时期的降临。

参考文献

一 古人著作

（一）经部类

（清）焦循撰，张力伟校点：《易馀籥录》，《新编丛书集成续编》，台湾新文丰出版公司1985年版。

（清）李道平：《周易集解纂疏》，中华书局1987年版。

（宋）李昉等编：《太平御览》，中华书局1960年版。

（吴）陆玑撰：《毛诗草木鸟兽虫鱼疏》，《丛书集成初编》本，中华书局1985年版。

（汉）毛亨传，（汉）郑玄笺，（唐）孔颖达疏，（唐）陆德明音释：《毛诗注疏》，上海古籍出版社2013年版。

（宋）聂崇义：《新定三礼图》卷十四，宋淳熙二年刻本。

（清）阮元校刻：《十三经注疏·礼记正义》，中华书局1980年影印版。

《十三经注疏》整理委员会整理，李学勤主编：《礼记正义》，北京大学出版社1999年版。

《十三经注疏》整理委员会整理，李学勤主编：《仪礼注疏》（标点本），北京大学出版社1999年版。

《十三经注疏》整理委员会整理，李学勤主编：《周礼注疏》（标点本），北京大学出版社 1999 年版。

（清）王先谦：《诗三家义集疏》，中华书局 2011 年版。

（宋）王质：《诗总闻》，影印文渊阁四库全书，台湾商务印书馆 2008 年第 2 版。

（清）永瑢等：《四库全书总目提要》，中华书局 1965 年版。

（宋）朱熹著，王华宝整理：《四书章句集注》，凤凰出版社 2016 年版。

（二）史部类

（汉）班固撰，颜师古注：《汉书》，中华书局 1962 年版。

（唐）房玄龄等撰：《晋书》第一册，中华书局 1974 年版。

（梁）沈约：《宋书》，中华书局 1974 年版。

《史记》，三家注本，中华书局 1959 年版。

（宋）王应麟：《汉书·艺文志考证》第 8 卷，中华造善本影印本，北京图书馆出版社 2006 年版。

（三）子部类

（清）程树德：《论语集释》，中华书局 1990 年版。

（汉）王充撰，韩永进主编，杜泽逊审定：《宋本论衡》，国家图书馆出版社 2017 年版。

（清）王先谦著，钟哲点校：《韩非子集释》，中华书局 1998 年版。

（清）王先谦撰：《荀子集解》，中华书局 1988 年版。

（战国）荀子著，（清）王先谦撰，沈啸寰、王星贤点校：《荀子集释》，中华书局 1988 年版。

（四）集部类

（宋）程颢、程颐：《二程集》，中华书局 1987 年版。

（明）李时珍撰：《本草纲目》，清光绪十一年（1885 年）合肥张氏味古斋重校刻本。

（清）刘熙载著，王国安标点：《艺概》，上海古籍出版社 1978 年版。

（梁）刘勰著，范文澜注：《文心雕龙》，人民文学出版社 1958 年版。

（战国）屈原著，（汉）刘向辑，（汉）王逸注，（宋）洪兴祖补注，孙雪霄点校：《楚辞》，上海古籍出版社 2015 年版。

（清）王国维：《观堂集林》，中华书局 1959 年版。

（梁）萧统编，（唐）李善注：《文选》，中华书局 1977 年版。

（清）严可均辑：《全上古三代秦汉三国六朝文》，中华书局 1958 年版。

（清）朱庭珍：《筱园诗话》卷一，见《丛书集成续编》，上海书店出版社 1994 年版。

二 今人著作

（一）考古类与文物类

北京大学历史系考古教研室商周组编著：《商周考古》，文物出版社 1979 年版。

杜金鹏、许宏主编：《偃师二里头遗址研究》，科学出版社 2005 年版。

郭大顺：《红山文化》，文物出版社 2005 年版。

河南省文物工作队、中国科学院考古研究所编辑：《郑州二里岗》（考古学专刊丁种第七号），科学出版社 1959 年版。

李伯谦：《中国青铜文化结构体系研究》，科学出版社 1998 年版。

李飞编：《中国古代青铜器纹饰图典》，浙江古籍出版社 2008 年版。

李济：《古器物研究专刊》第一本，台北"中央"研究院历史语言研究所 1964 年版。

李济：《殷墟青铜器研究》，上海世纪出版集团、上海人民出版社 2008 年版。

李济：《中国文明的开始》，江苏教育出版社 2005 年版。

刘庆柱主编：《中国古代都城考古发现与研究》，社会科学文献出版社 2016 年版。

容庚：《商周彝器通考》，上海人民出版社2008年版。

杨鸿勋：《宫殿考古通论》，紫禁城出版社2001年版。

中国社会科学院考古研究所编：《偃师二里头1959年—1978年考古发掘报告》，中国大百科全书出版社1999年版。

中国社会科学院考古研究所编：《中国早期青铜文化——二里头文化专题研究》，科学出版社2008年版。

中国社会科学院考古研究所编著：《二里头陶器集粹》，中国社会科学出版社1995年版。

中国先秦史学会、洛阳市第二文物工作队编：《夏文化研究论集》，中华书局1996年版。

邹衡：《夏商周考古学论文集》，文物出版社1980年版。

（二）历史类

陈戍国：《中国礼制史·先秦卷》，湖南教育出版社1991年版。

李伯谦编：《商文化论集》（上），文物出版社2003年版。

刘源：《商周祭祖礼研究》，商务印书馆2004年版。

马承源主编：《中国青铜器》，上海古籍出版社2003年版。

钱玄、钱兴奇：《三礼辞典》，江苏古籍出版社1998年版。

王立新：《早商文化研究》，高等教育出版社1998年版。

许倬云：《西周史》（增补二版），生活·读书·新知三联书店2012年版。

杨向奎：《宗周社会与礼乐文明》，人民出版社1997年版。

［日］伊藤道治：《中国古代王朝的形成——以出土资料为主的殷商史研究》，江蓝生译，中华书局2002年版。

（三）文字类

陈梦家：《殷虚卜辞综述》，中华书局1988年版。

清华大学出土文献研究与保护中心编，李学勤主编：《清华大学藏战国竹简》（壹，上册），上海出版集团、中西书局2019年版。

周法高主编:《金文诂林》,香港中文大学 1975 年版。

(四) 理论著作类

[法] 茨维坦·托多罗夫:《象征理论》,王国卿译,商务印书馆 2004 年版。

杜道明:《中国古代审美文化考论》,学苑出版社 2003 年版。

冯友兰:《中国哲学史》(上),华东师范大学出版社 2000 年版。

龚克昌:《中国辞赋研究》,山东大学出版社 2003 年版。

李幼蒸:《理论符号学导论》,中国人民大学出版社 2007 年版。

陆侃如、冯沅君:《中国诗史》,山东大学出版社 2009 年版。

[法] 马塞尔·莫斯:《礼物:古式社会中交换的形式与理由》,汲喆译,商务印书馆 2016 年版。

彭亚非:《郁郁乎文》,河南人民出版社 2000 年版。

彭亚非:《中国正统文学观念》,社会科学文献出版社 2007 年版。

王小盾:《中国早期思想与符号研究——关于四神的起源及其体系形成》,上海人民出版社 2008 年版。

[美] 杨晓能:《另一种古史》,生活·读书·新知三联书店 2008 年版。

于锦绣、于静:《灵物与灵物崇拜新说》,宗教文化出版社 2006 年版。

张隆溪:《道与逻各斯》,江苏教育出版社 2006 年版。

赵毅衡:《符号学原理与推演》,南京大学出版社 2011 年版。

(五) 期刊论文

[美] 艾兰:《"亚"形与殷人的宇宙观》,收入艾兰文集之四《早期中国历史、思想与文化》,商务印书馆 2011 年版。

[美] 贝格立撰:《长江流域青铜器与商代考古》,任汶译,《南方文物》1996 年第 2 期。

方向明:《马家浜——良渚文化若干问题的探讨》,《纪念浙江省文物考古研究所建所二十周年论文集》,西泠印社 1999 年版。

冯卓慧：《论早期镈扉棱的演变》，《南方文物》2011年第4期。

高崇文：《长江流域礼制文化的发展》，收入论文集《长江流域青铜文化研究》，高崇文、安田喜宪主编，科学出版社2002年版。

龚克昌：《汉赋新论》，《贵州大学学报》（社会科学版）2003年第21卷第4期。

龚克昌：《论汉赋在中国文学史上的地位》，《文史哲》1987年第2期。

顾问、张松林：《二里头遗址所出玉器："扉牙"内涵研究——并新论圭、璋之别问题》，《殷都学刊》2003年第3期。

胡新生：《周代祭祀中的立尸礼及其宗教意义》，《世界宗教研究》1990年第4期。

黄曲：《湘江下游商代"混合型"青铜器问题之我见》，《江汉考古》2001年第3期。

梁思永：《龙山文化——中国文明的史前期之一》，《考古学报》1954年第1期。

孟祥鲁：《甲骨刻辞有韵文——兼释尹家城陶方鼎铭文》，《文史哲》1992年第4期。

施劲松：《论我国南方出土的商代青铜大口尊》，收入《湖南出土殷商西周青铜器》，岳麓书社2007年版。

熊传薪：《湖南醴陵发现商代铜象尊》，论文收入《湖南出土殷商西周青铜器》，岳麓书社2007年版。

张绪球：《石家河文化的陶塑品》，《江汉考古》1991年第6期。

赵爱国、姜宏：《从"文本空间"到"神话诗歌世界模式"——托波罗夫艺术文本符号学思想评介》，《俄罗斯文艺》2012年第2期。

郑光：《二里头陶器文化论略》，论文收于《二里头陶器集粹》，中国社会科学院考古研究所编著，中国社会科学出版社1995年版。

中国社科院考古研究所二里头工作队：《1981年河南偃师二里头墓葬

发掘简报》,《考古》1984年第1期。

周亚:《论法国吉美博物馆收藏的象尊》,论文收入《湖南出土殷商西周青铜器》,岳麓书社2007年版。

周亚:《论法国吉美博物馆收藏的象尊》,《上海文博论丛》2004年第2期。

（六）博士论文

林贤东:《史前玉器与玉礼研究》,博士学位论文,中国社会科学院研究生院,2009年。

余琳:《夏商周三代审美风尚与礼仪构建》,博士学位论文,中国社会科学院研究生院,2010年。